談惟心——著

目次

序・縱火犯

「我們真的要進去裡面嗎？」躲在我身後的女同學阿娟膽怯地說。

明月當空，周圍幾無人家，圍繞在我們身邊的只有幾株低矮的灌木，除此之外就是已無人煙的田野。略微急促的呼吸聲迴響在耳邊，其中夾雜著稀稀落落的蟲鳴。佇立在我們眼前的是一棟附近知名的鬧鬼房屋，聽說這裡已經荒廢了三十多年，就算真有幽魂野鬼佇留在此也毫不意外。

這棟鬼屋的外牆被從屋頂攀附而下的藤蔓包覆，在夜晚之中宛如一隻將觸手伸長的怪物。

關於這個地方有很多的傳聞：像是看見飄浮的幽靈、夜晚履履傳出不明男子的哭泣聲以及有人進去探險後就再也沒有出來之類的事蹟。

然而傳說是否為真，今天我們就要親眼一見。

我們一行人共有三男兩女，都是一群不畏鬼怪的國小四年級生，趁著夜裡無人時，特別來這裡舉行試膽大會。除了驗證彼此的膽量外，還要找出關於鬼屋的種種傳聞是否屬實的證據。

才剛站在鬼屋的門口，我的同學阿娟以及一名叫俊強的男同學已經想打退堂鼓。

「我媽媽說這個地方很邪，叫我儘量不要靠近這裡。」俊強臉色慘白。

「笨蛋，人都來了，不進去看一看怎麼行？誰都不可以走！」站在最前頭的是我們這一行人的領導，我們大家都叫他阿康。

「可、可是萬一真的有鬼衝出來怎麼辦？鬼會不會殺了我們？」阿娟害怕地問。

「沒那種事，都是騙人的，鬼怎麼會殺人？我走在前方，你們後面立刻跟上。」阿康轉頭問另一名男同學：「大樺，我不是叫你帶手電筒嗎？你帶了沒？」

大樺從背包裡拿出一支手電筒，「帶來了，就在這裡。」

「一支？我們有五個人你只拿一支手電筒來怎麼夠？」俊強抱怨道。

「我怎麼知道你們是叫我準備你們的份，我以為只要我一個人帶就行了。」

「笨蛋，要動點腦筋，叫你帶當然是連其他人的手電筒也要帶。」阿康一把搶過手電筒，「算了，你們都走在我後面，我來負責照亮前方。」

才剛走沒幾步，俊強又開始找理由：「有一天晚上，我媽媽曾經在這附近聽過男人的哭聲，她很確定聲音是從這屋子裡傳出去的。」

「你不要媽媽個不停，乾脆叫你媽媽來陪你好了，真是煩死人。」阿康不耐地說。

阿娟一邊前進一邊緊揪著我的右臂不放。「妳不怕嗎？」

「有你們在，沒有什麼好怕。」我不是逞強，而是真的沒有害怕的感覺。

「我就是怕這些男生。」阿娟哼道：「就算我們出什麼事，這幾個人一定是先逃跑，絕對不會來救我們。」

我從來沒奢望這幾個男生能發揮什麼作用，他們的功能就是儘量地虛張聲勢。最好是先把什麼奇怪的東西引出來，這樣反而安全。

大夥一路從一樓探到四樓，任何一個房間都沒有錯漏，每個地方都仔仔細細地察看一遍。

「什麼嘛，根本什麼都沒有，傳說都是騙人的。」阿康站在房間正中央下結論。

本來還雙腳癱軟無力，連走路都不敢走的俊強終於如釋重負，長吁一口氣。

「真的是騙人的，害我嚇個半死。」阿娟鬆開那雙本來還緊抓住我不放的手。

「妳還敢講，就妳們兩個女生一直躲在男生後面，最沒用了，」阿康說。

「反正看都看完了，不如早點回家。」俊強提議。

就在這時，我彷彿聽到了什麼聲音……那是一種很古老，就像穿越過去連接到現在的久遠之聲。那種聲音很模糊，似風也像迴繞在這個房間裡的回音，我沒有辦法確切地形容。

難道是鬼魂在和我說話嗎？它們好像想向我傳達什麼訊息，於是我豎起耳朵仔細聆聽。

「踏上充滿荊棘的險途，鼓起勇氣忘掉痛苦，前進絕不言悔。」我的耳朵聽到這一段無旋律的哼唱，但我從沒聽過這首歌。

歌聲一停，手電筒跟著瞬間暗下，周圍變得伸手不見五指。「哇——怎麼搞得？」阿康叫道。

「八成是沒電了，還不快換電池。」這是俊強的叫聲。

「我沒有多帶的電池，只剩蠟燭和打火機了。」大樺說。

「那還不快點拿出來？要嚇死人了。」阿康大吼。

大樺摸索了老半天才找到東西，「拿去。」他遞給阿康。

在黑暗中可以清楚看見打火機一閃即逝的火光，但那火燄的壽命卻長不起來。「搞什麼，在黑暗中好難點蠟燭，而且這個地方有風在吹。」

「你可以去窗邊點啊，外面有一點星光。」俊強說。

我出聲提醒道：「窗邊有枯藤，你要小心用火。」

阿康沒有把我的話聽進耳中，他點燃了蠟燭，順便把火花帶給枯乾的藤鬚，結果火燄熊熊燃起，一發不可收拾。

「怎麼會這樣？剛剛太暗了，害我點錯。」阿康大叫。

我冷冷地望著火燄順藤蔓爬升，外牆熾烈地被火焚燒。

阿康、大樺、俊強和阿娟不敢再多停留，嚇得拔腿就跑。

我痴痴地望著火光約一分多鐘，等我回神的時候朋友早就一哄而散了。為了避免麻煩，我想我也應該趕快離開這棟不吉利的鬼屋。

「喂，到底是誰放的火？你們給我站住！」就在我剛衝出一樓大門時，我感覺到我的背後有一個中年男人正在追我。

「爸爸，我們的房子燒起來了。」另一個男生大叫道。他的聲音較為年輕。

「這些縱火犯居然放火燒別人家，我要把他們全都抓起來！」男人緊追不捨。

一個不小心，我的右腳絆到石頭，整個人向前趴倒在地。「好痛。」我無力地坐在地上，看著跌破的膝蓋冒出血絲。

「原來是妳這個臭小孩放火燒房子。」男人右手抄著一根棍子，「我看妳想跑到哪去。」

第一章・于小冬的日常

「好了，就是這樣，來——看這裡。」攝影師將快門按下。

拍攝結束後，我終於可以鬆一口氣，將一直拿在手中的礙事數位相機樣品放到桌上，然後坐著休息喝個果汁。今天外面的天氣很熱，幸好工作的地方都在攝影棚內，坐在裡面吹著冷氣還算舒適。

「小冬，妳辛苦了。」大衛是我的經紀人，他是個留著黑色旁分短髮，身材細瘦，戴著金絲眼鏡的斯文男人，我的工作幾乎都是由他來幫我安排。

「這邊的工作都結束了嗎？」我問。

「畫報已經都拍得差不多，暫時可以先休息了。」大衛說：「對了，上次拍的電視劇結局，導演說有一幕片段的後製效果不佳，所以還要重拍，我們下午就過去。」

「這不會花太多時間，還無所謂。」我抱怨道：「但是別安排我上太多的綜藝節目，我是演員，不是通告藝人，要顧好我的形象。我實在不喜歡被別人把我和通告藝人聯想在一起，而且說不定還會影響到我往後接的工作，我完全不想變得只是個專跑綜藝節目賺錢的藝人。」

「不會那樣的，妳儘管放心，今天晚上只是個很簡單的談話節目，主持人會對妳進行訪問。」大衛接著表示：「不過王總常說有曝光度才會有人氣，他希望妳可以多在電視節目上露臉。」

一提起這個就讓我心生不悅，「他是個短視近利的男人，我跟他吵過很多次了。」

大衛臉色驟變，「妳最好別老是與王總起爭執，對妳沒什麼好處。妳仔細想想，現在有工作是多麼幸福的一件事，總比被冷凍起來要好。」

「我心裡有數，不想再聊這種事。我最近沒怎麼睡覺，你讓我休息一下。」我起身，帶著渾身的疲憊往自己專屬的休息室走去。

「那也好，適當的休息是必要的，妳小睡一會，我等會再叫妳。」

說是這麼說，其實想要讓我在一個陌生的地方睡著也不是那麼簡單的事。從以前到現在我都會認床，不是在我自己的房間內我睡不著覺。沒錯，現在我的腦中的確浮現睡意，可是我認為只要坐著閉目養神一陣子後，精神就會自己慢慢恢復。

正當我坐在沙發上想休息時，我的手機發出了提醒聲，是簡訊。一般來說，會響鈴的都是我的公務機，理由是很少人知道我私人手機的號碼，我也希望在放假時能不要接到工作上的電話（雖然我現在有過的放假次數屈指可數）。我看了一下，果不其然是公務機，那是大學同學傳來的訊息，上面寫著希望我能夠參加他們舉辦的同學會。

才畢業幾年而已，有這麼迫不及待就想見面嗎？我可一點興趣都沒有。由於我沒打算回覆，只是看了一眼後就把簡訊的事拋到腦後。

我的行程實在忙碌，根本沒有太多空閒的私人時間，就算有的話我也想拿來做自己的事，誰有空去那種需要應酬的場所呢？更何況又都是一群不熟稔的同學。

回想起來，大學那年我正好在衝知名度，從早到晚按照公司所安排的緊湊行程忙著工作，別說學業了，忙到連和家人見面的時間都沒有。在這種狀況下，我還能畢業已經是非常努力了，誰有多餘的時候和同學培養友誼？我聽說有一些朋友會專程來我的教室裡找我，就是為了和我見上一面，但是我一次又一次的讓他們失望了。除了非去不可的幾節課或是考試外，我儘可能的不在課堂上露面。並不是我覺得自己特別大牌，而是我的工作大大限制了我的時間。但如果有人問我，假如那天沒工作的話會不會特地去一趟學校，好讓喜歡我的同學們能跟我好好的聊一聊，大家有個互動？然而我的回答是——不！因為那並不是非去不可的見面會，我為何要在我空閒的時候還特別讓自己過去勞累呢？這又不會提升我的知名度，錢也沒有，對我有什麼好處？

總之，我對大學生活並沒留下什麼深刻的印象，那不過是我人生的一個里程碑。我得到了學位，證明了自己的能力，擺脫了我只會演戲外就一無是處的刻板印象，這樣就夠了。

同樣的邀約自然不會只有大學同學提出，高中及國中同學也是一樣，總想找個相聚的機會。回拒到後來使得我都有點無奈了，他們到底知不知道我現在過的是什麼生活？國中同學倒還好，都隔了那麼多年，他們早就沒有我的聯絡方式了。我還記得最後一次他們是透過我的家人來約我，有幾個同學找到我家，然後向我母親提出邀請。結果母親笑笑的拒絕了他們，母親不需要問過我就已經知道我的意思。高中同學就比較麻煩，即使我換過電話號碼，他們之中還是有人能夠神通的找到我的新電話，真的有夠厲害，我完全不知道他們到底是怎麼知道我的新電話。

至於國小……由於我國小三年級就轉學了，所以我曾經讀過兩間國小，分別在宜蘭和台北。台北有過兩次邀約，但是我從來都沒有赴約，後來就沒有再聯絡；至於宜蘭的同窗曾經在我剛升上國中時約過一次，那次是我唯一參加過的同學會，而且是很欣然的前往。

當時我的名氣不大，工作不多，所以沒有現在這麼多的煩惱與阻礙。我滿懷期待的參加，就是為了想見那個男同學一面，那個名叫卓浩凌的男孩。

可是我後悔了，卓浩凌根本就沒有參加那次的同學會。枉費我事先還特地看過名單，確定看到卓浩凌有要出席所以我才會去，結果他竟然爽約，不但沒去也沒留下理由。

卓浩凌是和我在國小一到三年級這段時間裡一起讀書的同學。他長得並不突出，黑色短髮雖不亂卻沒有造型，有一張呆板的窄臉，那一對眼神經常放空，老是噘著嘴在喃喃自語，體格中等，膚色略深。平常他總是自己玩自己的，沒有半個女性朋友，就連男生朋友也不多。下課時分，男同學們不是出去玩躲避球、打籃球，那麼就是在走廊或操場玩追逐戰。而卓浩凌不太喜歡流汗，所以下課時總是在草叢間抓蚱蜢，不然就是在樹叢底下找天牛、金龜子或椿象。當時的女同學覺得他的興趣太噁心了，所以他不怎麼受到女生的歡迎；男生們倒是和他還不錯，會和他借一些昆蟲去玩。

他總是在上課時玩他抓到的那些蠢蟲子。有一次他被天牛咬到手指，痛得他在課堂上哇哇大叫。不然就是金龜子飛走，還噴了他一身的尿。我還記得他放任抓到的椿象到處亂跑，其中一隻爬到我的手腕上，那味道真是令我印象深刻的恐怖，就連肥皂都沒有辦法將臭味洗去。

既不帥氣，又沒有共同的興趣，他的課業也不怎麼樣，我和他可以說是完全沒有任何交集。

「跨越天堂的橋樑，迎來七彩耀目的眩光。以生命作為賭注，張開雙翼在雲際翱翔。」卓浩凌有意無意的唱出這一首快歌，竟吸引了我的注意力。

「這是什麼？你怎麼會唱這首歌？」當我問他的時候，卓浩凌還一臉不解的看著我。

「我不可以會唱這首歌嗎？」他不解地問。

確實也沒什麼不可以，但這首歌是我從小的時候就會哼唱，而且我從來就沒聽過任何人唱這首歌，也沒在外面聽過這首歌，所以我一直都認為這是我自編自唱的歌，按理應該沒有人會唱才對。

我沒有唱這首歌給別人聽的印象，每當我想起旋律時，多是在自己的內心唱給自己聽，世界上絕對沒有第二個人知道這首歌的曲子和歌詞是怎麼樣。我為這首歌取名叫「夢之歌」，因為沒經過正式的排詞、編曲，所以命名就隨隨便便，叫的順口就好。

卓浩淩是第一個，也是最後一個在我面前唱出夢之歌的男孩，理由是什麼還不知道。如果這真的是某個歌手所唱過的歌曲，那我真的很想知道那名歌手是誰，原歌名又叫什麼？我一定要找來聽聽。但是那天卓浩淩只是一臉無趣的走開，沒有想理會我的意思，也沒有回答我任何問題。

從他唱出夢之歌的那天開始，他就有意無意的吸引了我的目光，這種感覺真的很奇怪。

我經常想找機會和他搭話，可是卻苦無時機。在女生朋友面前，我拉不下臉和這個不受歡迎的男生聊天。有的時候找到機會了，他的朋友卻跑過來聚在他身邊。放學後他也不知道在忙些什麼，老是第一個跑得無影無蹤。他很少獨自一人待在教室，若想找他必定得要到圍繞著一堆蟲子的地方，那太令我感到厭惡了。為什麼他都不能主動過來和我攀談呢？喜歡我的男生老是愛湊近我，問我一些蠢問題或是開著無聊的玩笑，他從沒這麼做過，由此可見他對我一點興趣都沒有。

以前的小男孩為了吸引他所喜歡的女生的注意力，老是會幼稚的對女生惡作劇。我的教科書被某個男生搶走，他硬是不還我。這種行為讓他覺得很愉悅，而且對於整我這件事會讓他在同伴之間莫名其妙的感到光榮。

雖然卓浩淩沒加入他們的行列，卻對我搶不回書本這件事覺得好笑。在他用歪斜的牙齒看著我的窘樣哈哈的笑個不停時，讓我頓時覺得自己很蠢。我幹嘛要為這種臭男孩浪費時間？我管他是從哪聽來夢之歌的，那根本不關我的事，我再也不想理他了。

到了三年級的下學期，那年的校慶我們班決定要表演現學現賣的京劇，為了表現出最好的一面，我們還特地請專業的老師來講解並示範教學。而我理所當然的毛遂自薦，自願擔任女主角，因為這對充滿表演熱忱的我來說是一個很好的機會與舞臺。

男生們不喜歡怪腔怪調的京劇，大夥兒推推讓讓，就是選不出誰是男主角。其實我對誰是男主角並沒有什麼意見，帥的、醜的都可以和我一起演，前提是他要會演，而且不會光顧著玩而拖累練習的進度，這樣就最理想了。

我聽到有幾個男生們在竊竊私語，他們提到可以跟我對戲的事，有幾個男生為此考慮中。依當時的年紀來說，對戲的男女主角有很大的機率被班上起鬨的男男女女拱為班對，所以我當女主角一事還是吸引不少男同學的目光。

只是他們考慮的時間沒有太久，在看過京劇老師的表演後，通通打退堂鼓了。

一群沒用的男生，連個像樣的才藝都拿不出來，又怎麼能讓我對你們有好感。

男生們僵持了大半天，一直等到中午過後，級任導師才決定要讓男生們抽籤，畢竟總不能讓男主角的表演者一直懸而未決。

原本有幹部問可不可以自行提出名單後表決，但老師覺得這樣對被提名的男同學不公平，如果他自己不想演而硬被同學推出來，那並不是好事。所以最後決定還是用抽籤來選人，不管誰抽中籤都不可以抱怨。

好巧不巧的，班上十九個男同學，偏偏被卓浩淩抽中男主角的籤。

一開始我還有點慶幸，還好是他抽到籤；直到那個髒小孩用竹籤摳鼻孔，再拿那支籤玩臭蟲後，我開始覺得他並不是一個很好的對戲人選。

「小冬，該起來了，我們準備到片場去囉。」大衛催促著我。

「知道了。」我一邊整理自己的東西，一邊哼著夢之歌。「展開彩織的羽翼，追求理想，執著未來。不因夢境而迷惘，讓我們攜手踏上旅途。」

第二章・令人不滿的行程表

我看了一下最近的行程表，真的是越看越不滿意。這到底是怎麼回事？我越不想出演綜藝節目，公司為我安排的綜藝節目通告就越多，他們到底想讓我走什麼方向？想把我塑造成什麼形象？最初，我是基於愛演戲，喜歡扮演角色才會接受這份工作。現在居然要我上節目分享無聊的私密事，和其他完全不熟的藝人們套交情、閒話家常，甚至玩遊戲或是扮醜，做一些很滑稽的事情和動作來取悅觀眾。非常對不起，這與我預想的不同，我只能拒絕這種工作。

記得國小三年級和卓浩凌一起演京劇沒多久，我就收到了經紀公司的邀約。當時有一部連續劇需要一名女童星，所以他們安排我過去面試，最後就因緣際會的走入這個圈子。

我的母親為了讓我有更好的表演環境，於是我們搬離宜蘭前往台北。從那一天起，我就再也沒見過卓浩凌了。雖然我很喜歡表演，但用這種方式轉學實在讓我不是很開心。

為了成為一名專業的演員，我在課堂之外還得去練習演技。母親對我這方面一直都很嚴格的要求，尤其當課業壓力臨身時，練習與讀書的雙重夾擊下真是苦不堪言。我有很長的時間是夜夜失眠，晚上睡不著覺白天就精神萎靡。月事不順的時候，更是只能強忍著疼痛，晚上蓋著被子哭給自己聽。

漸漸地，我開始討厭自己的生活了。我不喜歡母親這麼高壓的強迫，也不喜歡浪費時間去學一些我一點也不想學的科目，我只想做自己愛做的事。我愛的只有演戲，而且我認為這應該是一件很美好的事，不該去和一些生活日常及沒意義的瑣事綁在一起。

國中、高中、大學，我一路這麼走過來了。如今我有名氣、有學歷、有實力，也得過一些獎項，我確實完成自己的責任，就像男生應盡的義務役一樣，我當完兵了，所以之後是我自己的人生。我的人生該由我自己來作主，我不想走的路，不想做的事就不會強迫自己去做。

「王總，這種工作行程我不能接受。公司應該做的是增加我的戲約，而不是增加上節目的通告。」我明白地告訴老闆，「我練習演技、學習表演，不是為了在電視上當諧星，那種事誰都可以做到。」

王豐是星路娛樂有限公司的老闆，公司裡的人都習慣稱呼他為王總。他坐在他的辦公椅上，漫不經心看著電腦資料，好像沒有把我的話聽進去。他的身材高大，臉形寬，表情剛毅，掛著一副粗框眼鏡。他是個相當注重儀容的人，所以他總是西裝筆挺，從來不留鬍子，因為保養品和補給品的關係所以面色紅潤。儘管他從來沒停止使用染髮劑，但是白髮長得實在太快，因此他留著灰黑相間的俐落短髮，本人經常為了白頭髮而煩惱。

「不要這樣，妳就偶爾順從王總的安排。」經紀人大衛並不希望我和王總爭論這種事。

「說什麼都不行，公司又不是沒有其他藝人可以上綜藝節目，為什麼非得要我不可？」

大衛一臉緊張兮兮的站在旁邊，他不知道要怎麼讓我閉上嘴巴。

我無視懦弱的大衛，視線直勾勾地盯著王豐，今天說什麼都要讓他改變心意。

王豐終於把手掌從滑鼠上移開，他轉動辦公椅，面向我說：「名演員艾麗絲，妳有什麼不滿嗎？」

我略過他的揶揄，「推掉綜藝節目的通告，幫我接新戲。」我再次強調。

王豐攤手說：「我和股東們開過會，我們一致認為應該讓妳有多方面發展的機會，所以我做了一些安排。過一陣子，或許還可以讓妳試著出唱片。」

「唱歌？」我啼笑皆非地問：「請問您哪時聽過我唱歌呢？我可沒有接受過專業的歌唱訓練。」

「股東們認為妳的名氣夠，或許影迷們會為妳購買專輯，我們可以很輕鬆的達到銷量。」王豐輕笑道：「那些年輕人根本不懂得聽歌，他們只認得自己的偶像，不會在乎妳的歌喉。」

我輕蔑的怒道：「您這是在糟塌我的專業和好不容易經營的名氣，而且還貶低我的支持者們。您以為事情會這麼順利嗎？當我唱倒嗓的時候只會惹來媒體的譏笑和網友的諷刺，對專業的不尊重連帶降低我的聲譽，到時肯定會影響銷量。我不知道股東們為什麼會這麼樂觀，你們過份的相信我的魅力，卻從來沒有真正的了解市場的需求，我認為這計畫一定會失敗。何況我自認沒唱歌能力，也不想去唱歌，所以我想請公司撤銷這個安排。」

王豐以冰冷的目光看著我，彷彿我是死物而非活人般，他的指尖輕點桌面，微微的細響令人感到不安。「公司的營運方針，這為什麼要艾麗絲妳來煩惱呢？妳若盡到職員的本分就是為公司著想了，其他根本不需要妳來操心。我把話講難聽一點，妳所謂的名氣與專業都是公司培養出來的，我不認為公司在決定任何方針時需要經過妳的同意與許可。再者，其他網友或媒體怎麼想並不重要，我要的是把妳包裝成商品然後出售，妳所做的事都會轉換成價值，這才是我所需要的妳。」

這番話頓時讓我怒氣攀升，「在你的眼裡，我只不過是一個商品，而不是值得栽培的演員？」

「我想妳的定位就讓市場來為妳決定吧。」王豐把視線移回電腦螢幕上，「沒事的話妳出去吧，我還有很多事要做。」

在我負氣甩門離開王豐的辦公室後，大衛急忙拉著我的手，「小冬，妳不要這麼衝動。」

「你在場，所以你聽到王豐對我說的話了，他完全不把我當一回事。」

「也許就像王總所說，公司有意把妳培養成多方面的全才，然後再讓市場決定妳的走向。雖然我講的話可能不太中聽，可是說不定妳會因此發現其他的興趣，甚至高過妳對演戲的熱忱。也可能因為唱個歌而引起話題，然後就大紅特紅。我是覺得世事無絕對，多方面嘗試也不見得不好。何況一切雜務都是由公司來安排，妳根本不需要做事和煩惱，不如就試試看嘛。」

我瞪大眼睛，「你講的這是為我好的話嗎？我聽起來好刺耳。說實話，你就像王豐的應聲蟲，他講什麼你就在我耳邊重覆說一遍，好像我有兩個老闆一樣。行了，你要講唱歌跟當通告藝人的事就不要再跟著我了，我現在沒心情跟你繼續扯下去。」

「妳別把氣撒在我頭上，我知道妳現在很生氣。」大衛不死心的擋住我的路，「但是妳一定要聽我說，妳在公司的合約還有兩年多，萬一在這兩年多的時間裡妳都沒曝光率會怎麼樣呢？觀眾都是喜新厭舊的，兩年多的時間足以讓妳完全消失在觀眾的腦海中。妳現在是上升期，最重要的就是持續的曝光，公司現在在做的事就是不斷的打造妳的知名度，讓妳的名字變成品牌，這全都是為了妳往後的星路，難道妳一點都不為自己著想嗎？」

「你是說王豐會把我冷凍起來？」

「這不是不可能的事，完全有前例可循，妳有前輩就是因為被冷凍的關係，人氣因此跌到谷底。」

我看著大衛，「你們現在是想以這個來威脅我？」

「我沒有這樣的意思，造成妳的曲解我在此向妳道歉。不過我還是希望妳能夠好好的想想，怎麼做才可以讓妳的星路更順遂，而不是一直堅持自己的興趣。」大衛說完就走。

不得不說，大衛的冷凍論確實影響了我的判斷。要是之後我被公司擱置，那麼就連唯一可以演戲的機會都沒有了。辛苦了這麼久，難道就要讓努力付諸流水嗎？但我對唱歌一點興趣都沒有，我自認歌喉也不好，難道要我用這種狀態出唱片？就算我的粉絲們會看在我的份上幫我買專輯，我也不好意思對他們賺這種錢，更別說要是讓我看到打歌的廣告或海報上的我，會讓我感到多麼噁心。若在當演員這件事上得到批評，那就表示我還有改進的地方，需要自我反省；若在當歌手上得到別人的批評，一定會讓我很不是滋味，畢竟這是我一開始就不願接受的工作。

原先根本不是這樣。我剛進公司的時候，王豐雖算不上和我熱絡，至少對我還算是禮遇，也承諾公司會在演員之路上多多給我幫助。結果現在我竟然為了通告和唱歌的事和他翻臉，到底是我在耍個性還是公司特意刁難？我真的沒辦法理解他們的想法。

就在我走入停車場，準備開車回家時，一個男人靠在我的車子旁，擋住車門。

我瞥了他一眼後說：「你是賊嗎？靠我的車這麼近幹什麼？」

男人面帶微笑後聳肩，「防盜器並沒有響，這證明我不是賊。」

「防盜器專防君子，不防小人。」我推開他，然後打開車門將皮包丟到副駕駛座。「借過，我要上車，你別擋路，我現在心情很不好。」

這名男人叫王百威，是王豐的獨生子，今年二十七歲，和我一樣是星路娛樂有限公司旗下的藝人。他的長相和一般人認知的男偶像很相近，臉型略長，眉清目秀，皮膚白嫩，留著一頭俐落有層次的黑短髮，身材偏瘦。由於公司特意為他塑造的形象，所以他在他的粉絲眼中是個帥氣多金的貴公子，就連戲中的角色也專演華麗與帥氣的有錢人……這樣的形象在我眼裡真的是俗氣到無以復加。

對我來說他就是一個含著金湯匙出生的公子哥而已，演藝事業全靠父親幫他鋪路，自己卻是一點想法都沒有。他沒有高學歷，沒有演藝界的代表作，沒有什麼其他成就。他有的只有錢、各種物質享受、主動貼上的女孩。他並沒有對自己的事業看得很重，反正只要每天能活在鎂光燈下讓他自我陶醉就夠了，什麼獎項、實力、專業全都丟到一邊，他根本完全不在乎。

況且對我來說，他什麼也不是，最多就只是在公司內的同事而已。我們在工作上沒有合作，私下亦無任何交情。按理來說，這樣形同陌路的關係該是各走各的路才對。但他在兩個月前突然開始對我莫名的關心，這種故作親近的舉動讓我渾身不自在。我想這不是我往自己臉上貼金，而是王百威真的對我感到興趣。然而我沒有絲毫覺得高興的意思，他對我的關心只是徒增我的困擾。

「妳把我當小人？」王百威以令人生厭的語氣說：「妳這麼說讓我覺得好傷心。」

「是嗎？你可以去找你的朋友安慰你。」我上車前附加了一句：「但那絕對不會是我。」

他拉住車子的方向盤，然後以甜膩的口氣說：「如果妳肯留下來，那對我來說就是最好的安慰。」

「我為什麼要安慰你呢？我們之間似乎還沒到這種交情。」我忍著怒氣說：「你最好不要再浪費我的時間，在我和你說好話之前把你的手拿開。」

「好兇啊，妳真的是我認識的艾麗絲嗎？那個在電視螢幕裡表現的溫柔婉約的漂亮女孩。」

這個男人講話怎麼這麼噁心？難道他以為他現在是在扮演有錢公子哥，而我是崇拜他的小女孩嗎？「那是電視形象，你在故意裝傻嗎？剛剛說過吧，你再不把手拿開我就不跟你客氣了。」

「幹嘛這麼急著走？反正妳晚上也沒工作了，不如我們一起去喝杯茶聊聊天。」

「你這是什麼意思？」我瞪著他，心裡升起不好的預感。

第三章・憤怒

「不為夢醒，感到懊惱。過往的片段，如跑馬燈在腦海放映。」我獨自站在陽臺倚著欄杆，邊看夜景邊哼夢之歌：「踏上充滿荊棘的險途，鼓起勇氣忘掉痛苦，前進絕不言悔。展開彩織的羽翼，追求理想，執著未來。不因夢境而迷惘，讓我們攜手踏上旅途。」

夜晚的風很涼，彷彿像是不斷地用冰冷的手掌在撫摸我的臉頰。我的頭髮被吹得凌亂，但我並不以為意，因為此刻我的心情是平靜的。

不需要酒精的催化，不需要瘋狂的發洩，只要讓我一個人靜靜的待上一陣子，這個世界醜惡的面貌就會慢慢的變得美好。

都市的夜景也是可以很美，全看自己是用什麼心態去觀看，一切都可以調適過來。像是照亮整片黑夜的都市霓虹燈，即便到了晚上，這座不夜城仍沒有要休息的意思。在道路上來來往往、密密麻麻的行車，打亮的車頭燈像是閃亮的明眸，一臺接著一臺行駛而過，猶如發出光芒的璀璨金龍。鬧區的街道上行人攘往熙來，逛街的朋友、情侶、家人有說有笑，顯見這個世界還是熱鬧、充滿活力的。既然如此，我又有什麼好煩惱與執著的呢？都忘了吧，不要再去想那些會讓我心煩的事。

我發出一聲長嘆，為什麼我老是這麼容易受環境影響呢？真的是我的自我調適做的還不夠好嗎？天空無月，滿天星辰盡被黑雲遮掩。這座以文明進步建造而成的都市成為了鳥籠，而我就是籠中鳥。一個人在無形之中會受到國家、社會地位、工作、責任、各種情感束縛，在這個號稱自由民主的國度中有人得到過真正的自由嗎？籠雞有食湯鍋近，野鶴無糧天地寬。

假如我放下一切，遠離都市的塵囂到深山或海邊生活，這樣的日子會不會比較好過？我雖是這麼想，但我知道這種超過現實層面太多的行動永遠也沒有機會實現，我同樣沒辦法在那種擁抱大自然的環境裡安穩的過活。

為什麼討人厭的事這麼多呢？有沒有什麼方法可以不需要依靠酒精、香菸、音樂、朋友、吃喝等行為就能達到抒解壓力的效果？睡覺嗎？但我現在睡意全無，肯定是在床上輾轉難眠。

王百威真是一個渾蛋！請上帝原諒我在心裡使用髒話，我實在沒辦法容忍那種狗仗人勢的壞東西在我面前撒野。就他那個樣子也是個萬人迷？我好想把他的面目公諸於世，讓他的粉絲看他有多醜陋。然而我這麼做只會徒勞無功，因為相信他的支持者會為他找各種理由解釋開脫。盲目追逐偶像的行為跟宗教信仰的洗腦沒有兩樣，全是只憑喜好而不問是非。當然我可能過於武斷。

一想起在停車場內王百威對我說過的話，好不容易沉靜的情緒又再度激動起來。

「幹嘛這麼急著走？反正妳晚上也沒工作了，不如我們一起去喝杯咖啡聊聊天。」

「你這是什麼意思？」我瞪著他，心裡升起不好的預感。

「還不知道嗎？我的爸爸，不對，王總已經幫妳退掉所有通告和戲約了。」

「綜藝節目的通告就算了，把戲約也推掉？公司打定主意要把我攤入冰箱了，就因為我沒有配合唱歌計畫的意願？」我氣得差點不顧形象就揮拳揍王百威。

「就是為了尊重妳的意願，所以才退掉節目的通告；至於戲約，那根本都還沒談妥，公司不認為那部戲適合妳演，同時對妳的狀況也很感憂心，這段時間是該讓妳好好的休息。」

「你們是醫生嗎？否則怎麼會知道我的狀況不好。我甚至連哪部戲都還不知道，你們就自作主張幫我推掉了。」話剛說完，忽然一道靈思閃過我的腦海，「該不會……是美國的那部……」

王百威若無其事的點頭，「妳真的好聰明，馬上就意會過來了。」

我頓時發出怒吼，簡直不敢相信這種事會發生在我身上。「怎麼可以這樣，我等那個機會多久了，這是能讓我站上國際的跳板，公司居然這般短視，直接把這個機會推出門外？」

「那連戲約都不算，充其量只是個面試機會。」

我拉著王百威的袖子，「可是你們連這個機會都不給我！」

「不要這樣，溫柔一點，我還是喜歡妳保持文靜的樣子。」王百威拉開我的手，「雖然公司先前有答應過讓妳去試鏡，後來幾經考量覺得這並不適當。首先那不過是個配角，在歐美電影裡亞洲演員總是得不到有份量的角色，任何黃皮膚的人都可以去演，沒什麼價值；再者妳該以本地的市場為重，先抓穩國內的地位，以後多的是發展機會。」

「然後呢？公司推掉試鏡，另外幫我安排了什麼『具發展性』的工作？別跟我說就是唱歌。」

「其實要是妳肯好好的配合，一切都會很順利，為什麼妳這麼固執？」

「我現在不想再跟你說話，若你是來當公司的說客，那你可以滾了！」

「氣質氣質，雖然我早就知道妳的脾氣不好，沒想到妳還是這麼兇巴巴。」王百威右手搭上我的肩，「有的時候我也覺得我爸爸有點固執，他和他的股東們的想法總是很死板，完全不懂我們年輕人在想什麼。因為我和妳年紀差不多，我很能體會妳的感受。」他拉著我的手，「我們今天好好聊一聊，把妳所有的問題都告訴我，等我回去後會和爸爸反應妳的事。妳們兩個現在都在氣頭上，需要一個能夠緩衝的中間人，我有自信能說服我爸爸改變主意，這樣對雙方都好。」

我抽回手，「對我可不好。我怎麼不知道你這麼關心我，你想跟我鬧緋聞嗎？」

「不是緋聞。」他將身體湊近我，「我想很久了，我是喜歡妳的，但不喜歡曖昧不清，不如就讓妳和我交往。我想我們兩人在一起能夠引起足夠的話題，而且會是這個年度最佳的銀色情侶。」

真是教人啼笑皆非，這麼愚蠢的話真虧他能說的出口，害我一時之間都不知道該作何反應。「這是怎麼回事？我們公司的花花公子居然想找個女朋友，天要下紅雨啦。」

「在外面玩這麼久，是該定下來了，我覺得妳是最適合我的人選。」

「我？不好吧，我覺得我並不是你愛的類型。而且你這樣要我以後怎麼出門？你的粉絲們一定會追殺我，我可不想出門還隨身佩槍自衛，甚至會被人在背後默默的釘稻草人。」

「不會那樣，我的粉絲都很理性，他們會支持我的女朋友。」

跟一群國、高中的追星女生講理性？你信我還不敢信，出門被扔雞蛋都還算好了。「別這樣，你不是和李美琳因為合唱的關係而被傳在一起嗎？我覺得你們兩個很登對。」

他皺眉說：「那是記者亂寫的，妳這樣就當真怎麼行呢？」接著他問：「難道妳吃醋了？」

天啊，怎麼會有這麼自我感覺良好的男生？「謝謝你的喜歡，不過我沒有要和你交往的意思。」

「不用不好意思，明星的交往在這個圈內很常見，我們不也是一般人嗎？妳和我很登對，我們會受到公司和粉絲們的祝福，到時我爸爸對妳的不好印象都會跟著消散。」

「我不是說明星之間交往不可以，我是說我和你交往不可以。」我果斷地說。

他露出潔白的牙齒苦笑道：「妳在擔心什麼？如果是媒體的話我來負責，我保證絕對不會出現對妳不好的新聞。還是妳害怕人氣會因此下滑？那也沒辦法，總是會有一段陣痛期，過了就沒事。」

到底是我說的話很難懂還是他故意裝傻？我的意思已經很明確地向他表達了，他怎麼還是聽不懂？我突然覺得王豐好可憐，他要養大這種兒子一定很辛苦。不，有可能他就是被王豐從小寵到大，所以才會養成無視別人的習慣。「王百威，我現在警告你，不要繼續再提交往的事，我浪費的時間已經有夠多了。」說完，我坐回車上準備開車離開。

王百威這個死心眼還打算死纏爛打，他用半身擋住車門。「艾麗絲，我喜歡看妳溫柔矜持的樣子，我跟妳講好話時妳就該順從地接受，為什麼老是要把場面弄得這麼難看呢？我真的不懂。」

他搞得我火冒三丈，「你到底有完沒完，真的好討厭。」我強硬地關上車門，然後聽到啪的一聲，接著是王百威的慘叫，大概是車門夾到他的小腿了。

他猛烈地以拳頭搥著我的車子，看得出來他很生氣。只是現在都不知道該發火的是誰？「妳這粗魯的男人婆，有誰敢要妳？有本事妳現在就開走，我看妳以後都不用想演戲了。」

王百威的恫嚇對我沒用，我馬上開車離開公司。

沿路上我一直不斷地抱怨公司、王豐、王百威，甚至知道實情卻不告訴我的經紀人大衛，這些人都是一丘之貉，沒有一個真正對我有幫助。忽然之間我覺得好無助，怎麼這個時候連一個可以幫我的朋友都沒有？我的生活除了工作外就是演技訓練，不然就配合公司的行程進行活動或宣傳，很少有自己的私人時間。要是真沒了工作，那我該做什麼？雖說是為了自己的權益才頂撞王豐，卻沒有半點愉悅的感覺，反倒是加深心底的不安。我在王豐面前表現的很堅強都是裝出來的，我的確很怕被冷凍，公司的一個決定可能讓我瞬間從雲端跌至谷底。

要不乾脆接受王豐的提案，我就上個節目和其他女人大聊是非，只要我講講自己的一些隱私、分享個戀愛經驗、按照劇本來玩遊戲、和其他來賓打打鬧鬧、甚至在觀眾面前虛構一些從來都沒發生過的事，那麼就可以引起話題，錢也賺得輕鬆；或者我去唱歌取悅我的粉絲，和其他專業的歌手們站在同一個表演臺上，裝得很投入、很有情感、很專業的唱著也許連我自己都不喜歡的歌，這樣也能輕鬆的賺錢，何樂而不為？到時候大家都會誇讚我演歌藝三棲，是個全方位的明星。

我一定要這麼做嗎？做事不盡全力只想依賴自身魅力光環是愚蠢的行為，也許觀眾一開始會覺得新鮮，久而久之我就變得和三流藝人沒兩樣。明明沒有能力做到最好，又何必去涉獵其他領域？我自認沒綜藝感，沒唱歌天賦，也就只有演戲我有自信。

我如果在綜藝節目上表現不好，或者一不小心露出我的情緒，把場子弄冷了，觀眾、來賓、主持人都會怪我，他們會覺得我不好笑，甚至損及我的形象；我要是一直在演唱現場播唱片對嘴，觀眾會覺得我不專業，唱走音更是貽笑大方，更別說可能會要我跳舞，根本難以想像。

我的堅持是對的，不能讓公司要我怎麼樣就怎麼樣，每個人都有自己的路要走。況且我沒有違反合約裡的任何一條規定，我唯一錯的只有不照王豐的意思去執行。

車子緩緩開入公寓的停車場，在我停好車卻還沒下車之前，手機先響起來。既不是大衛也不是公司打來的電話，可見他們一點都不關心我。螢幕上顯示的名稱是我的母親，她的消息可真靈通，九成九是公司第一時間向她打小報告。

我接起電話，「有事長話短說，我累了。」我的語氣中透露出不耐與疲倦。

顯然我的母親一點也不在意我的情緒怎樣，她劈頭就是一陣大罵，責怪我為何不聽公司的指示。

當然我知道在這種情況下要跟她解釋什麼都沒有用，我的母親是個把利益擺在前頭的人，彷彿我的人生目的與責任就是賺錢供她花用。

在我小學一年級的時候，我的父親和別的女人有染，他們雙方離婚之後我的撫養權歸給了母親，我變成單親家庭中的小孩，另外還有一個小我兩歲的妹妹和我們一起生活。母親的職業是公務員，雖然家境沒有很好，生活卻也衣食無缺，和普通家庭沒有兩樣，頂多就是缺乏沒有用的父愛。

可能是一個人要養育兩個孩子的關係，我感覺我的母親壓力很大，她的想法有的時候很極端，我也不曉得這到底算不算是為我好。少了一家之主的經濟援助，內心沒安全感的母親把錢看得很重，她嚴格的管理家用支出，再怎麼樣都要存錢。

即便如此，在培育我們成長這方面她倒是沒有讓我們變得寒酸，該補習就補習，該學新技能就學新技能，該學語言就學語言。直到今天，我還是很感激她這一點，畢竟她有盡到母親的責任了。

在我的演戲天賦被挖掘之後，她馬上讓我換到另一個更好的環境學習。既然在我們的身上投下了金錢，她就會嚴格的要求，而且一定要看到成果才能令她滿意。

想當然，這其中少不了鞭打與責罵，母親對我們可沒有耐性慢慢地愛的教育。她相信不打不成器，教育孩子必得用母親的權威讓我們聽話，如此才能養成好的習慣。

我也不是不能理解她要母代父職又要賺錢養家實在沒時間和我們好好談心，所以她捨棄掉慈母的本性，戴上了嚴厲父親的面具，就是希望有朝一日我們能成功。

恨鐵不成鋼是她最忌諱的事，她不想看到我們失敗或中途放棄的樣子。在這種情況下，我和妹妹只能戰戰兢兢，咬著牙儘量達到母親的要求。

我之所以過得那麼辛苦，除了我自己嚴格要求自己外，我那母親無時無刻在我背後監視的目光也是主要原因，她就是要我什麼都做到最好。

然而這世界上哪能所有事都盡如她之意？在學校、社會上多的是比我更優秀的人，我再怎麼努力可能永遠都比不上他們，最多就是盡力之後看天命了。

母親卻不會這麼想。只要我沒達成她要的目標，她就會以各種方式對我施加壓力。

小的時候我逆來順受，還沒什麼感覺，又或者是當時她的要求還沒那麼嚴格；現在我長大了，她應該要放寬對我的限制與嚴厲態度才對，哪有變本加厲的道理？我是個成年人，我有自己的想法和思維了，不能老是被她控制在掌心，我豈不是成了母親的傀儡嗎？若非我為了喘口氣，利用公司找了個藉口搬到外面自己住，我還不知道我要忍受她到什麼程度。

現在我已經是個演員了，她覺得我應該要開始償還她的養育之恩，所以只要是公司的工作，她都要我配合公司做到最好，之後再把大部分的收入交給她管理。

我本以為依她的性格應該會嚴格地審視我的每一份工作，為我好好的把關及管控。沒想到她意外的接受公司給她的那套說辭，認為只要按部就班配合公司的計劃我就能大紅大紫。真的很奇怪，她在我和妹妹面前明明就是個很有主見的母親，怎麼碰上公司就變回原本的公務員性格呢？人家說什麼她都照單全收，而且一成不變、墨守成規，每次見到這樣的母親都會讓我覺得她很愚蠢。

她要求我要把工作做到完美，可是她從沒想過公司的提案關乎另一種專業，唱歌及藝能我都不擅長，我不相信母親真的毫無所覺。我不是天才，怎麼可能真的演歌藝三棲？

漸漸地，我開始懷疑母親是不是把她長久以來對我和妹妹的培養看作是金錢投資，現在就是回收報酬的時候。如果真是這樣，那她和公司的默契就可以解釋了。

可是怎麼辦呢？她要我將收入全數給她、買一些她想要的禮物送她，這些我都可以允諾，就當作是孝順，回報母親對我的養育之恩；但是若到現在她還以為她能用她的威嚴來改變我的思考那就是大錯特錯，我是個獨立的個體，不是母親的分身。我可以接受她對我的教育，卻沒必要接受她對我的人生指導。我相信在她那受局限的傳統思考裡，全都是對我的演員之路毫無幫助的構想。

都說兒孫自有兒孫福，我既已長大，就讓我自己過我的生活吧。

「妳是對妳自己沒有自信，不然唱個歌這種小事有什麼困難的地方？」母親在電話裡回應道。

「不是說能唱就要唱，而是唱得好不好聽的問題。媽，妳要我不管做什麼事都要做到最好，但唱歌不是我的專業，妳要我在粉絲面前表現出業餘的樣子嗎？我真沒辦法接受。」

「妳不去嘗試又怎麼知道結果？在妳跟我抱怨妳不會唱歌之前，妳有努力嘗試過了嗎？」母親反過來勸我：「就照公司的安排，去試試看。」

我不耐煩地回覆：「現在不是唱不唱歌的問題，而是王豐的安排都和我預想的有出入，他一直是想要我做什麼就做什麼，從來不管我的想法。我對我自己的定位與品牌價值是有堅持的，可是王豐的構想只是要拉低我的價值，我為何要接受？冰凍三尺本來就不是一日之寒。」

「這就是妳自己的問題，還敢怪別人？王豐先生是很器重妳，所以才會事事都先想到妳。別人這麼為妳著想，妳有為別人想過嗎？妳只想著要做自己喜歡的事而已，妳這自私的女孩。」

「那就當作我自私吧。」我不客氣地指出：「可是王豐沒經過我的同意就把美國那部戲的試鏡機會給推掉，這不是一個為員工著想的老闆該做的事。光這一點，他就別想要我再和他妥協什麼事。」

「妳真教我寒心，妳怎麼敢跟我一直頂嘴？妳現在在哪裡？馬上回家！」她以命令的語氣說。

「我現在就是回家了，只不過是回我自己的公寓。媽，我累了，有什麼事以後再說。」說完，我直接將電話掛斷並關機，免得媽媽繼續跟我糾纏不休。

回到家中，我從冰箱裡弄點簡單的東西果腹，之後就一個人待在陽臺上看著夜景發呆。

我不常用電腦和智慧型手機，別說玩遊戲，甚至連上網都懶。在家我不太常看電視，偶爾會看看書，聽個音樂或是親自下廚，光是這些加整理家務就夠我消磨很多時間了。若是這樣還有空的話，我會乾脆躺在床上睡覺，不然就對著鏡子做表情的模擬。

今天是我第一次覺得時間多到用不完，很少會有這樣的機會，我開始感覺無聊了，該怎麼辦？儘管如此，我不能這麼早就認輸，要是我被公司冷凍的話，我會有非常非常多餘裕的時間，現在是時候好好的思考該做什麼，順便為我自己未來的人生做一些不同的規劃。該經營副業？該找個專業進修？該出門多交個朋友？要不然乾脆什麼都不管，出國來一次長期的旅行。

之後把我從很長的放空狀態拉回現實的，是從大樓底下傳至七樓的吵嚷聲。

「為什麼我不能進去？我女兒住在七樓，我是她的媽媽，還有什麼問題？」

我急忙躲入房間內。天啊，媽媽怎麼會直接到公寓來找我？她好像很生氣，那我該怎麼辦？

公寓對講機響起，害我心臟跳了好大一下，這根本是惡魔的召喚聲。

我緊張的接起對講機，「那個……有什麼事嗎？」

「艾麗絲小姐，現在樓下有一位許玉薔女士想見您，她說她是您的母親，可以讓她上去嗎？」

「不……不要，我不認識她，別讓她上樓，請把她擋在外面，拜託你了。」

掛斷對講機後，我馬上拎起皮包，帶著手機和車鑰匙趕往停車場，我的公寓再過不久就會淪陷了，這還怎麼待得下去？

我狼狽地開車從大樓後方的出口逃跑，連回頭察看的勇氣都沒有。就這一點看來，我還是懼於母親的威勢。雖然在電話裡我敢頂撞她，但面對面又是另一回事了。

不過我現在該去哪裡？既不能回公司又不能回公寓，更不可能回自己的家，該怎麼辦？要不乾脆隨便找一間旅店，先躲個幾天再說。

待我停車將手機開機後，一看上面的未接來電竟有十七通，全都是媽媽在我逃跑之後打來的，她的憤怒真是可想而知，我已經不敢想像我被她逮到會是什麼樣子。

這時鈴聲再度響起，我以為媽媽堅持到這種地步，結果螢幕顯示來電的名稱為周宸恩。一看到名字讓我鬆了口氣，這才放心的接起手機。

能知道我私人號碼的圈內人不多，周宸恩就是少數之一。

「發生什麼事了嗎？我打電話給大衛，結果他說妳現在正在放假。這是怎麼回事？妳不是工作狂嗎？怎麼會心血來潮的想放假，是身體不舒服還是有什麼不順心的事？」他問。

我長吁一口氣，「聽到你的聲音突然讓我覺得好安心。」

「怎麼？妳這種語氣好像是歷劫歸來的人。」

是歷劫歸來沒錯，「可是你怎麼會打電話給我，還是在這個時間點，你不忙嗎？」

「今天的工作都差不多告一個段落了，妳現在有時間嗎？我想跟妳見個面。」

「可以啊，我們約在哪裡見面？」

「喔——今天是怎麼回事？這麼爽快就答應，之前我要約妳的時候妳就找一堆藉口推掉。」

「之前是因為工作，那才不是藉口。」

「沒問題，那我們在沐翰酒店三樓見面，我有先預約訂位了。」

我正愁沒地方可去，剛好周宸恩的邀約幫了我一個忙。

時間來到晚上九點，即便是黑夜我還是習慣戴上墨鏡後才出外行走。

沐翰酒店的三樓是一間高級中式餐廳，難道周宸恩還沒吃晚餐嗎？

一進入餐廳後我便跟著服務生的指引來到訂位的房間，在那裡我看見滿桌的菜餚，連火鍋都有。周宸恩還沒等我就自己先吃了起來，當他看到我之後，才尷尬的拿紙巾抹嘴，歡迎我入座。

「大忙人，現在才吃晚餐？」我看著桌上的菜色，「你有多餓，這些吃得完嗎？」

「很抱歉，禮貌上我應該要等妳入座後再一起用餐，可是我實在太餓了，從早上到現在幾乎沒吃什麼東西。」他比手示意道：「一起用，不必客氣。」

我笑道：「人家都過了營業時間才點東西吃，存心想害餐廳的員工晚下班，別仗著你是這酒店的老闆就可以這樣。」

他吸了一口麵，滿嘴食物的澄清：「我是投資人，不是老闆。」

「我逗你的，誰都知道你的個性。」我勸道：「你慢慢吃，沒人會催你。我很了解這種誤餐的痛苦，我行程忙的時候也是常常沒能準時吃飯。」

「妳肚子一點也不餓嗎？」他正撥著蝦殼。

「傍晚吃過一些東西，還行。」我拿起餐具幫周宸恩消滅一些食物，其中以青菜居多。「我不是怕胖，就是這個時間點還吃東西似乎對胃不太好。」

「當然不好，妳想長命百歲嗎？」他用湯匙舀湯後說。

我不知道該怎麼接他的話，「話說回來，你找我有什麼事？」

「問我找妳幹嘛？」他輕笑道：「我們的艾麗絲真是貴人多忘事，妳都忘記要當我的品牌代言人的事了嗎？今天是公事，難道妳以為我們現在在約會嗎？」

「啊——我還真的把和你的約定拋到腦後了。」我向他道歉，「不好意思，我以為我的工作全被公司退掉了，還真以為最近這陣子會無事一身輕。」

他放下筷子湯匙，「我就覺得奇怪，妳好端端的怎麼會突然放假。」

我嘆了一口氣，一時覺得口乾舌燥，只好先以香片潤口。

第四章・偶遇

我將自己與公司的衝突一五一十地告訴周宸恩，本來只是想簡短地敘述這起事件，結果我可能是越講越覺得氣憤，不自覺地變成了詳細的解說。周宸恩一邊吃著他的晚餐，一邊沉默地接受我傳達的訊息，他這種不打斷別人，完全傾聽別人說話的性格會讓我自己變得滔滔不絕。

起初，我還可以用冷靜客觀的角度講述事情，但講到中段關於我母親的部分後，我開始有了私心，故意對公司加油添醋，醜化王豐的作為並強調我的弱勢以搏取同情。不過在這起事件中，我確實是處於孤立無援的狀況，我很希望能多一個與我站在同一陣線的盟友，在適當的時機為我發聲。

原先我打算自己面對的難題與壓力，在看到周宸恩的剎那，竟讓我興起了想依靠他的念頭。藉著和他聊天的機會，把所有問題全部告訴他。雖然這種做法很自私，好像是強迫他接受我的難題，可是這也是沒辦法的事。就算我認為自己再怎麼堅強，有時候也想要依賴女人的天性，找個可靠的男人來當自己的避風港。我不確定周宸恩適不適合，可是我願意試著與他接觸看看。

我和周宸恩是在工作中認識並逐漸熟稔，我喜歡他爽朗以及成熟的個性，在多次的合作後開始變得無話不談，這也是他為什麼會有我私人手機的原因。不過他是一個比我更有名氣的男演員，加上他自己經營的副業幾乎讓他忙得不可開交，因此我們兩人真的極少聯絡，這是件讓人很遺憾的事。

公司現在雖然不讓我上任何節目，也沒意願幫我接戲，可是已事先和廠商簽訂合約的代言、宣傳、廣告等活動還是得正常執行，這點我自己卻忽略了。沒錯，周宸恩的確不會沒事邀我出來閒聊，一方面是彼此都忙，另一方面是為了避免接觸太頻繁引來粉絲或媒體沒必要的猜想。

能利用工作的機會和周宸恩大吐苦水其實很不錯，我感覺他比大衛更親切，和他聊天就像和許久不見的老朋友聊天一樣自在，同時還能讓我的壓力減輕不少。

周宸恩在聽完我的一連串抱怨後，只是點點頭，然後繼續吃他的東西。我的心情的確好了不少，不過他稍微冷淡的態度還是讓我有些灰心，好想知道他到底有什麼想法。

他將碗中的食物清空，然後以一杯龍井收尾。「以經營者的角度來看，你們公司的方式並沒有錯。既沒有違反妳們之間的合約，同時這也算是公司的曝光策略，在妳名氣足夠的現在，沒什麼理由不繼續擴大妳的價值。如果妳想讓人氣持續爆發，不如就把這些當作是成名的代價，咬著牙忍耐。」

我聽他的話後不太高興，「我最討厭的就是這種包裝手法，你應該早就知道。有些明明不會演戲的偶像，就只是因為公司力捧的關係，硬是把他們包裝成會演戲的樣子，這就是我看不慣的地方；同樣的道理，我的公司想把我也變成那種我自己最討厭的包裝明星，叫人怎麼接受？」

「包裝沒什麼不好，試問現在哪一個明星藝人偶像不是公司炒作起來的呢？只要長得稍有姿色，再多買幾個新聞不斷的提高知名度，人氣就自然而然的累積起來了，難道不是這樣嗎？」

「利用自己的人氣能讓人一直買單到什麼時候？拿不出真正的本事給人看，最後只是淪為笑話。」我惱怒的解釋：「不能給予我的粉絲最好的一面，那就沒必要轉換舞臺。」

「那都是可以訓練的，妳可以先問問妳自己，是否努力過後才發現的確是不行，還是沒做之前就先放棄自己？依公司來看，妳就是只想專注在演戲上，對其他演藝工作毫無興趣。」

我怒道：「這樣不可以嗎？有人規定我全部都要會才算得上是藝人？你的口氣怎麼和我媽一個樣？我都還以為你是我媽。真是失望，和你訴苦的我真是找錯人了。」

周宸恩莞爾笑道：「別這樣，妳都忘記惠娜的事件了？」

「我永遠都記得那個只會在片場擺樣子，害戲一直NG的模特兒演員。她害你延誤了好幾次的行程，一段簡單的台詞都說不好還怪東怪西，拍個戲卻要求身體及衣服不能沾到任何髒汙，以為自己只要走秀就能收工的新人演員。只是個剛進電影圈的新人配角，搞得好像比你這個男主角還大牌。不過你當時沒對她發火也真是太溫和，若是我在場就不一樣，我會好好的教教她什麼叫做演戲，那個業餘的演員。」

「她或許是個業餘的演員，卻是一個人氣十足的明星，妳看她紅不紅？」周宸恩啜飲一口龍井茶，「粉絲不會在意她的演技，反正只要她長得漂亮就行了。現代人太空虛了，追星的行為能填滿一部分空缺的心靈。惠娜利用她的爭議成功引起話題，誰去批評她的演技？沒有，反倒增加更多她的目光，她的人氣連帶跟著上漲。妳覺得很荒唐，可是這個圈子的生態就是這樣。先有人氣，才會有吹毛求疵的人要求妳的專業，不然她演得再好有什麼用？都沒有半點目光在她身上。」

「你的意思是要我向公司妥協？」如果我沒理解錯誤，他是想用委婉的方式說服我。

「不是，我是尊重妳思考過後的任何自主決定。」周宸恩表示：「剛剛我說的話都是從經營者的角度出發，但是就我來看，妳的公司只是想利用妳人氣爆發的現在用力的賺一波鈔票，這種炒短線的方式我也不欣賞。像妳這樣能堅持自己的權益與想法，我是予以同意並讚賞的。」

「不要像風向雞一樣，把話轉來轉去，你以為這樣會讓我比較好過嗎？」

「唉——我也正在吃演員飯，能給妳什麼好的建議呢？就妳現在的階段，和公司翻臉不是很好的選項。冷凍還算是一種比較溫和的懲罰，若是公司拿妳不履行工作合約這項來向法院告妳違約背信，最後對簿公堂，這吃虧的會是誰呢？官司一定是打得又臭又長，連帶把妳的人氣拉至谷底。還有兩年多的約，妳可以想想怎樣的做法比較好，硬碰硬絕對不是聰明的方式。當然，我再重覆一次，我是尊重妳思考過後的自主決定，這中間妳遇到困難只要我能幫的一定幫妳。」

我搔著頭，「我真的很苦惱，該怎麼做呢？雖然你講的都有道理，但是……」

「我們先把代言的事搞定吧，妳總不能讓僅剩不多的工作也砸鍋吧？」周宸恩起身，「吃飽了嗎？那麼我們該離開了，別擔誤別人的下班時間。」

「你不是要跟我談工作嗎？這麼急著走，那我們去哪裡聊呢？」

「妳會不會很累？剛和公司及媽媽發生爭執，心情一定很不佳，這種時候我就不再影響妳的心緒，我看時間也不早，還是先讓妳休息好了。」

「那我先離開了。」我跟著起身，「謝謝你招待的食物。」

「不是離開，是上樓。」周宸恩說：「我幫妳訂了沐翰的豪華套房，妳可以直接上去休息。」

我訝道：「你幹嘛這樣？」

「妳不是說和媽媽爭吵中，妳還能回公寓嗎？不是正準備去其他旅店投宿，那不如直接睡在這裡，我們的酒店房間很不錯，不會輸妳的高級公寓。」

「你不要自作主張，我可沒說要住在這裡。」我從皮包中拿出信用卡，「算了，省掉我找旅館的麻煩，勉強接受你的好意。我不愛欠人人情，刷卡可以嗎？」

周宸恩看著信用卡後微笑道：「妳留著吧，我的朋友。」

「你在跟我炫富嗎？住一晚兩萬多的套房你不收錢？」我挖苦道：「也是，經營這麼大的一間酒店真是讓人羨慕，每天都可以睡不同的高級套房。」

「我是投資人不是老闆，再說我也不住這裡。好啦，妳可以當我炫富，快去休息吧，工作的事我們明天再討論，我會打電話給妳。」他轉身走出包廂。

我追了上去，「明天？好稀奇，你居然連續兩天都有時間找我，看來最近你的工作也不多嘛。」

「不是工作不多，我剛發了封簡訊知會王豐，他希望由妳自己和我處理代言的工作，反正妳這段時間也沒其他行程。」周宸恩邊走邊說。

聽了真是讓人心情不悅，「很好，王豐現在給我充份的自由與時間了，連工作都不想干涉我，真好，我現在有夠自在。」我低聲咒罵道：「什麼都自己來，那我還要這間公司幹嘛？」

「凡事想開一點，妳就把這段時間當作放長假，順便好好的思考自己的方向。既然我們要因為工作的關係進行幾次的討論，不如妳就和我一起跑個行程如何？」

「你要當我的臨時經紀人嗎？」

周宸恩挑起眉尖，「妳介意嗎？」他同時伸手按下電梯按鈕。

「怎麼會呢？能讓你這個大牌演員當我的經紀人，這是多少女孩求之不可得的機會。」

「妳不要想太多，這次的合作結束後，我儘量幫妳排解和王豐之間的問題。」

周宸恩和王百威一樣都承諾會幫我解決問題，但我相信他和王百威那個下流的人不一樣，他不會信口開河，而且他比王百威那個風流的人有能力多了。

王百威要我當他的女朋友才肯幫忙；周宸恩對我可不感興趣。再說和王百威相比，我和周宸恩在一起的意願更高，相信換作其他女孩也是同樣的想法。

「如果我們被拍到一起出雙入對，肯定會被媒體拿來大作文章，這你能接受嗎？」

「我自己倒是不擔心，不過基於保護妳的立場，我會特別澄清這事。」他走入電梯。

我促狹地說：「其實你不用特地澄清，我不怎麼介意。」隨後跟著進入電梯。

「妳有需要靠緋聞炒熱人氣嗎？」他笑道，電梯門同時闔上。

「那得看是跟什麼人傳在一起，你不會這麼想嗎？」

他冷笑道：「妳真幽默。」

「我想也是，現在我們最不需要的就是另一半了，是吧？」但是王豐肯定會喜歡我跟你被傳在一起的新聞，然後利用你來炒作，否則他不會同意我們一起行動的提案。

「怎麼樣做才是對妳最好的，妳該想的是這個。然後今天早點休息，明天我會打電話給妳。」周宸恩為我打開套房的門，「進去吧，晚安。」他和我道別。

我點頭，目送他的背影離去後將門掩上，心中有種說不出的失落。周宸恩似乎想和我保持距離，結果尷尬的反而是我。我是很能理解他的想法，只是內心裡懷抱的一絲期待又是什麼？

不要再想了，現在是我的休息時間，不是被這些煩惱纏身的時候，明天的事就留給明天去做。

我走進浴室，換下衣服準備洗去一身塵埃，這才發現匆忙出門的我連可以更換的衣服都沒帶來，看來只能穿著髒衣服睡覺了。

扭開水閥，我用冰冷的水洗了把臉，接著從鏡子裡看到一臉疲憊、披頭散髮、全身赤裸的我，真是可笑，鏡中的人就是當紅的明星嗎?真是越想越諷刺。

我怔怔地望著鏡中的自己，直到熱水冒出的蒸氣慢慢地將鏡面霧化。

梳洗完畢後，我直接關掉房間主燈並躺倒在床上，連床頭燈都沒點。我厭惡睡覺時旁邊還有一絲的燈光擾眠，那會讓我無法真正的放鬆。最佳的睡眠環境就是無聲又黑暗，最好床墊軟硬適中，棉被夠厚夠軟，枕頭別太高太硬，在房間內還有微微的薰香味，那麼我就相信我一定可以一夜好眠。

我討厭衣物的束縛，更別說是穿了一天的髒衣服，我絕對不會讓衣物伴著我入夢。

本來我以為我會因為左思右想的關係搞到我失眠，卻是在躺了十多分後眼皮漸漸的沉重，最後在朦朧之中我進入了夢鄉。

在夢裡我看見開著跑車，拿著一束玫瑰對我獻殷勤的王百威；以及穿著白色禮服，正和我演對手戲的周宸恩；還有正在樹下，一邊撥著泥土一邊找蟲，全身髒兮兮的臭小孩卓浩淩。

卓浩淩抓蟲時所唱的夢之歌吸引了我的注意力，讓我不顧正在與之對戲的周宸恩，且忽視捧著花束的王百威，直接跑到卓浩淩的身旁。

這時場景轉變，我和卓浩淩站在戲臺上，底下全是看我們演戲的觀眾。他面朝我微微一笑，那張臉依然是我記憶中的那個蠢樣子：歪牙、臉有汙泥、衣服上有椿象在爬，毫無魅力可言。然而，我居然覺得這場戲是我演過最好的一齣戲，為什麼會有這種感覺呢？

表演完後，群眾回以熱烈的呼聲，他們起身拍手叫好。不過我雖然看見他們拍手，卻沒有聽見掌聲，取而代之的是周宸恩的Morning Call，把正在睡夢的我拉回現實世界。

我起床整理服裝儀容，收拾好東西後才前往餐廳，時間來到八點十分。我看到周宸恩好整以暇的坐在靠窗口的座位，邊喝咖啡邊看窗外風景。桌面上已經有為我準備的早餐：一杯溫牛奶、生菜沙拉、烤麵包及奶油、火腿和煎蛋、炒洋菇搭一小塊烤鱒魚、奇異果和葡萄。

「這麼豐盛的早餐，你想撐死我嗎？」我在他對面的位置坐下。

「早餐很重要，絕對不可以不吃。」他放下杯子，「昨晚睡得好嗎？」

「還行，可惜被你的聲音打斷了我的夢，害我一早起床昏昏沉沉的。」
「那可真是抱歉。」他示意道：「吃吧，涼了就不美味啦。」
我邊吃邊問：「今天你有什麼行程？」
周宸恩看著手機，「我想過了。早上我們先討論細節，把一些簡單的事例如宣傳照之類的拍一拍，下午我還有行程，到晚上再著手宣傳的工作。」
「這種事你叫你的助理和我討論就行了，何必要你這個大忙人親自陪同呢？」
「我做事一向不喜歡假手他人，何況這是我自己創立的副業，我想還是我自己處理比較妥當。」
「不覺得很累嗎？又是演戲，又是創意總監，又要煩惱市場和品牌的事。」
「有何不好？在忙碌中逐漸衰老，在自己做的事情中找到人生的價值，等到回首一生時就不會有虛度人生的懊悔感。」周宸恩攤著手說。
「聽你這麼說，讓我突然覺得好汗顏。總感覺我現在所煩惱的東西都很幼稚，跟你成熟的想法真是天差地遠。」我將洋菇及鱒魚一掃而空，這兩道料理都沒什麼調味，很清淡。
「妳真的這麼想嗎？」他驚奇地問。
「沒有，我開玩笑的，不可以嗎？」
周宸恩注意到我的衣服沒有更換，「還是昨天那件呢。」
「匆忙出門，忘記行李了。」有點丟臉，別再問我衣服的事好嗎？
他打量著我，「會不會不舒服？不如我先買幾件新衣服讓妳更換。」
「不用了啦，也就今天一天而已，晚上我就回公寓了。」

他嫌棄地說：「唉唷——真是個髒小孩，怎麼可以不換衣服？妳要讓妳的影迷知道他們的偶像這麼邋遢嗎？還是買新衣服比較好。仔細一想我們認識這麼久，我都沒送過妳禮物，這是個好機會。」

後來我才知道周宸恩是別有用意，他送給我的新衣服全都是他旗下的品牌。

「這就是你說要送我的禮物嗎？難道不是趁機利用我來打廣告，當你們的模特兒嗎？」

「妳確實是我們的代言人啊，根本沒有什麼爭議。」他撫著下巴端視著我，「何況妳穿起來……非常的好看，我應該連一開始的廣告都找妳來拍才對。」

雖然有點被周宸恩利用，可是穿在身上的新衣服的確很好看，讓我整個人煥然一新，而且也很時尚，我找不到有什麼理由繼續向他抱怨。我滿意地看著全身鏡中的自己，情不自禁地擺出許多自己覺得漂亮的姿勢，說不定我也很適合當模特兒，就是身高太矮讓我苦惱。

我坐上周宸恩的車跟著他跑行程，整個上午全都在處理他自己的例行公事，而且還因為廠商的問題讓工作的進度完全推遲，害得我們到了中午還沒辦法用餐。

周宸恩的經紀人除了幫他安排工作以及行程告知外，其他事情都不需要他來處理，全都是由精實的周宸恩親自解決事情，怪不得他會這麼忙碌。只是我看他好像已經很習慣了，完全不以為意。

好不容易事情告一個段落，我以為我們的午餐要悲慘的在車內解決。

「等會兒和我去見一名設計師，之後我們再找地方吃午餐。」周宸恩如此提議。

「設計師？我以為公司的產品大多由你經手設計。」

「我只有一個人一雙手，能做多少事？再者，這是品牌融合主題所出的特殊檔期產品，另外找個符合風格的簽約設計師比較好。」

「主題？我以為你們的品牌只強調自己的個性及風格。」

「一成不變怎麼行，市場是需要開發經營的。」

「是這樣嗎？算了，你才是經營者，這方面我不能質疑你。」

和周宸恩比起來，我的人生目標除了演戲還是演戲，太單調了。若是有一天我想轉換跑道，他就是一個最好的參考方向，趁這個時候可以多多和他學習。

據周宸恩的說法，我們已經比預約的時間還晚到一個多小時，這讓他對那名設計師感到很抱歉。花了十多分鐘來到設計師的住處附近，停好車子後，周宸恩帶我走入鬧區後的巷道內。

由於現在還是大白天，街道上滿滿的人潮，為了不被認出只好戴上帽子和眼鏡，希望我們兩人別引起什麼騷動，不然後續可能會造成兩間公司的麻煩。

「其實我不是很喜歡這樣公開露面。以前都會有大衛幫我擋著，身邊還有工作人員跟隨，現在這樣大方的走在街道上讓我很沒安全感。」我對周宸恩埋怨道。

「這裡是台北的街道，光天化日之下有什麼好擔心？」周宸恩表示：「妳離開正常人的生活太久了，才會把一件稀鬆平常的事看得這麼緊張。想想以前的妳，是不是想去哪裡就去哪裡，難道妳一點也不會懷念那種自由的日子嗎？」

我反問：「那你自己呢？每天被工作綁住，連一點私人的時間都沒有。」

「我是樂在工作，工作就是我的人生，是我的全部。我愛上哪就上哪，妳沒看到報章雜誌登我乘坐大眾運輸工具的帥氣模樣嗎？不要把自己看得太重要就不會與其他人產生距離感。」

「我可沒以天龍人自居。」周宸恩的意思不就是我當自己是高高在上的明星，可是難道以他現在的地位，心裡不會有優越感嗎？

出乎意外，根本沒有半名路人注意到我們，一堆人跟我們擦肩而過，卻連正眼也不看我們一眼，現代人的生活有這麼忙碌嗎？還是我真的如周宸恩所說，太自以為是了？虧我還刻意低著頭行走，周宸恩卻是抬頭挺胸，雙手插在西裝褲的口袋，表情自若。

「到了，就是這裡，我們進去吧。」周宸恩為我打開玻璃門。

店門口的招牌上寫著占星屋三個字，櫥窗上的六芒星格外引人注目，難道這是算命的地方嗎？我懷著疑心走入店內，之後像個好奇的小孩一樣四處張望，想不到在鬧區裡會有這種店。

「妳慢慢看，我去和設計師打聲招呼，妳等我。」

「你忙吧。」反正這本來就是你的工作，我也沒想過要介入。

雖然我覺得很新奇，但我對異國、神秘風格的東西並沒有太高的興趣，所以我很快就感到膩了。這種無聊的時候就會感覺時間特別漫長，我從來就不知道我不演戲的時候居然會過著這麼無聊的生活，可見演戲對我來說多麼有意義，根本是我生活的全部重心了。一想到此，我就覺得王豐很該死，因為他剝奪了我人生的意義，他害我虛度很多沒價值的時光，越想越生氣。

幸好占星屋裡放的心靈音樂能讓我稍微沉澱情緒，加上店裡的環境很舒適，才沒有讓我焦躁的脾氣繼續上升，不過我還是沒有想在這裡久待的意思。

店裡傳來周宸恩和另一名男人的談話聲，他們之間的談話內容清楚地傳入我的耳朵。

「我很喜歡您那一對憂鬱中帶著冷漠的眼神，每當您用表情演戲時，那對眼神真是傳神極了。」

接著是周宸恩靦腆的笑聲：「非常謝謝你的誇獎，你的評語讓我頓生不少動力。不過你可別把我當成有憂鬱症，我都是因為劇情需要才出現那些表情。」

「怎麼會呢？您本人和電影裡一樣的帥氣，能見到您真是太幸運了。」不是說談公事嗎？怎麼變成粉絲的見面會？有的時候我真覺得周宸恩是人太好了，遇到要寒暄的人也不懂得拒絕，他都不知道自己有多忙，就是這樣才會白白浪費時間。

「不是說有預約嗎？怎麼還有其他客人？」越是這種時候，我就越該站出來提醒他，「我們可沒有太多的時間可以浪費，你不是還有行程嗎？」不光是工作的進度，我肚子也餓了，不催促他不行。看他似乎聊得太起勁，說不定把我晾在一旁就直接忘記。

「不要緊，應該不會太久，何況是我遲到在先。」周宸恩樂觀地說。

一名漂亮的女孩站出來說：「您誤會了，這位是我的朋友不是客人，我們可以馬上談衣服的事。」

周宸恩雀躍地說：「真的嗎？那我們最好快進入正題。」

我注意到那名與周宸恩對話的男人，他有著一張讓我既熟悉又頗感陌生的面容，這長相勾起了我的回憶，一股期待已久的澎湃情緒就要忍不住爆發。「等等，你……」我摘下墨鏡，直盯著他瞧。

男人看我摘下墨鏡後，那種瞬間僵住的反應給了我正確的答案，我真的沒認錯人。

「你是卓浩淩？」雖然是疑問句，但我的內心卻相當肯定眼前男人的身分。

卓浩淩的長相沒有太大的變化，略窄的臉形，貌不驚人。和小時候的他相比，沒造型的頭髮變成了乾淨簡潔的短直髮，髮色從黑色轉為褐色；下垂無神的雙眼如今變得有神，而且還多了一副黑色粗框的眼鏡擋住眼睛；他的歪牙已經矯正了，現在是整齊的皓齒；唇上以及下巴多了一些鬍渣；膚色變得較白，臉頰的部分多了些痘疤。他穿著廉價的黑色上衣，褲子是深藍色的牛仔褲，腳踩一雙已經被塵泥弄汙的白球鞋，從外表看起來不太注重衣著打扮，不過和印象中的他相比已經好很多。

他愣了幾秒才回答我的話：「嗯……是，不不、不是。」

「你是卓浩凌，為什麼還否認？我認得你的樣子，你幾乎沒什麼變。」我反問：「你知道我是誰嗎？」這問句是多餘的，他的確認出我了，不然沒辦法解釋他剛剛的反應。

「你們互相認識？」周宸恩驚奇地說：「這個世界真是小啊，這樣都能碰到熟人。」

「名演員艾麗絲誰不認識？沒想到我會在同一天裡連續遇到兩名螢幕上的大明星，太幸運了。」卓浩凌笑得很僵硬，看起來就是硬擠出來的表情，比演技他差得遠了。

「艾麗絲，不就是那部『日落海灣』電影的女主角嗎？」女孩露出欣喜的表情說：「我很喜歡那部電影，還反覆看了好幾次。」

「那真的是非常感謝妳的支持。」我對她點頭行禮，這名女孩意外的長得很漂亮，她和卓浩凌是什麼關係？不會是交往關係吧？

「可以幫我簽名嗎？」她面帶笑容問，接著從櫃檯上拿了紙筆。

我是一個不會拒絕影迷的明星，「當然好，那要不要順便合照？妳會貼在店內當宣傳嗎？」

她尷尬地說：「這可能和店裡的風格不太符合，我是想和您合照，不過不會拿來宣傳。」

「那你呢？要簽名還是合照？」我問卓浩凌。

「我？我不用了，真的不用，謝謝妳。」他連忙拒絕。

「你和周宸恩要了簽名和合照，卻不要我的，看來我的人氣是真不如有名的男演員。」

「幹嘛介意這種事，原來妳也有眼紅的一面。」周宸恩譏笑道。

哼，我計較的不是這種事，而是卓浩淩根本和以前小時候一樣，完全不把我放在眼裡。他那種帶著輕蔑又隨便的態度總是讓我怒火中燒，明明我現在已經很有成就了，他依然連看都不看我。

「可是……兩個當紅的男女演員怎麼會走在一起？雜誌上的八卦是真的嗎？」女孩疑問。

「男女之間除了愛情外不能是工作嗎？」我反問：「那麼你們兩個……」

女孩急忙否認，「不是的，他是我的朋友。」

朋友？哼，我怎麼覺得妳就是卓浩淩會喜歡的那種類型？

「啊——我忘了介紹。」周宸恩比著女孩，「她是占星屋的店長言慧星小姐，也是和我們品牌簽約的設計師。我看過她的作品，很符合這次的主題，她會是適合的人選。」

不知道為什麼，我竟出於衝動對周宸恩說：「啟用新人？依你的財力以及號召力，想請國內外著名的設計師不是不可能啊。請問這位設計師在時尚圈上有什麼具體的表現？曾在什麼地方學習？有沒有什麼作品是經過時尚圈認可？或是名流、時尚評論家、設計師、雜誌的推薦或獎項？時尚圈有何反應或是評語？如果沒有，那我會很懷疑她的能力。」啊——我真是瘋了，我只是個品牌代言人，周宸恩要找誰關我什麼事？我為什麼要對他說這些話？可惡，一看到卓浩淩這種態度就讓我生氣，我變得討厭這個叫言慧星的女孩，卓浩淩害我成為小氣的人，但這根本不是平常的我。

這番話一出，周宸恩尷尬的點點頭；卓浩淩不屑地將目光撇向他處；言慧星則繼續面帶微笑，只不過她的笑容中多了點苦澀，我的話還是刺中她了。

「我們的品牌很多樣化，其中當然也有揚名國際的設計師，這妳不用擔心。我們需要更多新穎、富創意、大膽、較迎合年輕人的想法，將時尚主題適切地與潮流結合，所以我認為是不是新人沒什麼問題，因為我已經用我的眼睛確定過我想要的東西。」周宸恩看著我說：「妳不用為這種事擔心，我是品牌創意總監，我有自己的想法，由我自己來處理。」

「無所謂，我又不是老闆，你自己決定就好。」我酸酸地說。

「有其他房間嗎？我們兩人來好好地討論關於先前的一些想法。」周宸恩提議。

「好的，請跟我來。」言慧星擺手示意。

太好了，剩我和卓浩凌，我可是有很多問題想問他。

就在我這麼想的時候，卓浩凌卻回頭說：「慧星，我先回去了，明天我過來找妳方便嗎？」

「好，請慢走。」言慧星向他揮手。

卓浩凌敷衍的向我道別，之後便逕自開門離開。

我追出去，在店門口拉住他。他為何一直無視我？「我是于小冬，你明明就知道我是誰，為什麼還要裝作不認識的樣子？我們是國小同學。」我還特意強調過去的事。

他為難地看著我的手，「我覺得妳認錯人了，我真的不認識妳，也不是妳的影迷。」他拉開我的手，「被其他人看到好像不太好，我不想被妳的粉絲錯怪。」

「卓浩凌，你是我所見過最沒用的男人。」我被怒氣衝昏頭了。

他嘆了一口氣後說：「我自己也知道。」接著以無奈的眼神瞥著我，「我還有事，先走了。」

望著他頭也不回地騎著機車揚長而去，我真的覺得好鬱悶。為什麼會這樣？我想再見到他，這念頭一直以來都沒變過，為何再相遇的時候是這種局面？小時候也就罷了，長大他還是一樣，可是我卻沒有得罪過他的記憶，討厭一個人總有理由吧？難道是沒理由的討厭？或者是我的Anti Fan，他是由愛生恨？不可能，怎麼想他都未曾喜歡過我。那究竟是……

「卓浩凌，你要這樣對我？很好，你越不想看我，我就天天出現在你面前。」

第五章・卓浩凌的回憶

我和于小冬有幾年不見了？我掐指一算，差不多超過十五年以上。都過這麼久，她怎麼對我還有印象？她自己是藝人，我得被迫天天在電視或廣告上看到她也是沒辦法的事，可是像她那樣的人居然還會記得我，真是令人意外。

臺灣到底有多小？小到可以讓兩個國小相處沒幾年的同學隔了十五年以後在異鄉重逢，更別提她是個有人氣的大忙人。天曉得她居然會突然出現在慧星的店裡，我若事先知道這件事，那我會改成擇日再拜訪，這樣就可以避過今天那種令人渾身不自在的場面。

我有的時候也會問自己是不是討厭于小冬，因為連我自己都搞不太懂我心裡在想什麼，我認為我對她的情感有些複雜，很難用言語具體的說明是怎麼回事。

小的時候我對周遭的女孩沒有什麼感覺，我承認當時的我很愚蠢，腦中只想著要玩什麼會讓自己比較快樂，對於異性是後知後覺又不當一回事。我印象中的于小冬一直都很漂亮，在男同學裡很有人氣，但絕對不包括我。有些男生為了引起她的注意，甚至會去惡整她，每當我看到那種畫面時總會掩不住嘴角，因為太可笑了。我對她的無感始終讓我和她沒有任何交集，她也一直與我保持距離，兩人互不來往，直到那件事開始……

「跨越天堂的橋樑，迎來七彩耀目的眩光。以生命作為賭注，張開雙翼在雲際翱翔。」當我正自得其樂地哼著我的自編曲時，于小冬竟突兀地打斷我的興致。

「這是什麼？你怎麼會唱這首歌？」她劈頭就問。

「我不可以會唱這首歌嗎？」我不懂這和她有什麼關係。

那天我雖然沒理會她，後來她卻不知為何開始糾纏我。有一天甚至在我面前哼了一段我那自編曲的旋律，接著對我說：「這是我的夢之歌，是不是和你唱的歌一模一樣？」

我真的大吃一驚，但當時的我可能過於震驚而顯得面無表情。那分明就是我自己編出來的歌，從來就沒有一個歌手唱過這首歌，她為什麼哼得出這旋律？

「對吧，你為什麼會唱這首歌？」

我討厭她那種咄咄逼人的樣子，「我怎麼知道。」誰說那是妳的夢之歌，分明就是我自己的歌。對了，沒錯，就是從那一瞬間開始我變得討厭她。就像磁鐵同極互斥一樣，我們兩人因為有這個共同點而拉開距離。我拒絕承認她的夢之歌就是我的自編曲，這件事令當時的我受到一定程度的打擊，本該是獨一無二由我專屬的自編曲竟還有人會唱，這算什麼？

當時我幼稚的想著要是我因為和她唱同樣的一首歌而被傳在一起，那該是多愚蠢的事。這想法一萌生後，我開始迴避于小冬，儘可能別和她碰面或單獨共處一室。我沒太多的朋友，所以要躲于小冬是很簡單的事，她不可能利用其他人和我接觸。早上我會晚一點到校，下課我就去抓于小冬最討厭的蟲，放學我就趕快回家，她根本無法遇到我。久而久之，她終於對我感到厭倦。

中間的過程還發生一點小插曲。有一天我在回家的途中被一群六年級的不良少年圍住，當我還沒意識到發生什麼事之前就被這群人痛毆一頓，害我渾身是傷。回到家後被爸媽誤以為我在外面跟別人打架鬧事，無辜的我又被修理一番。

事後，有一名混血兒面容的女孩自稱是于小冬的妹妹，她叫我別再靠近她姊姊，否則對我的教訓絕對不會只有一次。這簡直是天大的冤枉，並不是我想靠近她，是她一直要來找我。

于小冬真的有一段時間非常堅持想和我攀談，我根本不知道她到底找我幹嘛。後來又經過了被圍毆的事件，害我開始懷疑這是不是她自導自演的戲碼。從那之後我從躲避變成對她有點懼怕。

幸好于小冬自己先放棄找我的念頭，這讓我終於可以不要再故意對她東躲西藏，沒想到意外拖延至三年級的下學期還是發生了。那年我們班決定要表演京劇，于小冬出任女主角，而男主角一直懸而未決；經過一番折騰，眾人決定以抽籤揀出人選，最後我運氣極佳的抽中男主角籤。

為什麼剛好是我？我不會演戲，更不想表演，何況還是和于小冬演對手戲，一同站上表演臺。

我的手機鈴聲響起，把我從回憶中抽離。我看了一下螢幕顯示的號碼，那是一組沒儲存在我的電話簿內的陌生號碼，通常這只有兩種可能：廣告或是撥錯號碼。

我將手機接起，想不到傳來的竟是我最不想聽到的女聲：「卓浩凌，你以為這樣就可以避開我嗎？告訴你，躲避是沒用的，我不是那種輕言放棄的女人，我建議你最好出來跟我把話講清楚。」

「什麼？妳怎麼會有我的電話？」真是無孔不入啊。

「你不用管我為什麼知道你的電話，我問你，你想要我去找你還是你自己來和我見面？」

這個女人真是可怕，哪有人像她這般執著，而且還持續了十五年。我雖然討厭她的纏人，卻也不得不佩服她的耐性，「我告訴過妳我很忙，才沒有那種時間。妳不是個大忙人嗎，哪來這麼多時間浪費在我的身上？好啊，妳要這樣也沒關係，就來找我吧，我在這裡等妳。看看妳的時間多還是我的時間多，大家來比比耐心。」

電話的另一頭傳來嗤笑聲：「那真不巧，我的工作正好告一個段落，現在什麼沒有就是時間最多。」

我因她的話而害怕，「喂！妳怎麼這樣？妳現在名氣有了，人氣也有，多的是想取悅妳的支持者，幹嘛非得要找我不可？好像我欠妳幾千萬元似的。」

「不是想裝作不認識我嗎？露馬腳了對吧，你在看到我的當下就知道我是誰了，還故意裝成什麼都不知道的樣子，學駝鳥一樣把頭埋在沙裡想當作什麼事都沒發生是不行的。」

「我真的是沒什麼話要對妳說，我每次看到妳的臉就啞口無言，要我跟妳說什麼？」

「見面後再來談，時間地點讓你選，看是你要找我還是我去找你都可以。」

我一點都不想妥協，「神經病，我沒有答應要跟妳見面，我忙得很。」說完我直接掛斷電話。果不其所以然，于小冬的電話繼續打來，那我只好把手機關機。

不就只是一首自編曲而已，我真的不能理解她執著的點在哪裡，難道是要向我收取遲了十五年的歌曲版權費嗎？我搖著頭，把這可笑的念頭甩開。

說實在的，我也不是第一眼就認出她是于小冬，而是演員艾麗絲的形象先經過我的腦海，接著我才理解艾麗絲就是于小冬這個事實，可以說她的影視形象是高過我對她的個人印象。

猛一看，其實她的長相完全打中了我，加上她身上自然散發的明星光環，讓人想不多看她一眼都很難。是的，她很漂亮，不漂亮又怎麼受大家歡迎？人氣是很現實的，男人的生理反應也是。

但是她的個性和過往的回憶及時把我敲醒，我的本能告訴我對于小冬要保持距離以策安全。

那天我回租屋處後，腦中一直都在煩惱于小冬的事。我清楚她是一個說到做到的女人，就是這樣才可怕，她肯定會窮追不捨，就和小時候一樣，怎麼她的個性到長大連一點變化都沒有？我現在最該想的就是要怎麼擺脫她，畢竟她連我的手機號碼都挖出來了，要找到我的住處只怕是時間問題。要怎麼做比較好？不如乾脆就面對面，直接和她把話講開，不過就是一首歌而已……

當我這麼想的時候，卻猛然憶起我和她以前在排戲的過往。我仍記得我是自己一人待在教室裡背誦台詞，可是那天的頭腦處於渾沌狀態，不管我怎麼背都會忘詞，使我相當苦惱。結果我一轉身，她竟無聲無息地站在我的背後，像個背後靈般，在與她對視的當下我都快呼吸停止了。

我真的不懂，她又不是醜到會讓人半夜裡發惡夢，也不是兇到會把我打得遍體鱗傷，更非因為她的存在我就會墜入地獄，那為什麼每當我在面對她時總感覺壓力大到讓我喘不過氣？不行，我這個樣子怎麼和她面對面好好談，至少要先讓我對她不會產生心理上的排斥才行。

晚上我決定想著可愛的言慧星入夢，再怎麼樣都要把于小冬從我的腦海中抹去，不然很有可能我會一直作著惡夢然後在輾轉難眠中痛苦到天亮。

真的非常荒唐，要是我把這件事告訴我的朋友們，他們絕對會認為我瘋了。

我躺在床上反覆思考，是誰把我的電話透露給于小冬，按理來說知道自己電話的人應不多才是，難道她跑去和慧星要我的電話？慧星會這麼天真地直接把我的電話給她嗎？

第六章・該工作時就工作

趁月亮還未升到高空前，我趕上電車從台北回到宜蘭的家，一個多小時的車程而已真的不算很遠。想當初我獨自到台北工作，也沒有絲毫離鄉背井的感覺。

回到家中，我那父母似乎沒有很歡迎我返家的樣子，表現得一點也不熱絡。我媽見到我的第一句話就問我是不是被開除了？又說家裡沒多的飯養閒人。這是對幾個月不見的孩子要說的話嗎？真是冷漠。我要是真被開除，我會連家都不敢回，趕忙找新的工作。我爸就正常許多，話雖不多，至少還會問我過得怎樣，有沒有吃飽或錢夠不夠用。

話說回來，這次可能要在老家住一段時間，那我在台北的房子還沒退租，豈不是虧大了？明明沒住在那裡卻還要按時繳房租，有夠愚蠢。出發之前沒想到這點，現在才想已經太晚。可是我當初是簽半年租約，時間沒到就退租是不是拿不回押金？

煩惱的時間持續不到五分鐘，我覺得自己並不喜歡也不擅長去思考這些事，不如急事緩辦，先把問題擱置到一旁好了。

晚上吃我媽煮的家常菜，然後毫不意外地一點都沒有懷念的感覺，就是不好吃。床舖倒挺讓我懷念，俗話說金窩銀窩都不如自己的狗窩，在外面永遠不會比睡在自己的床上還來得好眠。

翌日，我直接前往施工地報到，在自己家鄉就是什麼都覺得方便，連早上通勤都神清氣爽。

「快點，等你來開工具箱會議。」迎接我的是公司的工地負責人蕭浚霖，他是我的前輩，為人豪爽不拘小節，就是喜歡揶揄別人這點很討厭。「慢吞吞的在摸什麼魚？」

他的個頭不高，外貌粗獷，近視眼，一頭雜亂的黑色短髮加黝黑的皮膚。我才剛到現場，他就已經穿好工地背心、戴安全帽、綁安全索，看就知道是個當工人的料。「那個為什麼要我來開？」

「爽了兩天，叫你做點事就在哀哀叫。」他湊近我，然後低聲說：「有沒有和艾麗絲約會？」

「約什麼會，她一個明星幹嘛要和我這種人約會？你可別到處跟別人亂說，然後害我被人八卦。」

「別假了，她不是個和你很要好的老同學嗎？」

哪有這種事，到底是誰跟他這麼說的？「我都沒有講過這種話，是你自己腦補的啊。」

「講這種話就證明你很不夠意思，大家那麼熟了你還什麼都不說。」他的臉挨近的時候真有一種恐怖感，可以拜託你和我保持距離嗎？

「你好噁心喔，別靠我那麼近講話。」我推開他，「我們是不是來工作的？是就認真工作。」

「多聊一下，我真的很好奇，你不滿足我的好奇心要我怎麼工作？」

真是受不了他，「又不是小孩子，你工具箱會議還開不開？」

「對了，我忘記告訴你，等會你要上頂樓先拍塔吊的照片。」

「什麼塔吊？」我抬頭看向樓頂，不自覺地倒抽一口氣，「哇——二十九層樓高，這和之前說的工作內容怎麼不一樣？」

「所以我現在就是在告訴你工作內容。」

「不要啦，你叫別人去做，爬那麼高我會怕。」我光想像就會腳軟。

「怕什麼？你是不是男人？我是叫你上去拍照不是叫你上去後往下跳，你要先綁安全索。」

「打死我都不上去，我有懼高症。」我堅持道。

「你爬上去後不要往下看就不會那麼害怕，趕快拍完就可以趕快下來。」

「講得那麼簡單，你幹嘛不自己上？」

「喂，這次因為你要假日加班的關係，薪水才幫你調到五萬，不然就乾脆繼續回台北待在辦公室就好了，跟人跑工地幹嘛？你有工安牌跟一機三證不拿來加薪很浪費。」

「那只是先考起來放而已，還沒急著拿出來用。我是覺得五萬不錯，可是五萬也不過是低收入戶的薪資，哪有人為了區區的小錢就賣命的道理？」

「你是不是擔心會領不到錢？一定會幫你加的啦。」

這件工作真讓我無比的煩躁，「就跟你說不是這個問題。」

「先抽根菸，不要激動。」他主動遞菸，然後幫忙點火。

好久沒抽菸，我舒暢地深吸一口，接著吐出悠長的白煙，情緒頓時緩和不少。「不對，我戒菸了。」

「這就是習慣問題，人家遞菸你也很自然的直接收下，沒什麼不能適應的事。」他找個理由對我說：「等你爬上爬下習慣了以後，就覺得這根本不算什麼，只是工作而已。」

我狐疑地看著他，「是不是真的有五萬？之前福利金加有的沒的細項就扣了我一千多塊薪水，讓我非常不爽，你們這些爛人就愛這樣搞。」

「那是公司制度，跟我沒關係。你之前收下五張電影券的時候不是還笑嘻嘻的？那就是你的福利金。我可以跟你保證，全部扣完後你還會有五萬再多一點的薪水。」

我吸最後一口菸後將菸頭彈出去，「沒辦法，只好硬著頭皮上了。」

工作結束回家後，我還特意向我媽詢問，是不是有一個奇怪的女生過來找我？她起先還半信半疑，「女生？是女朋友嗎？從來就沒有女生來我們家拜訪過，你什麼時候要帶一個回家？」她那個表情就是篤定不相信我有交女朋友的能力。

「沒有就算了，當我什麼都沒說。」于小冬沒有找來家裡，讓我鬆了一口氣。但是很奇怪，這有點不太符合她的作風，她不是說到做到嗎？對了，會不會是不知道我家的地址，現在還在到處問人？最好是別被她知道，讓她在宜蘭找個一年半載也好。若讓我爸媽見到于小冬，到時候又一堆問題問個沒完沒了，一想到此又讓我心煩。

再過了幾天，日子跟往常一樣的普通，工作內容並沒有太大的變化。

「卓浩凌人呢？」向浚霖哥問話的是一名皮膚黝黑的中年男子，他沒有穿工地服，而是一襲簡便的白色網球衫加牛仔褲，頂著圓滾滾的啤酒肚，長相有點像猩猩。

我一見到他連忙躲在角落靜觀其變，「老莊怎麼來了？」

「老闆，我剛剛看到他上去拍施工照。」浚霖哥回答。

「他是上去混水摸魚吧？」

「我沒有看到他混水摸魚，因為他也不會讓我看到。」浚霖哥理所當然地回答。

該死，這是什麼回答？存心想害我。

「真受不了他。」老莊說：「等一下看到他叫他過來找我。」

「是，老闆。」浚霖哥又問：「那老闆你一整天都會待在這裡嗎？」

「陪一個重要的業主巡一下工地，等他離開我再走。」

「哪一個重要的業主？我們認識一下。」

「你不用認識，做好你工地負責人的事就好了，記得把我的話轉達給浩淩。」老莊對浚霖哥交待完畢後便負手離去。

「看他那個氣定神閒的樣子，不像是要罵我。難道是覺得我辛苦要幫我加薪？」我說道。

浚霖哥詫異地發出咦聲，「你剛剛一直都在這裡嗎？我們怎麼沒看到你。」

「我看到老莊就會反射性地躲起來，怕他找我麻煩。」

「老闆有什麼好怕的，膽小鬼。」浚霖哥指稱：「你剛剛聽到老莊說的話了，他叫你去找他。」

「他每次找我都不會有好事發生，我不想去。」我嫌棄地說。

「你不去，他找不到你之後就會換成找我麻煩。」

「那怎麼辦？我等會還要爬上最討厭的頂樓。」

「別老是假裝你對工作很負責任的樣子，老闆說什麼就是什麼。」浚霖哥怕自己惹麻煩，特別吩咐我說：「在你見完老莊回來之前，你不要進工地了。」

「說不給我進就不給我進，那我算什麼？」我質問道。

「算公司的員工，所以你要聽從指示。」他在背後推我，「你就去聽他講講廢話，不然這可能會變成我們最後一次見面。」

這烏鴉嘴開口就沒好話。儘管如此，我不得不往最壞的方向聯想，最近我確實是沒犯過什麼錯，可我總覺得老莊就是一直想找個藉口把我給裁掉。我承認自己在公司裡負責的工作大多輕鬆又容易，隨便找個人都能代替我的工作，而且完成幾個小項目後直到下班前都沒事可做。老莊全都看在眼裡，但他選擇一直不動聲色，也沒額外給我增加工作，這讓我總是很不安。

我在三樓的臨時辦公室裡毫不意外的見到老莊，他正頂著大肚子坐在木頭椅上，一邊抽著香菸一邊泡烏龍茶。茶香撲鼻而來，直接蓋過香菸的臭味。我雖戒菸，可也不想聞別人的二手菸。

「老闆，你叫我嗎？」保險起見，先打個招呼。

「小弟，來來來，過來這邊坐。」老莊看起來很熱情的樣子。

老莊和人交流時總是笑容滿面，嘴巴講盡各種好話；可是一轉身後，他馬上翻臉不認人。裁員、扣薪、調單位的命令隨之發佈，講一套做一套，公司的人為他取一個綽號叫「笑面虎」。

「我今天已經拍完照了，等我回去後就會把施工報告書整理好。」

「那有什麼關係，慢慢做就好了。」老莊很客氣地將一杯茶推到我的面前。

我實在喝不習慣熱騰騰又帶苦味的烏龍茶，所以連動都沒動。

「回來宜蘭工作的怎麼樣？還習慣嗎？」

「在自己的家鄉當然感覺特別好，工作也很順利，沒有遇到什麼困難。」我沒有將我有懼高症的事情告訴老莊，就是希望他別去做不必要的聯想。

「那很好，直到工程結束之前都要麻煩你了。」他以食指和母指拎起茶杯，小口地啜飲熱茶。

奇怪，氣氛還不錯啊，那他找我過來是為了什麼？好像不是要訓話。該不會是先禮後兵吧？說一點好話讓我安下心，之後再把我踢出公司。如果真被裁員，我可要好好地和他談資遣費的問題。

「言設計師的朋友。」熟悉的男聲從我背後傳來。

一回頭就看到那個男人面帶笑容地向我走來，「偶像先生，您怎麼會在這裡？」我驚訝的問。

周宸恩拍拍我的肩膀後便坐到旁邊的沙發，「果然是你，我還怕我認錯人。」

「周先生是這棟大樓的業主，你和他說話的時候要對他客氣一點。」老莊提醒我。

「哇——原來您就是『海王星』的擁有者。」知道這件事讓我更加敬佩周宸恩，所謂的成功人士就是要擁有一棟像海王星一樣的高級大樓，像我這種窮小子只能仰望他的成就。

「我前天來視察工地的進度時就看到你了，只是當下沒辦法和你打招呼。」周宸恩笑道。

「我的臉很好認，看過一次的人都很難忘記。」

老莊乾咳數聲，「別太興奮，注意禮貌。」

「沒關係，我們之前見過面了。」周宸恩接著問：「可是我雖然認得出你，卻叫不出名字。真的很對不起，我明明應該要記得的，記性真不好。」

「唉唷，這有什麼關係。那天我根本沒自我介紹，您不記得是理所當然。」我起身正式自我介紹，「您好，我叫卓浩淩，是海王星搭架工程的工地職安。」

周宸恩親切地笑著和我握手，「您好，我們總算是認識了。」

「周先生想和你聊聊，所以我才把你找來。」老莊如此說道。

「周先生想和我聊什麼呢？」我問。

「不用那麼拘謹，我們之間像個朋友一樣聊天就可以了。」

「像艾麗絲那樣嗎？太沒禮貌了，我沒辦法。」

「不用太客氣，你這樣好像我很難親近似的。」周宸恩說：「大家也都忙，我看就直接進入正題。」

「是，您請說。」

「關於言設計師的事，這幾天我都沒有辦法聯絡上她，想說可不可以透過你代為聯絡？」

我和慧星沒好到去哪裡都要互相報備的程度，假如連周宸恩都聯絡不上她，那我應該是愛莫能助。「又是工作上的事嗎？按理來說，她平常都待在占星屋。」

「她是個很了不起的女孩，能夠清楚地分析我目前的困境，每次聽完她給我的建議後都能讓我茅塞頓開有所反省，現在變得我一有難題就想清教她，是不是依賴成習慣了？」他面帶愁容地說。

因為慧星是算命嘴，天花亂墜的話她都會說，信她的人當然會被唬得一愣一愣。我也被她讀過好幾次心聲，彷彿我內心的想法都能直接傳到她的腦海。「我承認她這方面的才能相當優秀。」

「都是我的錯，我那天不該帶艾麗絲去占星屋。」他懊悔地說。

沒錯，這是你所犯過最大的錯誤，害得于小冬現在到處在找我，我本來以為這輩子都不會再和她見面。「哪有這種事，這不是您的錯。」

「讓你和艾麗絲兩個老朋友再度見面，會不會也造成你的困擾？」

會，非常的困擾。「怎麼會呢？久別重逢，我高興都來不及了。」我盡講一些口是心非的話。

「自從那天過後，開始有不少的粉絲及追星族湧入占星屋，我想就是因為這個原因才讓言設計師不得不暫時避開人潮。」周宸恩解釋原因。

我拿出手機迅速地搜索網路新聞，想不到真的在某個有名的入口網站看到斗大的標題，新聞內頁的照片拍出了占星屋的外觀，內文亦提及占星屋的地址。這下子想要親眼一睹艾麗絲及周宸恩兩位名演員的粉絲們都會一窩蜂地上門，慧星難得有這麼多的訪客，想必造成她不小的困擾。

「唉啊，我想我會懷念那個冷冷清清的占星屋。」我為慧星嘆了口氣。

「我有一件事不知道可不可以麻煩你……」周宸恩問。

第七章·不該做的就別去做

從來沒有我找不到的人，卓浩凌越是想避開我就越不可能避開我，他一點都不明白這點。

要對付這種窩囊的男人，最好的方式就是直接出擊，把他逼到牆角讓他退無可退。先查出他的住家地址和電話號碼，再查他平常的工作地和興趣，那麼他的行為模式就盡在我的掌握了。

「手機？我不能告訴妳。」占星屋的女主人很固執，「那是浩凌的隱私，妳真想要他的電話請親自去問他，取得他的許可比較好。」

「我不用妳教我怎麼做，妳不說我也有辦法能查。」我惱怒地說。

「您這樣的行為已經是侵犯隱私了，試著想想這舉動和您的瘋狂粉絲有何不同？」

「妳把我看成跟蹤狂？那是因為妳一點都不懂……算了，我和妳解釋什麼呢？」

把這種簡單的工作交給大衛，他總是能很好的勝任，可是叫他做好經紀人的本分就達不到我的要求，我真懷疑他是入錯行。大衛將資料傳到我的手機中，過程難免又嘮叨個兩句：「我透過妳的朋友網找到了卓浩凌任職的公司以及他在宜蘭的老家地址，這就是全部了，剩下的我沒辦法查。這不是我的工作，我不想浪費太多時間在此。話又說回來，妳查妳的國小同學幹嘛？他很重要嗎？我是不知道妳要做什麼，在這段時間裡妳真的要安分些，別盡給妳自己和公司惹麻煩。」

「我從來就沒給公司惹麻煩，是公司一直製造麻煩給我。」我收下資料後就不需要大衛了，「你可以去忙你的工作了，看這份資料就知道你工夫不夠，去當徵信社的人肯定餓死在路邊。」

「我是認真的和妳說。」大衛提到：「王總決定要再給妳一次機會，他們正在討論關於妳的工作。」

我厭煩地說：「還說不是給我找麻煩，現在就讓我覺得很煩了。」

「這次無論如何妳都不能再違抗王總的意思，妳的星路前程都在王總的掌中。」

「別把他說得那麼偉大，少了我們這些藝人他就什麼都不是。」我不耐地掛斷電話，他和王豐都是一鼻孔出氣的人。

我以客戶的名義前往卓浩淩任職的電子賣場，儘管我事先戴著黑帽加墨鏡，那邊的工作人員還是一眼就認出我的身分。我強烈地要求他們別造成太大的騷動，那名胖胖的收銀員才稍微緩下他激動的情緒。「我的助理在這個地方買的數位相機有問題，這不就是我代言的品牌嗎？」我指了指牆上的廣告海報，上面還有我代言的宣傳照，還真諷刺不是嗎？

「這個我可能要去詢問櫃位的廠商，如果您不嫌麻煩的話請出示發票，讓我來為您處理。」

「不用了，我可以自己處理。」我對他說：「我記得那名推銷員有給我名片，他的名字叫……卓浩淩，能幫我聯絡上他嗎？我自己當面和他談。」

「好的，我幫您聯絡他的公司。」

「不是公司，我要聯絡本人。」我堅持道。

「這比較麻煩，他在今天離職了，可能沒辦法為您處理後續。」

「做人要有責任感，該誰負責的我就去找誰，反正你把他的電話給我就對了，我自己想辦法。」我轉換語氣：「你不知道我的影響力嗎？我可以把事情鬧上新聞，你想見到這種情況發生？」

那個胖胖的櫃檯一看就是涉世未深，隨便扯個兩三句就把他唬得一愣一愣，「不要不要，只要把他的手機號碼給您就可以了嗎？那請您等等。」他將號碼抄在白紙上給我。

收下紙張後，我得意地說：「這件事就到此為止，剩下的就不關你們賣場的事，所以你別到處喧嘩，也不需要和主管回報，免得衍生不必要的麻煩，知道嗎？」

男櫃檯連忙點頭，看他呆愣的樣子就知道我的說詞讓他動搖了，他絕對不會把事情說出去；就算他真忍不住說出去也沒關係，反正我的目的已經達到。

既然要到卓浩淩的電話號碼，那就不可以裝作什麼都不知道的樣子，好歹也要讓他明白我強烈的存在感，我立刻撥出號碼聯絡卓浩淩。

他果然對我知道他的手機號碼這點感到相當詫異，然而這不會因此讓他對我態度轉好，他的回話應答依舊是沒耐性及充滿厭煩，幾句話就想打發我。

「我真的是沒什麼話要對妳說，我每次看到妳的臉就啞口無言，要我跟妳說什麼？」電話的另一頭傳來卓浩淩傲慢的口氣，他這種說話方式只是更加惹怒我。

「見面後再來談，時間地點讓你選，看是你要找我還是我去找你都可以。」

「神經病，我沒有答應要跟妳見面，我忙得很。」說完他直接掛我電話。怎麼有這種人？

我火大地按下回撥鍵，可是沒辦法撥通，他關機了。卓浩淩，你為了一個小矛盾要躲我到什麼時候？從小學到出社會都是一個樣，沒有絲毫成長。

無所謂，就算他不肯接我的電話我也一樣有辦法聯絡上他。卓浩淩在離開占星屋前表示他隔天會再去前往拜訪，所以我只要比他更早到占星屋一定可以等到他。

隔天我一大早等在占星屋外，這個時候很多店家都尚未營業，反正我有的是耐性，利用這段空閒的時間看看劇本也很不錯。

卓浩淩果然來了！他的行為模式就和機器人一樣好懂。他一看到我就想找藉口開溜，沒用的，他走到哪我就跟到哪，我現在多的是時間可以浪費在他身上。

就在爭執之間，占星屋的女主人邀我們兩人一同入屋。不知為何，我一看到她就對她沒好感。儘管占星屋的女主人招待的很周到，可是我就是有辦法挑出她的毛病。這不光是對她不滿，同時也要讓卓浩淩知難而退，只要他受不了離開占星屋，我就可以找機會問他問題。

卓浩淩越是幫女主人說話，就會讓我更想找她麻煩，我看這個男人要鬼打牆到什麼時候。我對了，我可以製造一個讓女主人出糗的場面，讓卓浩淩尷尬到無法自處，他就會選擇離去。我想了一下，決定用她最擅長的算命來刁難她，於是我向她提議要算塔羅牌，而且只抽一張大塔羅，目的就是要言慧星在資訊不足的情況下，算出一堆紕漏，好讓我可以找她的碴。

我抽到一張「戀人」，慧星則將反向的牌轉成正面。

「您最近會遇到工作上的重大選擇，有可能是原本的工作要尋求突破，也有可能指的是決定往後方向的一個新機會。那不管是什麼，建議是在和別人合作時，試著學習溝通的技巧，保持謙遜及禮貌，對於工作發展及團隊精神會有事半功倍的效果。」女主人對我抽出的牌進行解釋。

這個不能說她算錯，其實某部分來看還是有提到我的近況，只是我怎麼覺得她是拐個彎在罵我？「那可難了，因為我是既不謙遜又沒禮貌，最討厭配合別人以及合作了。」我失望的搖頭，「就這樣？妳沒別的可說了嗎？」只有一張牌，她什麼都算不出來，接下來就是我找碴的時間。

我見她面帶微笑地點頭，決定單刀直入，製造我們兩人獨處的場合，警告她離卓浩淩遠點。

「那我去網路占卜就可以了，為什麼還要花錢來這裡呢？」我質問。

「因為妳沒花錢，而且是妳自己說要隨便算算。」卓浩凌不客氣地指出。
「可是我現在不想讓她隨便幫我占卜了。」我找理由支開他，「你去旁邊，不要妨礙我們。」
「我？為什麼我要走？」
「占卜的結果不是我的隱私嗎？你憑什麼正大光明的坐著旁聽？」我的理由可是很正當。
占星屋的女主人對他使眼色，卓浩凌很識相地先去其他房間待著，不留在原處妨礙我們。
「請問您還想知道什麼嗎？」她問。
我哼了一聲，「只照牌面的意義去解釋，這誰不會呢？連我都能開占星屋了。」
她沒回嘴，只是欠身鞠躬，「不好意思，都是我學藝不精。」
好像不管我怎麼找她麻煩，她都沒什麼反應，是不是她以前的日子過得太苦，逆來順受慣了？
其實我也不是特意想找言慧星麻煩，畢竟無仇無怨，何必對人家太刻薄。可是每當卓浩凌跟在她旁邊起鬨的時候就會讓我很不愉快，害我不自覺地轉變性格。「沒關係，妳可以試著重新證明自己，我決定再讓妳幫我占卜一次，這次我要聽戀愛方面。」
「可以啊，那要再重抽還是就戀人的牌來解釋？我建議重抽會比較好。」
「不要這麼麻煩，用這張戀人就可以。」言慧星的占卜的確有命中我的工作近況，尋求突破不就是王豐給我的提議嗎？至於新的機會應該是指周宸恩的品牌代言提案，關於謙遜及禮貌的建議其實很有道理，我就是因為缺乏這兩者才會事事不順。不過這一切都是剛巧從戀人中得到的牌面含義，還不足以讓我承認言慧星的占卜夠準確。我讓言慧星重新為我占卜，並不是真的要聽她的解釋有多準確，而是我覺得剛剛的我確實有些過份，該對她做出一些補償。我決定待會兒不管她解釋的結果正不正確，都要稍微誇讚她一下，然後給予她應有的報酬。見她自己經營著這種小店，我想她平常的收入不會太多，我正好幫她增加一些業績，順便再叫她離卓浩淩遠點。

「戀人象徵戀情的開端、感情的結合以及選擇，這邊的選擇不僅僅是愛情部分，有的時候是包含妳的理智與情感、現實與夢想、愛情與工作之間的抉擇，上帝給予我們智慧，就是要我們能在輕重取捨中做出最正確的選擇。在占星學上，戀人牌對應的是雙子座。」她解釋道。

「可是我不是雙子座。」

「我知道，不過戀人畢竟是一張大牌，可能會涉及到人生的轉捩點，既然您選到了這張，又只想用它來做解釋，那麼就代表您目前的狀況或許與星象有重疊。雙子雖然理性，在情感問題上卻缺乏深度，過於執著心智的發展就會忽略情感面，所以您現在要學習的是成熟的面對情感問題。但說是困擾其實也不是太複雜的難題，以周辰恩先生為條件，他的各方面會比較符合您的需求。」

「又來了，妳每次講沒兩三句話就把我和他湊成對，可我和他真的沒什麼。」

「我知道，因為我是拿周宸恩先生以及浩淩兩人來做比對分析。這兩人之中以周宸恩先生的條件較為優越，作為伴侶的考量，他會是不二人選。」

「妳越說越離奇，連卓浩淩也扯進來。為何我非得和這兩個男人扯上關係不可？妳以為只有這兩個人存在於我的世界嗎？」我開始有一種被她牽著走的感覺。

「我缺乏太多資訊了，要占卜戀愛不是不可以，只是您沒提供一個可以分析的對象，那就僅能用周宸恩先生與浩淩兩人代替。」

「妳可以隨口胡謅，反正算命都差不多，想到什麼就講什麼，天花亂墜也無所謂。」不管妳說什麼，我都不會當真。

「可是這不是我的行事風格。」言慧星用她柔弱卻透著閃亮的眸子盯著我，「我認為我的分析並沒有錯。在我看來，您對卓浩淩有著很不一樣的執著，相信您自己也明白這點。」

一股溫熱感從我的脖子慢慢上升到臉頰，想必我的臉已經變紅了。「哪有這種事，別亂說！」

「我先前有聽過你們的對話，所以我才敢斷定您對他的堅持以及對我的不耐都是其來有自。」

真的太明顯了，會認為言慧星看不出來的我才是大白癡一個。然而就算被識破，我還是像個孩子般幼稚地拼命否認自己的意圖。「妳錯了，我是出自對老朋友的關心；至於妳說我對妳感到不耐，那都是妳的錯覺而已，我可沒這麼想。」

言慧星沒有理會我的話，她繼續解讀戀人這張牌：「戀人牌意味著為了愛情的某項決定。牌中的天使代表另一種層次，很可能是您想在浩淩身上找尋的真實答案，或者是您想從他身上發掘其他意義。盤繞在蘋果樹上的蛇模糊了妳在追求答案與情感交流間的界線，而這種曖昧會讓妳在決定上出現煩惱，這便是隱藏在背後的考驗。據我所知，您和浩淩是久別重逢的老同學，而這種時候抽到的戀人牌會別具意義，證明浩淩的動向會是您未來的重點。不過有的時候我們得看現實的發展，浩淩對您似乎保持著一定的距離，你們之間隔了一道看不見的牆，這就是為何我拿周宸恩先生及卓浩淩來當您的假想對象解讀時，偏向周宸恩先生的緣故。再者，雖然我是從正面來解釋這張戀人牌，可是您一開始卻是將塔羅牌的正面轉反面，這將出現不一樣的解釋，代表的是您在這條選擇的分際路上缺乏自信，不太想正視這個問題的根源。這會導致您碰上問題的關鍵時會出現本能的逃避心理，妳沒有辦法控制自己的情緒，毫不修飾地表現出與心理想法相反的任性。所以我會建議您多多溝通，保持協調，同時讓自己保持客觀。一旦讓您的想法被主觀意識占據後，您在抉擇上會變得偏執，混亂的理智與情感就會打亂您的步調。」

太離譜了，她根本不是算命師而是心理解讀專家，為什麼她能算得那麼準？我在她面前所穿的堅強鎧甲就這麼硬生生地被她脫了下來，彷彿我赤身裸體地站在她的面前一樣。言慧星的分析太到位，害得我氣勢盡失，已經無法繼續裝作強勢。「就……就只是一張牌，妳能解讀這麼多？」虧我還只抽一張，並且故意什麼都不和她說，就是想讓她隨便亂占一番。

占星屋女主人再次鞠躬，「若有解釋錯誤或是對您失禮之處，還請見諒。」

「不，我接受妳的分析，承認妳的實力，是我對妳過於無禮。」換我向她鞠躬。

「我和浩凌只是朋友，如果您是擔心這個的話，大可放心。」她直言道。

我就像一顆洩了氣的皮球，對我自己方才的幼稚行為汗顏不已，現在女主人不管對我說什麼我都只像個孩子般唯唯諾諾地點頭。「是，我知道了。」我平淡地答道。

「我們以後像個朋友一樣的相處吧。」她突然對我伸出友善的手。

我看著她的手掌，猶豫了一下，我真的能跟她安然共處嗎？我試著伸手出去，卻在觸及她的指尖時猛然收回手。「抱歉，我……」這種尷尬久久不散，我應該要和她化敵為友才對。不，把她當成敵人只是我一廂情願，女主人並沒有這麼想。我為何不能大方的和她握手？難道我下意識還是把她當成敵人嗎？「我們已經是朋友了，直接省略掉握手的步驟，免得雙方都不自在。」

言慧星並不介意，她甜甜地笑道：「至少是好的開始。」

「我……我可先說在前，周宸恩和卓浩凌都和我無關，別再把他們與我牽扯在一起。」

「好，我答應妳，我知道隨便亂點鴛鴦譜真的是非常無禮的行為。」

「所以……不要再說卓浩凌怎樣，他和妳做什麼都和我無關。」這段話已經開始有點欲蓋彌彰了。我知道言多必失，越描就越黑，可是不強硬的解釋好像又不行。

她嘻嘻地笑道：「妳已經盡力強調了，我當然接受這說法。」

「占卜的費用多少？我給妳。」該是補償的時候了，如果給她錢能夠化解我們之間的不愉快，那就讓她開價吧，這是最簡單又好的解決方式。

「我不收妳錢。」她說：「妳會和朋友斤斤計較這種小事嗎？」

「會，因為我不欠朋友人情。」我反問：「小錢不收，長期累積下來可是大錢。」

「我沒有用到我的專業，不敢和妳收取費用，至少要跑完一個完整的占卜流程才算數。」

「朋友讓妳收就收。」我接到大衛的來電，「不和妳浪費時間，我有事要先離開。」我在桌上放了三千塊，「我不喜歡二，所以給三千，可以吧？」

「太、太多了。」她急著要退我錢。

「先這樣，妳可以去照顧卓浩凌那個笨蛋了。」我拎起皮包直接離開占星屋。

回到公司後，王總又拿另一份工作提案給我，他們表示這是給我的一個補償機會。我看到坐在王總旁邊的大衛對我使眼色，好像我非得接受不可，但是這次我還是要讓他們失望了。

「風月萬情？你們所謂的補償措施就是要我接拍這種三級片？看來我在公司裡的價值真的是越來越低了，變得連新人女演員都不如。」我感嘆道。

王總在一旁默不作聲，大衛就像他的應聲鳥一樣幫王總讀出他心裡的話：「有很多女星是透過大膽的表演來取得觀眾的認可及曝光度。公司認為既然妳只想朝演戲發展，那就嘗試各種不同的戲路，別讓過多雷同的角色把妳的表演方式給定型，這是公司認為最妥善的方案。」

「我從來就沒反對演情慾戲，是你們自己認為我的戲路受到限制。」我用手拍著那份文件，「何況風月萬情是你們先前自己推掉的片子，當時的理由是讓我接演脫戲會削減我的價值，現在卻又叫我重新接演，那不是搬石頭砸自己的腳嗎？」

「這是公司現在的決定，先前的討論就讓它成為過去。」王總表示。

這些人的腦袋裡裝的全都是大便！我沒有辦法與這些難以溝通的原始人共事，就連和他們說話都會讓我倍感疲累。「我不能同意。」

「你還維持著既定的玉女形象，是不是覺得有裸戲讓妳感到難堪？妳心裡認定自己是有地位的大牌演員，所以不願接演脫戲。」王總下結論道。

「這是你們貼在我身上的標籤，話隨你們說。」我反問：「就算我覺得脫戲很羞恥，不想演難道不可以嗎？」

王總不發一語，看得出他正忍耐地審視我所說的一字一句。大衛比我還緊張，他搖頭說：「妳說妳不唱歌要演戲，公司已經給妳這個演戲的機會了，為什麼還不珍惜？」

「我媽知道你們要我接這件工作嗎？」

「她當然曉得，而且還很同意。」大衛理所當然地說。

我發出冷笑，「她當然覺得好，因為是我賺錢給她花。」

「現在是妳不肯接工作，不是公司不安排工作給妳。」王總接著說：「于小冬，做人要懂得珍惜每一次的機會，不是妳一提出要求，工作就會從天而降。妳的機會是很多女孩求之不可得的際遇，想想那些為求出名的人，哪個不是拼命的在爭取曝光率？」

「正如您所說，曝光度及名氣都夠的我，難道不能挑戲嗎？」我挑剔地說：「你們之前刷掉這戲約的時候，我就已經先看過劇本了。為藝術犧牲不是不可以，但是我要得到令我滿意的回饋。這部戲的導演、編劇全都達不到我的要求，這空洞的劇本毫無內涵、深度、藝術可言，擺明就只是普通的三級片，難道我現在還需要一脫成名嗎？你們是這樣想的？」

「不用再討價還價了，我已經知道妳的答案，這件事就此作罷。」王總惱怒地說。

「請恕我沒禮貌地說一句，我總覺得公司讓我接這部脫戲是為了羞辱我，我的感覺對嗎？」

王總瞪大眼睛，「妳的意思是公司為了讓妳難堪才刻意安排妳接脫戲？妳還真自以為是。」

「不是就不是，您就當成是我太敏感了吧。」我厭煩地回答。

「小冬，公司從來沒有待薄過妳。」王總雙手抱胸，「妳要什麼資源就有什麼資源，討厭什麼公司就依妳的要求改善，酬勞分配條件也依妳為主，妳為什麼不肯好好的配合公司？」

「我一直很想平心靜氣的和你們談話，可是就沒辦法接受你們從不和我先討論就幫我安排工作的情況，難道公司是藉此增加對我的控制力嗎？」我語重心長地說：「把我當通告藝人、當歌手、推戲約、接脫戲都是些小事而已，這些問題全都能靠對話來解決。」

「我正跟妳對話，可是我見妳沒有絲毫改變心意的意思。」

王總這話是想把錯都推給我嗎？「端得出好料理才能讓我改變心意。公司的格局實在太狹隘了，你們只注重眼前的利益，反倒忽略對旗下明星的特質培養。老實說，美其名是要多元的發展，實際上是造成藝人本身對自己定位的混亂。溝通了好幾次仍不能有所轉變，這不禁讓我質疑是否公司的文化價值與我的想法有所衝突。」

王總敷衍地點頭，「妳的意思是公司的經營策略都要經過妳這位大人物的安排來進行？」

「我戴不起這麼大的帽子，我要說的只有請公司把眼光放遠。光是你們主動幫我推掉美國的戲約，我就完全沒辦法理解你們把這麼好的機會拱手讓人是什麼想法？」我繼續說：「還有一點我早就想講了，我知道王百威是您最寵愛的獨生子，但在公司他就只是員工。每當我和他宣傳撞期時，公司的曝光活動及策略永遠以他為主，這是很不公平的事，資源分配應當平均。」

「那真是對妳太過意不去了，公司會認真思考妳給的建言，並以此作為檢討。」王總的樣子根本不像是要對此進行補償，「今天開會到此為止，您去忙吧。」

看著王豐冷漠的背影離開房間，我忍不住笑了出來，那是很無奈的發笑。「你聽到了嗎？他對我用『您』，擺明就是在揶揄我。」

「您那麼偉大，連我都不敢打擾您了。」大衛聳肩道。

「你真的是我的經紀人嗎？怎麼都不和我站同一陣線？」我反問。

「妳明明知道王總的性格，做這種硬碰硬的事對妳有什麼好處？我可要保住自己的飯碗。」

「我從沒想過要硬碰硬，和自己的公司翻臉又不是我的興趣，問題是王總不接受我的意見。」

大衛接續我的話，「那就換妳忍耐一點，接受他的意見。」

我靠著椅背，發出喟嘆：「王總在這個圈子是知名的影視製作人，當初他自己跳出來當經紀人時，我也是看好他的人脈與能力才選擇加盟，你以為我一開始就看衰公司嗎？實在是和我預想落差太大，才會有現在的失望感。可見能當一個好的製作人，卻不一定能當一個好的老闆。」

大衛沉默半晌後說：「其實不是只有妳一個人這樣想，可是我們是員工，還能怎麼辦？」

第八章・黑牆鬼屋

離開公司，我選擇直接回公寓，公司的事使人心煩，不如回到自己窩裡好好的休息。

才剛打開電燈開關，一名坐在客廳的中年婦女像鬼魅般出現，著實嚇了我一大跳。

「媽，妳怎麼進來我的公寓？」她明明沒有鑰匙卡，應該連門口都進不了。

「總是會有辦法的，妳以為能永遠把我擋在公寓外嗎？」許玉薔女士自我管理的很好，五十八歲還沒有多少皺紋，皮膚白皙，綁起的長髮因為有染髮劑幫助的關係，烏黑得找不到半根白絲。然而年紀還是為她帶來許多不便，像是近年的她就飽受老花眼的困擾。儘管皺紋不多，臉頰上兩條深邃的法令紋還是出賣了她的年齡。看到她這樣，果然不管再怎麼努力，人還是要服老。

一名女孩從我的房間內走出，她面帶歉疚地坦承：「姊，是我。」

「我有沒有跟妳說過要保密的事？」我嚴厲地責怪于小沛，就算是妹妹，這也是背叛的行為。

「妳還怪妹妹？是誰叫樓下的保全攔住我的？」媽媽生氣地說。

「當、當時是我沒有聽清楚，我以為是什麼奇怪的人要上來找我。」

「這像話嗎？別找這種連鬼都不信的理由。」她指著沙發椅說：「過來坐著。」

慣於接受母親指示的我依令坐在她的前方，情緒跌到谷底，這下不知道又得聽多少廢話。

「公司的事，大衛一五一十地告訴我了。」這是一段了無新意的開場白。

于小沛本來想繼續躲回我的房間，結果媽媽一個眼神便讓她乖順地坐到我的旁邊。

「為什麼妳不好好地接受公司為妳安排的工作呢？」媽媽問。
「工作？那算什麼工作？」我低聲嘀咕。
「事情都鬧到我這兒來了，非得搞成冷凍或解約妳才開心嗎？」
「不會那樣的，這事很快就告一個段落。」
我安撫的話並沒有讓她罷休，「妳以為有這麼簡單嗎？公司和藝人的互動應該是良好且積極的，妳現在卻是開了惡例，只會讓妳在公司的紀錄會來越壞。媽媽為了培養妳花了多少錢？妳為了演技訓練花了多少心血？這些全是金錢和時間堆積起來的，妳怎麼可以輕易糟蹋？」
「是公司糟蹋我的專業，他們根本沒把我當演員看。」
「演員也好、藝人也好、歌手也好，妳需要的不就是一個表演臺嗎？」
當媽媽說這句話的時候，我已經可以肯定她什麼都不懂，以為只要能夠在螢光幕上表演就行。
「話不是這麼說，姊姊喜歡的就只有演戲，其他又不是她的專業。」小沛幫我說話。
我瞪著她，別以為幫我緩頰就可以讓我消氣，鑰匙和這件事是兩碼子事。
「妳安靜，我現在在和姊姊說話，妳在旁邊聽就行了。」媽媽以命令的語氣說。
妹妹比我更怕媽媽，她聽完媽媽的話後連忙噤聲。我們家小沛的長相遺傳了爸爸，有著精緻的五官，晶亮如皓月的明眸，睫毛修長，一頭俏麗黑色短髮。雖然她嘴巴老是抱怨自己長得不夠好看，但是混血兒的長相還是幫她招來不少桃花。她最令人在意的地方只有哭的時候，她的鼻頭會紅得像草莓一樣，那模樣是醜到連我看了都會想笑。以前的她真的很愛哭，只要一被媽媽大聲斥罵就泣不成聲。長大後知道自己的哭相非常難看，所以很盡力的不讓自己流淚。可是在媽媽的面前，她有的時候還是很難克制。就像現在一樣，雖然還沒哭泣，但是鼻頭已經有點發紅。我在心裡由衷祈禱她千萬不要掉淚，不然害我發笑的話只會讓我被罵得更慘。

「我不能接受這樣的工作安排，聽說您認同公司為我安排的裸戲？」我問道。

小沛發出訝異地嘆聲，顯然她並不知道這件事。

「王總說這是能讓妳突破演技的代表作，可以帶起熱烈的新聞話題，藉此試試新的市場。他希望妳表演要不拘於形式及框架，做一次真正的解放，王總還說妳會因此得到國外的獎項。」

王豐說的謊話，媽媽真的都照單全收。「您別被王豐的舌粲蓮花給騙了，那只是一部很普通的情慾片。要演脫戲多的是沒演技又漂亮的脫星，根本不需要我出演。」

「媽，您真的同意讓姊姊演脫戲？」小沛搔著頭，「我有點不敢相信。」

許玉薔女士咬牙切齒地強調：「王總再三跟我保證那是一部藝術片。妳看韓國很多影后都勇於在鏡頭前展現自己的身體，就是不拘於尺度的表演才能讓她們拿到電影大獎。」

「媽，您完全不懂……」我試著解釋：「演員的表演是有血有肉，但是需要好的劇本賦予靈魂，再加上用影像敘事強大的導演支撐整部戲的骨架，才不至於使靈與肉支離破碎。若讓我演《色，戒》我不會有第二句話，可是如果是《金瓶梅》我可沒有出演的意願。」

「妳才一點都不懂，王總之前就是出名的影視製作人，妳才出道多久？怎麼可能比他懂影視市場。我要妳現在回公司，向王總表明妳接受戲約。」

王豐真的很過份，居然對我媽隱瞞部分事實。如果我事事都依媽媽之意，那我的人生真的就完了，她簡直是外行想領導內行。「我可以聽您的任何吩咐，唯獨這件事不可能。」

「我沒叫妳用聽的，我叫妳付出行動！」她語氣轉為嚴厲。

「如果您看過風月萬情的劇本，那您就會了解出演那齣戲的女角只要能脫衣、有長相及會呻吟就夠了，連小沛都能演。」

「太低俗了，我為什麼要演那種戲？」妹妹抗議道。

「就是囉，妳都能演而且還不想演的戲，為什麼要讓我去演？」

許玉薔女士憤而拍桌，「媽媽說的話妳都不聽嗎？」

「我何時沒聽過您的話？唯獨接戲這點我想自己作主，我認為我有足夠的知識去判斷劇本的好與壞。以您的出發點來看，接戲之前難道不用設身處地的為自己的女兒著想嗎？是不是危險、會不會損及形象、有沒有顧及我的心理需求，這才是挑戲的前提。」

「妳敢這樣和媽媽講話，枉費媽媽那麼多年來的栽培，真是不孝女！」

她強行為我冠上不孝女的稱號後，我的情緒猛然爆發。「我長大了，有自己的主張，不喜歡老是恭順服從媽媽的話。」

「不愛聽我說的話，那妳可以別當我的女兒！」她放聲怒吼。

好啊，那有什麼問題，反正在氣頭上，我也不想再吞忍下去。我陡然站起，憤恨地看著她。

「無所謂，我現在就走，妳們喜歡這間公寓的話就留給妳們慢慢住吧。」

「姊姊，妳等一下，我們好好的講嘛。」小沛起身欲攔我。

「讓她去，她要去哪裡都隨便她，反正她跟我們沒關係了。」媽媽難得一次順我的意。

我聽了她的話後頭也不回地走出家門。

「小冬，妳要去哪裡？」小沛在樓梯口拉住我，「妳就這樣一走了之？」

「我又不是忍她一天兩天，我都幾歲了她還這個樣子對我，再不走我還有自由之日嗎？我覺得她根本沒把我當成女兒，而是一個賺錢工具。」講到這裡，我把氣出在小沛身上。「如果妳遵守和我的約定，事情就不會搞成這樣，這事是妳惹出來的。」

「怎麼能全怪我呢？」小沛無辜地說：「妳明知道我不能反抗媽媽。」

「是啊，妳現在就該回去繼續當媽媽的乖女兒，免得讓她老人家擔心。」

「那妳去哪裡？」她再問：「妳什麼時候回來？」

我發出哼聲，「按照我現在的心情，妳認為我會跟妳講這麼多嗎？」

一走出公寓，站在街邊的我立刻撥了通電話。約半個小時後，一輛轎車慢慢開至我的面前，我二話不說打開車門直接上車。「你來得可真快。開車吧，我們可以走了。」

周宸恩沒有動作，「小姐，我又不知道妳要去哪？」

「我現在有家歸不得了，隨便要去哪裡都可以。」

「喂，妳對一個單身男子講這種話是很危險的事。」

我沒聽到周宸恩對我說什麼，現在的我只想宣洩情緒。「我討厭我媽和我妹，討厭故意找我麻煩的王豐和王百威，通通都是討厭的人！」溫熱的液體沁濕我的眼眶，接著滑落我的臉頰。

「怎麼？妳哭啦？」周宸恩有點慌張，「別再想不好的事了。」他遞一張面紙給我，之後拍拍我的肩，「人一旦情緒低落時都會鑽牛角尖，妳別給自己太大的壓力。」

我拿面紙拭淚，「我自己都不知道我哭了，只是眼睛有點痠而已。」我止住淚水。

「該笑就笑，該哭就哭，不這樣的話就不是人了。」他說：「我還是第一次看到妳在戲外掉淚，讓我有點意外，我不太擅長處理這種情況。」

「不要大驚小怪，我才沒有哭，你眼花了。」我強硬地撇清。

周宸恩苦笑道：「妳說沒有就沒有吧。我現在在妳旁邊，有什麼問題要說，別自己一個人回去後鬱鬱寡歡做不好的事。」

「你怕我輕生喔？」我哼道：「我不回去了，帶我去你開的酒店，我要長期住宿。」

「先吃個晚餐如何？」

我對周宸恩的提議不感興趣，「我肚子不餓，你要吃就自己吃。」我催促道：「要怎麼樣都可以，先離開我的公寓，我看到我妹妹在陽台上看著我。」

周宸恩帶我到他經營的中式餐廳用餐，他的副業多到我都快忘記他的本業是演員。服務生擺上桌的食物又是火鍋，周宸恩真的對火鍋情有獨鍾。

雖然我過來之前才說我不餓，然而現在的我正將悲憤轉為食量，拼命地將食物往嘴巴裡送。

「呃——我不跟妳搶，妳可以吃慢一點。」周宸恩呆愣地說。

我哪管周宸恩說什麼，我現在就是一直吃一直吃，然後吃到撐不下後回房間內大睡特睡。

「大吃大喝後再想著倒頭就睡，這是妳排解壓力的方式嗎？」

「你有什麼意見？」我沒好氣地問。

「沒有，只是覺得這樣很不健康。如果妳不介意的話，我很樂意陪妳一起看場電影、聽個音樂會，這樣應該能讓妳心情好點。」他輕笑道。

「沒你這種閒情逸緻，我現在的腦袋全是用本能來驅動我的身體——想的只有吃和睡。」

「也好啦，至少不會造成別人的麻煩。」

「你說什麼？」我白了他一眼。

「我什麼都沒說。」他趕緊湯碗就口，一口氣把湯喝乾。

我看著他，納悶地問：「大忙人周宸恩，今天怎麼那麼簡單隨傳隨到？你不忙了嗎？」

「我本來要去找言設計師，但是她出了一點狀況。」
「你最近怎麼動不動就去找那個占卜師？她出什麼事？」
「言設計師的建議很有用，我還有一些問題要請教她。」他嘆道：「那天我們拜訪占星屋後，惹來不少粉絲前往朝聖，他們以為在那裡可以遇到我們。」
「對她來說是好事，占星屋的客源變多，她的收入也會跟著漲高。」
「是這樣就好了，她連我的電話都不接，我怕她有什麼麻煩。」
我厭煩地說：「我不想要聊她的話題，有沒有酒？」
「最好不要喝酒，妳這種狀況喝了酒很容易惹事；再說我要開車，也不擅長喝酒。」
「我沒叫你陪我喝，我是想自己喝。」
「別那麼任性，用別人的錯來懲罰自己是最愚蠢的事了。」周宸恩優雅地撥著蝦殼，「我想過了，讓妳一直住在我的酒店裡對輿論不太好，而且妳公司的人和妳家人會很容易找到妳。」
我將菜燙一燙後，不沾調味料直接吃了。「妳要讓我睡在街邊嗎？」
「我會另外找個地方安置妳。」
這句話讓我有所警戒，「你所謂的另一個地方，別跟我說是你家。」雖然在我的想法裡，周宸恩和王百威是非常不一樣的兩個男人。但是男人畢竟是男人，除非他有著性向的問題，否則對異性必然有興趣。當我坐上他的車前曾經自暴自棄地想過，假如周宸恩說他要我的話，我會不會順他的意？假如我對他有一絲厭惡的話，那我絕對不會搭他的車。這麼說來答案已經非常明顯了，我需要一個可以安慰我的男人，而那個男人或許會是周宸恩。我很少有過這麼大膽的想法，以前的我總是傲慢的認為我自己一個人就足以解決任何難題，可是接踵而至的麻煩狠狠地打了我一巴掌，光靠我一個人是沒有辦法面對齷齪的現實。我很努力的要擺脫「女人需要依賴男人」這種刻板印象，所以我在他人面前表現的很強勢，一個絕對的女強人就不需要看男人的臉色。不過我現在很想好好的利用周宸恩，他是個很有能力及魅力的男人，假如我和王豐翻臉的話，我需要藉周宸恩的勢力來翻身。

「就是我家。」周宸恩理所當然地回答。

「你家？」我面帶冷笑望著他。心裡已經開始想像去他家之後會是什麼樣的情況。

「看妳的表情好像在遲疑，是不是怕我會對妳怎麼樣？」

周宸恩真的不能和王百威比，我都做球給他了，他內心還有疑問。「我絲毫不在乎。」

他若有所思地與我眼神交會，「不在乎的意思是不在乎住的地方，還是不在乎我的舉動？」

「你希望是什麼呢？」

「我希望妳要好好保護自己，別因為意氣用事而做出讓自己後悔的糊塗事。」

「意氣用事？我承認我很情緒化，可是我從來就不會因為衝動而去做對自己不利的事。」

「那我可放心了。」他喝了一口煎茶潤喉，「雖然說是我家，可是是我眾多的新家其中之一，那裡剛改建不久，妳可以一個人放心的住在那邊。」

一個人？「我以為你起碼晚上會陪我聊天。」

「妹妹，要聊天的機會多的是，孤男寡女不怕惹人閒話嗎？妳不用白費腦筋想著報答我的事，就算妳沒任何回饋，我一樣會盡力幫妳。」周宸恩不但洞悉我的意圖，而且拒絕了我。

「我覺得我這輩子做最正確的決定就是和你當朋友。」我感嘆道。

「趁人之危不是君子，我不是那種人。我們之後會出發到宜蘭。」

「你說哪裡？」我有沒有聽錯，他要讓我回故鄉？「你的新家在宜蘭？」

「聽過海王星嗎？」

「宜蘭新建的二十九層住宅，我聽過，那又怎麼樣？」之後我抽一口涼氣，「你要跟我說那是你的新家嗎？」那邊離卓浩凌的老家很近，而我現在才想起那個男人。

「是我投資的地方，現在還沒建好。我指的是在海王星附近的一間透天住宅，地點很僻靜，相當適合妳暫時居住。妳住在哪裡的話就不會有人找到妳，只有我知道。」周宸恩向我保證。

「我倒沒什麼意見，現在的我不是挑居處的時候。」想想這些年真是白混了，辛苦了那麼久，結果還不能好好的享受，搞到現在自己還得離家出走，這是什麼鬼人生？

「那很好，反正我有事要去一趟宜蘭，妳很幸運可以搭到我的順風車。」他莞爾道。

晚餐結束後，周宸恩禮貌地領著我去坐他的車。可能是怕記者跟拍的關係，他到地下停車場後換了另一部黑色的瑪莎拉蒂代步，可是不管怎麼看都還是很顯眼。

和公司及家人的衝突讓我身心俱疲，等到肚子一飽整個人頓時放鬆，濃烈的睡意跟著上湧。

「累了就睡會兒，到目的地時我會叫醒妳。」周宸恩說。

我不關心他會不會叫醒我，反正我想睡時就會睡。街道的霓虹燈如流光般在我眼前飛逝而過，我根本來不及一一看清街景。快速轉動的畫面讓眼皮更加沉重，昏黑的天色加上車內溫度適中的空調，全都是催眠的要素。我仍記得臨睡之前，周宸恩對我嘀嘀咕咕不知道說什麼，但是我一個字都沒聽進去，他的話語變成我的催眠曲，一下子就讓我進入夢鄉。

「……小冬，我們到囉，起來。」

我的眼睛還沒張開，耳朵倒先聽到周宸恩的聲音。

過了幾秒，我感覺到我的身體正被人搖動，「該起來了，還很睏嗎？」

我很討厭人家搖我的身體把我叫醒。「我醒了。」

「繼續待在車上睡覺是會著涼的，等會妳進房間後再舒舒服服地睡個好覺，隔天就會很有精神。」周宸恩為我開車門，「記得睡前先洗個澡，然後把妝卸掉，這樣對身體健康比較好。」

「一個大男人嘮嘮叨叨，你是我媽媽嗎？」我嘲諷道。

「我是妳的好朋友，這是出自朋友的友善關心。」

我一下車便伸展雙手，挺起胸部用力地呼吸新鮮空氣。一股清新瞬間貫穿我的全身，離開都市的塵囂就是神清氣爽，讓我的神智頓時清醒不少。「故鄉的空氣就是不一樣，特別好聞。」

「說得沒錯，風中送來花草樹木和泥土的氣味特別怡人。」

「你真的這麼想嗎？難道不是看到一堆未開發土地而眼睛一亮？看哪！滿地都是鈔票和黃金。」

「開發也要看地點，而且我是那種事事都只講錢的人嗎？」周宸恩不太開心地說。

「我隨便講講，不要那麼認真。」我看著眼前的豪宅別墅，讚嘆道：「有錢人就是不一樣，在這種地方蓋一間那麼漂亮的獨棟房子，都不怕鄰居眼紅？這怎麼看都是小偷下手的最好目標。」

「這裡會有保全定時過來巡視，而且裡面的防盜和監視設備都是最新的，不怕被人侵入。」周宸恩繼續說明：「有看到左前方五十公尺的住家嗎？那是這房子的前屋主，有什麼問題可以請他幫忙。妳不用太擔心安全性的問題，遇到什麼狀況一定都叫得到人幫妳。」

「我才不擔心這些問題，反正住得舒服就好了。而且我相信你也不會白白造成自己的損失，這個地方絕對不是一般宵小能侵入。」我點頭稱道：「謝謝你，還為我這麼費心。」

「哪裡，只要妳覺得不錯就好。」周宸恩得意地說：「等到海王星建好後，這附近的生活機能會慢慢轉好。看得到嗎？海王星就在那邊，是不是很近？」他指著某個方向說。

夜晚看什麼都一樣，在台北時我已經看很多高樓大廈了，還不是沒什麼了不起。「是，我知道。」

「這樣……還有什麼問題嗎？沒事的話我先離開，明天我會打電話給妳。」

這個地方越看越熟悉，以前的記憶慢慢被喚醒。「小時候我就住在離這裡不遠的地方，我記得……奇怪，好像有某種既視感，是不是夜晚的關係，我沒有辦法準確地辨認。」

「妳累了，還是早點進房，然後睡覺休息。」他催促道。

我身體猛然一震，瞬間汗毛直豎。「慢……慢著，我想起來了，這個地方以前是有名的鬼屋。」

「啊——」周宸恩發出訝聲，「對不起，我忘記告訴妳，這裡曾經是棟凶宅。」

「對嘛！我就覺得好像有印象，果然是小時候人家口耳相傳的黑牆鬼屋。」我怒視周宸恩，「你故意隱瞞事實對不對？怕我知道實情以後不敢住。」

「不不不，相信我，我沒有那麼壞。」周宸恩急忙辯解：「我真的是一時忘記，請不要誤會。」

我冷淡地點點頭，其實還是相信他的人格沒那麼卑劣。「那你總該給我一個解釋。」

「我是單純看這裡環境清幽又沒人叨擾，認為這是讓妳休息的最佳地方，就是這樣，沒別的意思。」周宸恩擦著冷汗，「都是四十年前的事了，而且房子又經過改建，我想應該沒有什麼問題。」

「有沒有問題又不是你說了算。」我哼道。

「如果妳害怕的話，那我們就回台北吧，我馬上幫妳安排高級套房。」他懷著歉意說。

「都來到宜蘭了，你還要我舟車勞頓地趕回台北嗎？我沒那種力氣，也不想浪費時間這麼做。」我打量著他，「沒想到精明的周宸恩居然也會犯這種錯。」

「唉，不是這樣的，真的一時之間沒有想到。我本身是基督教徒，信上帝不信這些牛鬼蛇神，自然而然就忽略這種事。沒考慮到妳是我的疏忽，真的非常抱歉。」他慎重地向我道歉。

「沒關係沒關係，如果要我回台北和媽媽一起睡，我情願晚上抱著鬼。」我對他說。

「妳同意了？」他驚訝地說：「不錯，膽識過人的漂亮女孩。」

「你都說是四十年前的事了，而且房子又經過改建，我認為沒問題。」我掃視著豪宅，「小時候我常常看見這棟鬼屋，聽到的都是以訛傳訛的傳說，覺得根本沒什麼稀奇。」

「明人不做虧心事，夜半不怕鬼敲門。」他對我劃了個空氣十字架，「上帝會保護妳。」

「風涼話你倒很會說，不如今天晚上留在這裡陪我睡覺。」我戲弄他道。

「都說不行了，如果妳喜歡我的話，我可以答應在白天陪妳約會。」他說：「就算晚上我們什麼事都沒有發生，可是妳我畢竟是公眾人物，別給人家留下話柄。」

「我也沒妄想你會答應。」我揶揄道：「可是你的眼光也太差了吧，怎麼挑房子投資剛好挑到這種凶宅，事前都不作功課嗎？」

「其實……事前我是知道的，只是一直沒放在心上。」周宸恩不好意思地搔頭說。

「你知道？你說你知道卻還故意買凶宅？」我恍然大悟，「原來如此，傳言是真的。聽八卦雜誌說你會買凶宅，原來這是真實的事。」

「妳別這麼大聲嚷嚷，這只是一種投資。凶宅的市場行情很低，重新包裝後可以墊高價錢，這雖然是小眾市場，可是利益很好回收。」

「你好黑心，居然賺這種錢。」

「別亂講，每棟凶宅我都有依照當地信仰進行處理了，該裝潢換新的地方就花錢整修，交屋也都有盡到告知義務，這轉手差價是賺得心安理得。」他紅著臉解釋：「這屋子原本的屋齡就夠高了，凶案發生也將近半個世紀，基本上我根本不把它當凶宅。妳沒看到我都花大錢改建成獨棟豪宅別墅，這本來就是要自用的，我暫時沒有打算把這棟房子拿出去賣人。」

「是不是真的？」我對他的話半信半疑。

「現在房價這麼高，到處都是無殼蝸牛，當妳連一個可以遮風避雨的地方都沒有時，妳會在乎晚上會不會陪鬼睡嗎？現在大家都講現實面的問題，信仰的顧忌反而會暫時放到一邊。」

「不是每個人都像你一樣。你自己有進去住過嗎？」

「我手中還有一棟一家六口滅門慘案的凶宅，妳想住個一晚嗎？我自己在改建完的當天倒是有暫時休息個一晚，還不是什麼事都沒有。」他看似自豪地說。

我煞有其事地指稱：「唉唷，難怪我看到你身後跟著六個……」

「鬼魂若選擇跟在我身邊，這肯定是上帝的旨意，我自當欣然接受。」他倒是樂觀。

「我好累，不想陪你鬼扯了。」

「這就對了，早睡早起身體好。」周宸恩很紳士地為我開門帶路。「小姐請這邊走。」

「當我小孩子，怕我找不到睡房嗎？」我哼道。

「別這麼說，既然艾麗絲小姐有疑慮的話，那我就只好儘量做到讓妳滿意的程度。」

事到如今，周宸恩是不是還怕我打退堂鼓？他都不知道我這個人說一是一，說住就住，鬼哪擋得了我？我是無神論者，基本上本來就百無禁忌。況且對我來說，人心的醜惡遠勝鬼魂。在這個社會上常聽到人害人的新聞，可是從來沒真正聽過有人被鬼所害，顯見鬼比人有良心多了。

當我一踏進燈光明亮的寬敞大廳時，腦海裡突然傳來異樣的旋律。

「閉上雙眼，進入夢鄉。在夢境的深處，是否許我一個理想？」我自然而然地跟著唱出夢之歌。

「咦？」周宸恩一臉納悶不解，「怎麼站在門口唱歌呢？」

是夢之歌的旋律，如夢似幻，在優雅溫柔的旋律中我得到最大的寧靜，不自覺讓整個人的意識被歌曲旋律牽著走，一時之間忘記身旁的周宸恩。迷迷糊糊，在那出神的瞬間我彷彿看見卓浩凌正笑著和我揮手，導致我陷入情境中無法自拔，也跟著回以微笑及揮手。

「妳……妳在對我微笑揮手嗎？」周宸恩一頭霧水地問。

我很快就恢復狀況，然後對我自己的舉動也大惑不解。「我剛剛做了什麼？」

「不會吧？我第一次看到人著魔。」周宸恩搖頭，「這樣不行，看來妳不能住這裡。」

「為什麼？我剛剛做了什麼不好的事嗎？」

周宸恩眼神中閃著迷惑，「妳老實跟我說，妳剛剛是不是在展示妳的演技？我被妳嚇了一跳。」

「這裡又不是片場，我要演戲給誰看？」

他震驚地說：「哇——居然有這種事？妳剛進門的時候整個人出神，呆在原地傻笑唱歌。」

「你說我撞邪？」我啼笑皆非地說：「我都不知道這裡的鬼很喜歡我。」

「我沒見過這種情況，為了妳的安全著想，妳今晚還是別留在這兒了。」

「不要。」我嚴厲地拒絕，「我要住這裡。」我頑固地回答。

「就算是我也會看情況，我相信妳不是跟我開玩笑。」

我很難清楚地解釋為什麼，「很奇怪……我剛剛突然覺得心曠神怡，整個人飄飄然，我從沒這麼愉快過。我覺得這個地方和我的磁場很合，讓我很想留在這裡。」

「妳認真的嗎？」周宸恩似乎不敢相信。

我腳步輕盈地走入大廳，「心情真的好愉快。」過於愉悅的我竟開始手舞足蹈，做出我平常完全不會做的動作。之後我瞥見站在門邊的周宸恩正目瞪口呆地看著我，他恐怕以為此刻的我發瘋了吧。

第九章・獨立

下班回家洗個澡，吃完晚餐後坐在電腦桌前上網到處瀏覽，幾乎是我每天必做的例行公事。有的時候工作繁忙，回到家中就什麼也不想做，從前愛看的漫畫、愛看的節目、愛玩的遊戲幾乎都不碰了，每次上網只是東看西看，無聊的打發時間。說也奇怪，這種沒意義的舉動反而很紓壓。

本來我想等到時間差不多便上床睡覺，畢竟對付疲勞最好的辦法莫過於睡眠。但是今天我還沒上床之前就聽到客廳傳來的吵雜聲，通常這種情況一定是我的爸媽在吵架。

我用棉被摀住頭，心想若能直接逃進夢鄉，那麼就不用再為現實煩惱。不過隨著爭執的音量加劇，使得我完全無法入眠，迫於無奈的我只好起床看看到底發生什麼事。

「你知道你媽在吵什麼嗎？」爸爸一看到我後就氣沖沖地問。

我人才剛到，誰知道你們為了什麼爭吵。「不知道。」我面帶疑惑地聳肩。

此時我把目光轉向媽媽，她正以一種憤怒的眼神盯著我，彷彿做錯事的人是我一樣。

「她說你每天下班後都無所事事地玩電腦，長這麼大了還賴在家裡，連一個交往的對象都沒有，實在很糟糕。所以我們在想……是不是該幫你找一個對象，讓你能成家立業。」

「什麼？為了這種事情吵架？我才幾歲啊，現在結婚太早了吧？」簡直讓我啼笑皆非。

「都是你爸太寵你了，把你養那麼大也沒賺什麼錢回家。下班後只是拼命對著電腦，從來就沒看你帶朋友回家過，這是什麼失敗的人生？你覺得我們要照顧你一輩子嗎？都不會想說要自己存錢買房子，然後找個老婆定下來，一點出息都沒有。」她大怒道。

這到底是什麼保守傳統的鄉下人思想？「妳現在是覺得我賺不夠多，然後又從台北搬回家裡住，讓妳看了很礙眼嗎？是的話就當面和我說。」

「我也跟你媽好好講，這種事讓你自己處理就好，本來就急不得。可是她一張嘴總是碎唸個不停，聽到我心都煩了。」這就是爸爸忍不住和媽媽吵起來的緣故。

「是誰比較煩？洗衣、煮飯、打掃這些事為什麼到現在還要我幫他做？長大了就該讓他的老婆幫他打理一切，不然要我一生都當他的奴才嗎？」從小到大，媽媽對我總是沒什麼耐心。

本以為他們兩人只是單純的爭吵，沒想到原因竟是出在我身上，讓我真的無言以對。「這種講法好像我不是這個家的一份子，我的存在只是負擔。」

或許媽媽的本意不是如此，但她現在正氣頭上，說的話越來越口無遮攔：「長大了還不能學會獨立，對父母來說就是一種負擔，你要有自知之明。」

「我才從台北回來幾天？就這麼短的時間竟然能讓妳覺得不耐煩。我白天並不是像以前一樣閒在家中沒事做，而是和平常人一樣去上班。難道我下班回來，在自己的房間裡輕鬆的玩個電腦，這樣都不行？」我回想起在台北工作連一天假都沒有的生活，一股無名火跟著上升。

「工作是你本來就該做的，不然誰養你？獨立成家是你的責任，當完兵出社會後本來就該有成熟的轉變，我看你是一點想法都沒有。」媽媽繼續聒噪不停。

「兒孫自有兒孫福，他長那麼大了自己會想，妳管那麼多幹什麼？妳現在是覺得照顧自己的兒子讓妳很痛苦嗎？哪有這樣的媽媽？」爸爸頂了回去。

媽媽餘怒未消地對我說：「你不喜歡可以搬出去住，不勉強你留下。反正我先講好，以後你的生活起居就自己負責，現在有一棟房子給你住就該滿懷感激了，別人家的孩子哪有人跟你一樣厚臉皮？」媽媽上樓前不忘對爸爸說：「你看不過去就換你自己照顧他，別老是想著麻煩我。」

「怎麼會有人對自己的孩子這麼刻薄？」爸爸氣得拍桌大罵：「莫名其妙的女人。」

「好啦，不要再為這種事吵架了。」我雖然嘴巴這麼說，心裡卻飽受打擊。

「我是真的很受不了你媽的個性還有她那張碎嘴，但是她的本意不是這樣子。」爸爸反過來安慰我，「別想這麼多，早點上床睡覺，你明天還要上班。」

我聽從爸爸的話，也不再多說什麼便直接回到房間。可是那晚我氣得輾轉難眠，我真的沒辦法把媽媽的話當成是一種良善的建議，反而感覺自己就像是這個家的腫瘤一樣，多餘且麻煩。

這個事件令我真正開始思考搬出去獨立的事了。反正在家跟在外面自己住都沒差別，那我幹嘛非得賴在家中看媽媽的眼色不可？爸爸雖然幫我說話，但他不能左右媽媽的想法，拖久了對我沒好處。我記得我在台北的租約還沒到齊，不如再搬回台北好了。

這個念頭轉瞬即消，我現在是可以搬回台北，但是工作怎麼辦？難道要我每天跨縣市上班嗎？再怎麼樣都要暫時在宜蘭找個住處，現實就是只能如此。

我在煩惱與焦躁中艱難地入眠。

隔天的晨起因睡眠不足而令我頭暈腦脹，真不想出門工作。

當我牽著機車準備出家門前，我回頭看了這個居住二十幾年的家，突然對它產生一股陌生感。

我與周宸恩再次見面，他一如往常地笑臉迎人。「早安，今天又是一個美好的早晨。」他今天西裝筆挺，看起來像是要赴重要的會議。儘管身在破舊的工地辦公室，他依然光彩煥發，閃耀著明星光環。「雖然對您很過意不去，但不知道您是否考慮過了呢？」

起先我以為周宸恩是要問我關於工地的進度或是狀況，沒想到他所謂的「麻煩」還真的非常麻煩。「是這樣子……小冬這陣子因為工作和家庭上有些不便的狀況，她整個人變得有點喪志。我想請妳和她聊聊天，問問看她有什麼困難的地方，儘量幫她解開心結，不要讓她一個人鑽牛角尖。」

「這種事我實在是愛莫能助。」我自己都泥菩薩過江自身難保了，還管到別人的家事去，我吃飽太閒嗎？何況和我比起來，于小冬的資源背景比我好很多。她自己都解決不了的難題，別人可以幫她什麼忙？「我和艾麗絲不算熟識，而且我也有自己的工作要忙……」

「我本身的行程太多了，實在無暇分身。看著小冬的精神狀態讓我十分掛心，所以我想找個人去陪陪她。我認真地想了又想，她既沒什麼朋友又沒家人，我很難找到適當的人選。」

套一句我媽對我說的話：「她長那麼大，也學會自己獨立思考，我想她不需要人陪伴。」

「原本我也是這麼想，可是……」他欲言又止地說。

我真不想和于小冬有任何牽扯，「雖然我們是國小同學，不過實在不能算是朋友。」

「真的無論如何都不可以嗎？」周宸恩為這件事相當煩惱。

我為難地搖頭回絕。對我而言，當下最重要的就是先找一個新居處，讓我可以搬離舊家。

在這件事上我實在無能為力，周宸恩仍只能失望地離去。

第十章．鬼屋之緣

「你吃飯了嗎？」爸爸親切地問我。

我清楚最近家裡的氣氛不是很好，所以不願在外面逗留太久。我不想再讓媽媽找到話題發揮。

然而她什麼話都沒說，只是一邊吃她的晚餐一邊看電視，對我完全視而不見。

「我的飯呢？」

「沒準備你的份，你自己去外面買。」媽媽冷淡地說。

還好我先在慧星家用過晚餐，否則我可要餓肚子。「沒關係，我不餓。」為避免再和媽媽起爭執，我選擇直接上樓。

「從明天開始，你的水電費要自己繳，家裡不會幫你出一分一毫。」媽媽說。

我氣得駁嘴道：「我是這家的兒子還是租客？一定要算得這麼清楚嗎？」

「兒子在外面工作回來，難道連一頓熱飯都不能讓他吃嗎？妳是什麼心態？」爸爸斥道。

「想吃就自己去菜市場買回來，自己下廚煮給自己吃，我沒有意見。」

「妳當什麼媽媽？對自己的兒子這麼刻薄。我講難聽一點，妳的錢是妳自己賺的嗎？是我拿給妳的，妳有賺半分半毫回來養家嗎？憑什麼這麼囂張？」爸爸怒然起身。

「你來掃地、洗衣服、煮飯、整理內務看看，都讓你自己來弄，看誰要幫你。」媽媽毫不退讓，跟著怒喝回罵。

「別吵了啦，以後我的生活自己打理不就行了嗎？滿意了沒？」回到家中連一點溫暖都嘗不到，我還有待在這個家庭的必要嗎？我走進房間立刻收拾行李，說什麼都不想再留在家中。

手機鈴聲響起，周宸恩的電話打來的時機正巧，我現在很需要他的幫助。「喂，浩淩嗎？」

「周先生，關於我早上和您提過的事……」

周宸恩打斷我的話，「小冬現在會對著牆壁喃喃自語，讓我好不安，拜託你幫幫忙。」

「怎麼樣都好，我們另外找個地方慢慢談，您現在有時間嗎？」我無意催促周宸恩，不過現在的我太過焦躁，才會變得不顧禮貌。

「雖然不是很有空，但是勉強能撥兩個小時出來。」

「那麼您在台北還是宜蘭？」

「宜蘭。」

我隨之提出無禮的要求，「請問您方便來我家載我嗎？」

「可以。」周宸恩想也不想的答應。

我將家裡的地址發送到周宸恩的手機，然後將行囊整理完畢，接著一邊刷牙一邊等周宸恩到來。

四十五分鐘過去，手機再次響起，是時候離開了。

我提著背包走到門口，經過客廳時我爸一臉疑惑地看著我。

「浩淩，需要爸爸幫你買晚餐嗎？」他以為我餓了，正要出門買東西吃。

「不用啦，我回家之前已經先在外面吃飽了。」

「那你提著背包要去哪裡？難道因為你媽說的幾句話你就要離家出走？」

「不是因為媽媽，我本來今天就打算回台北。」

「那你怎麼前幾天不講呢？現在都那麼晚了，要不要爸爸載你一趟？」

「我有請我朋友來家裡載我，現在應該快到了。」

爸爸從皮包裡抽五千塊給我，「回台北要多注意一點，這錢給你當生活費。」

「我自己有賺錢，不用再跟家裡拿錢了，爸你自己留著。」我輕推開我爸的手。

「你不要太生你媽的氣，她只是一時對你有點失望，不是真心把你當外人。」

父母多少都會有恨鐵不成鋼的心情，尤其我又是特別沒用的兒子，我能怪誰？「我不會生氣。之後家裡有什麼狀況需要幫忙就打電話給我，有時間我也會回家和你們吃飯。」我拿六千塊給我爸，「這個月我還沒給家裡錢，爸你把錢收下。」

「我給你錢你不要，還拿錢給我幹嘛？你人在外面會有很多需要用錢的地方。」

「我自己還過得去啦。」話剛說完，一輛奧迪停在我家門前輕按喇叭示意。

周宸恩下車和我爸打招呼：「大叔您好，我開車來載浩凌了。」

我爸一眼就認出周宸恩，「喔——你是不是演電影的那個……」

「爸，我走囉，再見。」我坐上副駕駛座後立刻把窗戶搖下和爸爸揮手道別。

周宸恩禮貌地和我爸鞠躬，「我們先離開了，大叔再見。」

不愧是懂得人情世故的大明星，應對相當得體，難怪他的朋友和影迷們都相當喜歡他。

「不好意思，又是我把你找出來。」上車後，周宸恩歉疚地說：「我請你吃點東西或喝飲料。」

「謝謝，不過我現在沒有什麼想吃或想喝的。」此刻車內正在播放《Alan Parsons Project:Old and Wise》這首歌，聽得我心情好複雜，這算不算欲哭無淚？

看著我放在後座的大背包，周宸恩心裡有底。「你離家出走嗎？」

我沉默半晌，「不能算是離家出走，只是現在是我的獨立時刻。」

汽車開動，我從後照鏡看到我家越來越小，這種感覺真是糟透了。

「所以你才會拜託我幫你留意附近的租屋嗎？」

「不要太貴，也不要離海王星太遠，其他我都可以接受……預算為四千，會不會太困難？」

「這個嘛……我也不是租屋業者，沒辦法馬上回答你這個問題。」

那就是沒幫我問的意思囉？我知道不能去怪罪周宸恩，畢竟他是個大忙人，有自己的事業，他並沒有幫我找租屋的義務。「看來我今天只能先找個旅店睡覺了。」

「我不會讓你隨便找，至少我會帶你去高級一點的地方投宿。」

「可別離海王星太遠，明天我還是得上班。」我接著說：「對了，我聯絡到慧星了。」

「占星屋重新營業了嗎？」周宸恩對這項消息感到振奮。

「不是這樣的，慧星回到宜蘭老家……」我將慧星的狀況以及她要我轉達的話一五一十地告知周宸恩。「她請你暫時先別和她聯絡。」

「這怎麼行呢？謠言並不是她避著不出面就可以平息。日後大家雖不一定會積極談論我們的話題，但只要一提到我，大家很可能還是會把我和言設計師聯想在一起。」

「你的意思是要帶她出面闢謠嗎？」

「我可以出面澄清這件事。我的意思是，言設計師不用為了這些謠言煩惱而躲避不出。」

「可是這是你和于小冬兩人惹出來的過失。」我不高興地說。

「我知道，我會反省。見到言設計師的話，我一定當面和她道歉。」

「話又說回來，為什麼是你和慧星牽扯在一起？按理來說，你和于小冬被傳成一對，這話題性絕對十足，媒體要炒作的第一選擇也該是你們這對。」

「小冬的公司第一時間出面說明了；而我並沒有任何動作。」周宸恩的語氣中透著無奈：「她們公司的王總不希望讓小冬藉謠言和我扯上關係。」

「最近你們是不是又有什麼緋聞了？」我雖然好奇，但馬上又打消念頭。「算了算了，還是別跟我說，我對演藝圈的八卦不是很感興趣。」

「小冬最近和她的經紀公司有一些爭執，占星屋的話題爆出來的時間點很不好。」

依她的個性，會有人和她處得好才奇怪。我心裡暗想。

「不光是這樣，她和家人之間也有些磨擦。」

周宸恩是想讓我去同情于小冬嗎？「可是我現在是泥菩薩過江，實在無暇顧及他人。」

「那真是太遺憾。」他深嘆道：「無論如何都沒辦法聯絡到言設計師嗎？」

「她本人沒有意願，你再汲汲營營也找不到她。」

「怎麼樣都沒辦法？」

我狐疑地看著周宸恩，「你……你喜歡慧星嗎？」

周宸恩有條不紊地回答：「我們是工作上的同事，言設計師負責的工作進度落後，我的公司會因此蒙受損失，所以我急著要見她。」

這理由很正當，我沒有辦法去質疑他的動機。「如果電話都打不通的話，我也愛莫能助。我想想……也許我可以代為轉達你的意見。」

「你們之後還有約會？」

「確實有……可是我答應了慧星，不能讓你去見她。」

「好好，我得學著去尊重當事人的意願。」周宸恩表情失望地說。接著像是想到什麼，突然對我說：「我想起來了，現在有個地方很適合讓你暫時居住。」

「海王星附近有高級酒店嗎？」

「不是酒店，是我買的房子，最近剛改建完畢。」

「這……不太好吧，居然要讓我去住你的新家，萬一把環境弄髒怎麼辦？」

「請不用擔心這種事，房子會有專人去打掃，您只要安心住下。」周宸恩笑著說。

「真的？那我該給你多少租金呢？」

「一分錢都不用，我不會和朋友計較這種錢。」周宸恩頓了一下，接著以低沉的語氣問：「不過你怕不怕鬼？」

「我是沒親眼看過鬼啦，但是出現在我面前的話可能會把我嚇跑。」

「事情已經過了四十幾年，房子也打掉重新改建，我想應該沒什麼問題。」

我瞬間起雞皮疙瘩，「你、你要我住鬼屋嗎？」

「不是鬼屋啦，那邊也有其他住戶。」

「我剛剛聽你這樣說明，那確實是死過人還鬧鬼的房子。」我搖頭，「不行，我不住。」

「可是你現在還有其他選擇嗎？就算只有今天晚上，你也是要找個地方睡覺。」

「這豈不是要我晚上跟著鬼魂同眠？」這想法讓我背脊發寒。

「據說當時死掉的是兩個年輕人。」

「你也太會挑房子了，偏偏挑個鬼屋。」

「宗教信仰不同，可是我都有依照當地習俗請專人來處理房子，我本身倒不是很忌諱。」

「說不忌諱的人偏偏去買那種房子，你是故意的嗎？」

周宸恩不否認，「這也是一種投資的方式。」

「那個不怕死的住客又是為什麼住在鬼屋？」

「和你一樣有難言之隱。」周宸恩語帶保留地說：「其實你也認識她。」

我真的對這種事極感厭煩，「別和我說是于小冬。」她就是去住那種地方才會精神異常。

「兩個人在一起有伴當作照應也不錯。」

周宸恩把話說得很簡單，但是跟鬼比起來，我還更不想看到于小冬。

與我的想法背道而馳，在我還猶疑未定時，周宸恩仍舊把車子開到鬼屋之前。

一看到那棟在夜晚仍金碧輝煌閃著耀眼光芒的豪華別墅，我的眼睛霎時亮了起來。「哇——好漂亮的房子。」我內心的陰霾消散大半，「客廳燈火通明，我想鬼不會喜歡這麼亮的地方。」

「看來你很滿意這裡。」周宸恩像是鬆了一口氣。

「可是于小冬比鬼更麻煩。假如你說的話是真的，那我是和一名精神病患者共處一室。話又說回來，這個地方有點眼熟……好像是我們小時候大家口耳相傳的鬼屋！以前這裡很陰森，我們在地人幾乎都不想靠近這區，真虧你會買這種地方。」我忍不住好奇心，有點想早點進去住。

「我有把她形容的那麼可怕嗎？不過就偶爾會自言自語，沒什麼大問題。」周宸恩苦笑道：「會買這裡表示我眼光獨到。反正我也不是在地人，不信你們的傳說。」

「天啊，我連一點選擇都沒有嗎？」

「我的時間差不多了。」周宸恩迅速地看了他手腕上的百達翡麗一眼，「我等會還有會議，先走了。看到左前方五十公尺的住家嗎？那是前屋主，有什麼狀況可以請他們幫忙。」

「你這就走啦？我還在考慮，而且……我還有一些不明白的地方。」

「就一天而已，請你多多擔待，不好意思。」周宸恩急忙上車。

我愣愣地望著奧迪逐漸遠離，再看向擺在腳跟旁的大背包，看來我似乎別無選擇。

「于小冬，妳在嗎？我是卓浩淩，幫我開個門。」我站在門口叫道。

呆站了五分鐘後都沒人來開門，我漸漸覺得有點冷清。這該不會只是空有漂亮的外觀，實際上是個裝飾用的樣品屋？

我轉動門把，輕易地將門打開，原來門沒上鎖。「于小冬，妳在嗎？」

窸窸窣窣的聲音瞬間灌入我的耳朵中，那是一種彷彿隔著一面牆的模糊說話聲，聽得不是很清楚，但我可以明確的感覺到確實有什麼人在對我說話。

慘了，連我都有幻聽，這間屋子鬧鬼太嚴重了。

「于小冬？」我的說話聲在偌大的客廳中迴響，感覺有夠空虛。

若有似無的抽泣聲在空氣中浮現，我終於明白為什麼于小冬會在這種地方出現精神異常。不過我這人其實不怎麼信邪，我從來就不會主動去燒香拜拜，對神靈總是嗤之以鼻。倘若世間有神，為何對我以前的祈禱完全不聞不問？有拜神跟沒拜神都是一樣的結果，那我何必浪費時間？

既不信神，自然也沒有迷信鬼靈的道理。全臺灣死的人多不勝數，哪個建地之前沒死過人？偏偏在某棟房子裡特別會遇到怪事，會有如此匪夷所思的巧合嗎？

我開始對這棟別墅產生一股不信任感。會不會是牆內安裝喇叭故意放出怪聲，然後再從屋子裡的某個角落用監視器觀察我的一舉一動，看看我會不會因此被嚇到尿褲子。

可能嗎？周宸恩不像是這麼無聊的男人。

奇怪的聲音轉變成熟悉的旋律，不過不是音樂演奏，而是某個人的哼聲。

「跨越天堂的橋樑，迎來七彩耀目的眩光。以生命作為賭注，張開雙翼在雲際翱翔。在夢境中——實現願望。」我把這段旋律直接加入歌詞唱出。「奇怪，是誰哼的？」

我一直以為這是我自己作詞作曲的歌，小時候還真覺得自己有這方面的天賦……直到于小冬當著我的面把這首歌哼給我聽，我才知道原來一切都只是美麗的錯誤。

現在又有第三者會哼這首歌，真是把我的臉打得跟饅頭一樣的腫。恐怕是我小的時候不知道在哪裡聽過這首歌，不知不覺地在心裡留下深刻的印象才有這種誤解。

「唱歌的人，可以請你出來一下嗎？我有個問題想請問你。」我順著歌聲走上二樓。

不得不說周宸恩的新家真的是非常漂亮，不光是高級傢俱、擺設、燈飾，連大理石樓梯都看起來很氣派，鍍金的樓梯扶手在燈光照射下熠熠生輝。為什麼要把家改建得像高級酒店呢？

擺在走廊石臺上的花瓶和掛在牆壁上的幾幅畫看起來都非常昂貴，在我不確定那真的是古董或名畫以前還是別接近為妙，免得把東西弄壞了要賠上自己十年的薪水。

這個世界上的貧富差距太大了，有人可以有錢到買這些多餘的東西來裝飾家裡；可憐的我居然因為沒錢繳回家裡，現在被趕出家門。我真的好羡慕周宸恩的富有。

找不到自己的房間，我就隨便挑一間。三樓的客房裡，有一間的裝潢以藍色系為主，特別合我之意，於是我將背包放下，開始整理自己的東西。

仔細一想，現在這個時間應該是我在家悠閒地玩電腦、聽音樂的時候。現在怎麼會一個人孤孤單單地在別人的房間裡，悵然若失地看著天花板發呆呢？

沒錢、沒房又沒女朋友，這個人生好枯燥乏味，不如就此死去算了。

「不要死。」又輕又急促的聲音瞬間穿過我的耳窩。

是誰？我起身環顧四周，再到走廊上左右察看，然而什麼人都沒有。

我關門並將門鎖上，「搞什麼？真的是鬼和我說話？」怎麼會有如此強烈的不安？

叩——叩——

這次是敲門聲，這棟屋子的雜音還真不是普通的多。我摀住雙耳，「我不想死了，請各位大哥放過我吧，不要繼續在我耳邊製造奇怪的聲音了。」

敲門聲持續一分多鐘，這次的幻聽特別嚴重。

「卓浩淩，是我，把門打開。」門外說話的是熟悉的女聲。

這鬼好厲害，可以變男變女而且還知道我的名字，但是我絕對不會開門！

「你不開門我就自己進去了。」女聲叫道。

對啊，我把鬼關在門外有什麼意義？如果是鬼的話自然能穿牆進來。

隨後我聽到門鎖轉動的聲音，在我還沒來得及回頭的當下房門已被輕啟。

「為什麼不開門？」站在門外的于小冬穿著白色女性睡衣，頭髮微濕，手上拿著毛巾，似乎剛梳洗完畢準備上床就寢。

「我在大門口叫妳好幾聲妳也是沒回應。」

「我剛剛去洗澡，你在門口叫半天要給鬼聽嗎？」她蠻不在乎地說。

在于小冬頭髮上的洗髮精味道和身上乳液的特殊香氣令我飄飄然，再加上她的睡衣衣領很寬鬆，幾乎要垂到胸口，這讓我這個血氣方剛的男人怎麼忍受？「拜託，把衣服穿好不行嗎？」

「我喜歡睡覺的時候穿寬鬆的衣物，這樣才沒有拘束感，也能維持睡眠品質。」

「那妳可以回妳的房間去睡。」

「這裡就是我的房間。」她坐在床的另一邊，和我之間只隔著一塊枕頭。

「妳的房間？」我起身打開衣櫃，原來裡面不是周宸恩的衣物而是于小冬的，我怎麼會看錯。

「這個房間是我先住下的，所以我有鑰匙。」

這種窘況是越早脫離越好，我撿起背包。「我去隔壁房睡。」

于小冬拉住我的手，「留下。」她的聲音很輕，手也很柔軟，害得我在悸動中微微出現生理反應。

「這間屋子裡除了妳和我以外還有別人嗎？」

「白天會有清潔女工，除此之外不會有其他人來。」

我笨拙地抽回手，「那就別和我做肢體接觸，妳不怕我嗎？我也是個男人。」

「我不怕你，你可以留下。」

我發出嗤聲，「留著幹嘛？晚上和妳一起睡嗎？」

于小冬坐回床上，背靠著枕頭，面無表情地滑手機。

我把背包放下，坐在椅子上沉默地看著她。「幹嘛又不說話，不是妳叫我留下嗎？」

「你過來這裡的原因不是為了找我嗎？」

我瞇著眼，「周宸恩是這樣和妳說的？我為了妳才過來？」

「他什麼都沒和我說，只和我說你可能會來。」

我深深地吸一口氣，房間裡充滿她的體香。「妳到底留我下來幹嘛？」

「我以為你有話對我說。」

「我要說什麼……妳化了妝漂亮很多，素顏的話那張臉太普通，像路邊隨處可見的女大生。」

她露出一口潔白整齊的牙齒笑道：「你要我睡前化妝嗎？」

「那倒是不用。」

她輕點手機，「最近我都會在Facebook上看看以前同學的近況，然後心裡就會出現『以前真好』之類的想法。即使只有一天也好，真想再一次重新體驗國小的生活。」

我也常常這樣，「只有現實不如意的失敗者才會老是緬懷過往。妳都成功當明星了，幹嘛還老是想著過去？」

她的眼神閃著疑惑。「功成名就的人難道不能懷念以前的時光嗎？」

「就算一直回想過去也改變不了什麼既定的事實。」

她將瀏海撥開，這種未經整理的散亂長髮倒是賦予她另一種美感。「只是想看看以前的同學出社會以後都過著怎麼樣的生活。偶爾也會想像自己做其他工作時，不知道會是什麼情景。」

我剛剛自己一個人待在房間時都心煩到想死了，她還一直講這種陰沉的話題。「妳平時個性大大剌剌的，現在幹嘛裝得那麼矜持的樣子。」

「好悶喔，要不要喝杯啤酒？」

「啤酒？好啊，要我出去買嗎？」

「房間裡的小冰箱要喝什麼都有。」她從冰箱取出兩瓶海尼根，然後將其中一瓶拿給我。

「海尼根？沒有百威啤酒嗎？」

在我還挑三揀四的時候于小冬已經自顧自地喝了起來。

「喝酒要一起喝啊，自己一個人喝悶酒幹嘛！」不落人後，我迅速開瓶將酒猛然地往嘴裡送。

兩人一語不發，只是一個勁的喝酒。本來我還覺得這個氣氛維持的很不錯，可是于小冬喝到途中竟把還剩一半的酒放在一旁，接著紅著臉倒頭大睡。

「哪有人喝到一半說醉倒就醉倒？」我搖著她的身體，「妳不會喝酒要早說啊。聽說容易臉紅及酒醉的人是因為體內缺乏能代謝酒精的基因，妳這種人喝酒很容易得到肝癌知不知道？」

想必我說的話連一個字都沒傳進于小冬的耳中，她已經醉到不省人事。

看著她沉沉睡著的模樣，我的內心竟會浮現不該有的曖昧情愫，光是盯著她就讓我臉紅心跳。

難道一直以來我對她的反感都是在欺騙自己嗎？還是我也喝醉了？才區區三瓶半……

第十一章・鬼屋屋主

「你白天跑去哪裡了？」我在一樓廚房的冰箱裡找到一瓶能量飲料，喝了之後覺得精神稍微好轉。儘管一整天都沒吃什麼東西，現在的我仍不覺得有饑餓感。

剛從工地回來的卓浩淩看起來很疲勞，制服都是髒汙，頭髮凌亂，雙眼無神。「去工作啊，妳以為我能去哪裡？不工作哪來的錢？」

昨晚飲酒到一半，我突然沒了意識，待我再睜開眼皮時已經是隔天下午。起床後整個人昏昏沉沉，胃也不太舒服。簡單地在廚房裡吃過一點東西後便一直待在自己的房間裡玩手機，這種日子好墮落，我要什麼時候才能回到螢光幕前？

我昨天試著和公司做出交涉，結果最後還是失敗告終，搞得我一整天心情都很不好。

我聽到卓浩淩可能會搬來跟我一起住的消息，竟為此事感到高興，我都沒辦法理解自己。

「你要吃晚餐嗎？我看到廚房裡還有泡麵。」

「我會先去洗澡，等等我再自己處理。」他拖著腳步走上樓梯。

這種對話看似很平常，卻意外地出自我和卓浩淩的嘴，是不是很像我們兩人正在同居呢？一想到此，不由得讓人暗自竊喜。

我百無聊賴地轉開電視，這個時候其實沒有什麼好看的節目。即便我在電視上看到我自己演出的影片，我也沒有任何想看的念頭。

想重返大螢幕的想法仍強烈地在腦中盤旋不去。該怎麼做呢?真的好困擾。

卓浩淩洗完澡下樓後並沒有和我打招呼便逕自走到廚房。

「你要吃泡麵嗎?」

他不以為然地說:「吃什麼泡麵?難道沒別的東西能吃嗎?」

「有的時候中午過來打掃的阿姨會幫我煮午餐,不過晚餐都要自己打理。」

「大明星,沒人告訴妳餐餐吃泡麵很沒營養而且很不健康嗎?」

「那要我怎麼辦?附近又沒什麼餐廳或便利商店。」

他翻開冰箱,「有魚有肉又有菜,怎麼會沒東西吃?」

「全是生的,不能吃啊。」

他不耐煩地加大音量:「當然要先煮過,妳的腦袋有夠不好。」

我忍住差點爆發的脾氣,「會煮我就自己煮了,還用你說。」

「大明星,妳除了會讀書和演戲外還會什麼?晚餐由我來煮。」他從冰箱裡將食物及蔬菜一一拿出來,接著語氣轉柔和說:「妳還要吃嗎?」

卓浩淩要親自下廚?「我當然要吃,為什麼不呢?」

「那妳先去看電視,我儘量在一個小時內搞定。」他接著問:「飯是來不及煮了,用泡麵當主食吧,妳確定妳還吃得下嗎?」

「我剛剛只吃幾塊餅乾加一瓶能量飲料。」

「是嗎?那妳去旁邊等著,好了我再叫妳來吃。」他先用油熱鍋。

「我以為你很大男人,想不到還會下廚。」

他專心做自己的工作，手沒停下來過。「我一個人自己住在外地，不下廚難道要天天吃外食嗎？」

「需要我幫你忙嗎？」我突然很想待在卓浩淩身旁。與其面對冷冰冰的電視節目，倒不如和卓浩淩找個話題閒聊，有一個人陪在身旁和自己聊天就不會那麼孤單了。

「妳會切菜嗎？幫我把菜洗一洗然後切在一旁備用。」雖然是命令的語氣，但我並不厭惡。

我沒拿過菜刀，「怎麼切，直切還是橫切？」我感覺我的手有點發抖。

他收回我手中的刀，「我看妳都要切手指了，我等會可沒車載妳去醫院。」

「你不教我，那我要怎麼學習？」

他靠了過來，抓著我的手說。「扣彎前指，讓刀身斜靠在指頭，這樣保證妳至少不會切到手指。」

「原來是這樣。」反正學習只是藉口，主要能製造聊天的話題就行了。

「我看妳也幫不了什麼忙，妳還是離開廚房做自己的事，別待在這裡浪費時間。」

「醃肉我應該可以，這塊肉讓我處理。」

他瞥了肉一眼，「妳現在才醃肉，我們要等到什麼時候才能吃？不用浪費力氣，周宸恩為我們準備的肉很高級，煎一煎灑點玫瑰鹽就能上桌。」

看著卓浩淩在廚房工作的樣子，我心想要是每天都能看到這幅情景不知該有多好。「說實話，你是不是為了我才來這裡住？」

「妳覺得可能是這麼愚蠢的理由嗎？」他邊下調味料邊試嘗味道，「我搬出家裡獨立了，只是暫時找不到地方住，先借周宸恩的新家暫居一陣子。」

「為什麼要獨立？住在家裡不好嗎？」

「那妳呢？為什麼不住自己的房子？依妳之能，沒道理要寄人籬下。」

我不太想解釋，「公司和家庭都有狀況，我暫時不想讓他們知道我的行蹤。」

「那就是跑路。」他發出嘖嘖的聲音，「大明星艾麗絲啊。」這句話充滿諷刺。

「你不問我到底發生什麼事嗎？」我希望他能稍微關心我一點。

「妳想講就講，妳要講我就聽。」他開始煎起牛排肉。

「那不要聊這個，換我問你問題。」

「妳問吧，我在等妳問。八成是非常無聊的問題。」他放下鍋鏟，轉頭問我：「小時候追著我不放，久別重逢後妳還是有疑問，別跟我說是什麼夢之歌的問題。」

「那的確是我之前追著你不放的原因。」

「哇——妳還真是吃飽沒事幹，這問題有那麼重要嗎？會影響到妳的工作還是人生？」

「但是……我現在不想知道關於夢之歌的事了。」

「那很好，表示妳終於開竅，知道自己在做的事有多沒意義。」他繼續煎他的牛排肉。

「你是不是很不喜歡我？」我直白地問。

他停下手，「來了，我就怕妳問這種傻問題。妳們女生沒事幹的時候是不是都會一直想著人際關係的問題。他是不是喜歡我？他是不是在討厭我？完全就是二分法的腦袋。」

「不是討厭那就是喜歡囉。喜歡我會讓你感到負擔嗎？」

「不應該繼續在這種事上糾結下去。妳的話讓我很驚訝，我對妳從沒超過或低於『同學』的情感，我想可能是我有什麼舉動造成妳的誤會，所以我想在此澄清一點——妳和我只不過是知道名字的關係，沒有任何的好惡。」

我到底在期待什麼？期待這樣子的笨蛋用他的想法來傷害我嗎？「卓浩凌……這是你的真心話嗎？執意將一個可能很好的結果無情地推出門外。」

「妳出去吧，晚餐要做不出來了。」他回頭繼續廚房的工作。

「我知道現在講這些話很蠢。」

「知道妳還說。」卓浩凌一臉很不開心。

「你可以當作沒這回事，但是之後我會再重新提起這件事，先告訴你一聲。」我像個孩子似地負氣回到大廳，我在卓浩凌心目中的形象想必又大打折扣了。

我跟之前一樣看電視打發時間，只不過我的眼睛雖然盯著螢幕，心裡卻被雜事佔滿。

過了約莫半個多小時後，晚餐陸續盛盤上桌。「吃飯了。」卓浩凌喊道。

我站在餐桌旁審視著菜色，「這真的能吃嗎？」

「這種粗糙的菜色，怎麼敢叫大小姐妳吃呢？妳還是吃妳的泡麵。」

我先用筷子夾起青江菜的菜葉來試毒，結果味道還不錯。「原來你真的會煮。」

「毒不死妳的，妳還真以為我在菜裡面下砒霜嗎？」

「肉呢？我看看肉是不是半生不熟。」牛肉吃起來很軟嫩，油汁溫潤搭配玫瑰鹽的鹹度是剛剛好。但我想是牛肉的肉質優良的關係，並不是卓浩凌煎肉的工夫很好。話說回來，他沒有把牛肉搞到跟石頭一樣硬就謝天謝地了。「高級肉就是不一樣，口感特別好。」

「要不要連湯也試了？說不定我把農藥加在湯裡。」

「不過就是碗普通的青菜豆腐湯，沒有試的必要。我以為你會很有誠意的燉個高湯。」

「燉高湯？我哪來的美國時間。而且也沒有大骨，也沒適合用來搭配湯頭的食材。」

我可以放心地坐下吃飯了。「看在你煮得很有誠意的份上，就陪你好好吃一頓飯。」

門口的電鈴響起，是誰在人家吃飯的時候過來打擾？

「我去看看是誰。」卓浩淩將圍裙脫下。

除了卓浩淩外，門口還有兩道不同的男聲；一個是周宸恩，另一個聲音我沒聽過。

「晚安，你們現在正吃飯嗎？」周宸恩用手挾起一塊肉送入嘴中，一副嘴饞的模樣。「這是不是我買的澳洲和牛？好好吃。小冬，看不出來妳那麼賢慧。」

「那是卓浩淩煎的肉，晚餐都是他一個人煮的。」

周宸恩對他比了個大姆指，「會下廚的新好男人。」

「請問這位先生是誰？」浩淩問。

站在周宸恩身後的那位先生長相斯文，臉頰削凹，戴著細框眼睛，皮膚白淨，留著平頭，年紀和周宸恩差不多。「兩位好，我是這房子的原屋主，我姓盧。」

「這位是盧大榮先生，以後你們有什麼問題都可以請他幫忙。」周宸恩邊舔手指邊說。

「兩位要一起吃嗎？我再多煮兩碗麵而已，很快就好。」浩淩熱情地問。

「我來這裡之前先吃過了……但是還是請幫我們煮兩碗麵吧。」周宸恩果然忍不住食慾。

「我們是明星，應該要控制飲食，你這樣暴飲暴食好嗎？」我問。

「飲食要用運動來控制，不是光靠嘴巴說說。」周宸恩已經入座。

原本該是我和浩淩兩人共享晚餐的時間，為什麼又跑來兩個蹭飯吃的男人呢？真的好討厭。

冷靜一想，這些全都是周宸恩的東西，我好像沒資格說什麼。

盧大榮坐在我旁邊，親切地和我打招呼：「艾麗絲妳好，我是妳的影迷。」

「謝謝你的支持，我會繼續努力演出，不讓影迷失望。」我的回答很公式。

「那麼妳什麼時候要出新作品呢？」

這個問題問得我完全沒辦法回答，只能用尷尬的笑容敷衍過去。

「現在是沉澱心靈的時間，你沒聽過休息是為了走更長遠的路這句話嗎？」周宸恩為我解釋。

「聽說拍一部電影是很辛苦的事，我一點都不曉得。」盧大榮瞥了廚房一眼，「可是怎麼會多一個陌生男人住在這裡？這樣難道不怕傳出什麼緋聞嗎？」

「盧先生真是太多事了，卓浩凌先生和艾麗絲是從國小就認識的關係，他們本來就是一起玩到大的玩伴，我們外人還是少對別人指指點點。」周宸恩答道：「艾麗絲之所以會住在此，就是不希望被外界打擾，讓她能夠有一個安適的空間與時間。我希望您不要對她的生活造成影響，也不要到處和別人宣揚這裡的事，你可以做到嗎？」

「唉唷，我這個人嘴巴最緊了，而且我的朋友都不住在附近，我要找誰說閒話。」盧大榮話題一轉，「那妳和那位先生不就是那個什麼青梅竹馬嗎？」

「沒那麼誇張，只是朋友罷了，不要有無謂的聯想。」我回答。

卓浩凌很快將兩碗麵端上桌，「我煮好了，大家可以開動了。」

結束晚餐後，眾人將聊天的地方轉移到客廳。

卓浩凌儼然像這個家的一家之主，他從冰箱裡拿出飲料和切好的水果招待大家。

儘管有點喧賓奪主，不過看來周宸恩並不在意。

「周先生，你打算待多久？」我問。

「等會兒就走，我沒辦法在一個地方待太久。」周宸恩啜飲冰涼的無糖綠茶，「我這趟的目的就是要介紹盧先生給你們認識，這樣以後大家就是好鄰居。」

「我未必會在此久住。」我強調。

「我也是，等我找到新的住處後，我會馬上搬走。」雖然不是什麼重要之處，但我注意到卓浩凌在說話的同時一直摸著喉嚨。難道是喉嚨受傷了？

「不要這樣，既然給你住就安心的住下來，不必為其他雜事煩惱。」周宸恩說。

「周大哥說得對，這裡改建得很舒適，你們不要太嫌棄。」盧大榮幫腔道。

周宸恩從頭到腳仔細地審視我一番，「艾麗絲的精神變得很好，果然叫浩凌過來是對的。」

「我的精神好與壞與卓浩凌無關。」我澄清道。

「倒是浩凌你……」周宸恩覺得納悶，「怎麼換成你的臉色不太好。」

「可能是剛剛吃得太急，有點不太舒服。」他回答。

「你要不要早點休息？」我擔憂地問。

「我沒什麼事。」浩凌隨後問道：「既然屋主在這裡，那我想問幾個關於這棟房子的問題。」

盧大榮臉色一變，但很快就恢復平常淡然的神情，似乎早就知道我們會向他問問題。

「這裡原先是在地人都知道的鬼屋，我想知道究竟傳言是真是假，或者是有心刻意散佈謠言？如此偏僻的一個地方，怎麼周宸恩先生會剛好買到這棟房子？再來是關於于小冬的狀況，那是不是你們的惡作劇？」卓浩凌提到我時，還故意不看向我，就像把我當成話題外的人。

就算卓浩凌不問，我也會找機會向周宸恩尋求答案。否則我在這間屋子裡感受到的異常情況完全無法獲得解釋，那股奇妙又悲傷的怪異情緒以及迴響在房間內的細微說話聲……

「你們真的相信這些鬼話連篇的事嗎？」周宸恩皺起眉頭。

盧大榮先端視卓浩淩，之後將目光轉到我身上。他咬著指甲，看起來滿腹心事。「那……你們住在這裡，有發生過什麼奇怪的狀況？」

盧大榮會這樣問，就表示這棟房子還真的有些什麼內情。

「于小冬的狀況我不清楚，我只知道我住在這間房子的時候會出現幻覺及幻聽的現象。不是很礙事，也不會影響生活。我看到的不是你們所想像的恐怖景象或鬼怪，只是一閃而過的某些片段，類似過往的記憶。片段很零碎，畫面很快飛掠而過，所以我沒辦法將看到的東西整合成資訊，沒有辦法具體的告訴你們我究竟看到什麼；至於幻聽則不是鬼怪的呼聲，也不是什麼不好的聲音或叫你去死之類的壞話。我常常聽到的是音樂的旋律，非樂器演奏，而是人聲哼成的旋律。有的時候是很低聲的呢喃，因為音量過小的關係總是聽不清楚誰在說話及說些什麼。可是有的時候反而能聽到很清晰的句子，句子都不長，奇怪的是聽了以後心情會略微好轉。我找不到誰和我說話，分不太出那是男聲或女聲，我更沒辦法與聲音的來源進行對話。大概就是這樣，這是我自己的部分。」

「這麼懸疑？」周宸恩詫異地咋舌：「可是我什麼都看不到也聽不到。」

我的情況和卓浩淩大同小異，可是其中又有些微妙的不同。我能感受到莫名的悲傷情緒，我還會聽到若有似無的啜泣聲，讓我本來就低落的心情更加複雜。奇怪的是，自從在這間房子見到卓浩淩後，我對他的好感度與日俱增，甚至快壓不下這澎湃的情感，我到底出了什麼問題？

盧大榮似乎正思索浩淩所說的一字一句，過了十幾秒後才張開乾澀的嘴說：「自我小的時候到現在，我從沒在這房子內看到幻覺或聽到奇怪的聲音。連身為屋主的我都認定這是無稽之談了，你確定你的精神狀況是正常的嗎？」

卓浩凌不服氣地說：「我是百分之百的正常人，是這鬼屋百分之百不正常。」我也自認是個正常人，然而我的所見所聞卻沒辦法得到一個合理的解釋。

「小冬，妳也有同樣的情況發生嗎？」周宸恩問。

「差不多。」我附帶強調：「但是我拒絕承認自己是一名精神病患。」

「我知道我知道。」周宸恩安撫道：「這世界上有很多事情是不能用科學解釋。我和盧先生看不到、聽不到的東西，你們未必會和我們一樣。」

「你相信他們的話？」盧大榮瞪大眼睛問。

「難道你要我把他們當作精神異常看待嗎？」周宸恩聳肩。

「我不能容忍你們那半信半疑的目光，好像我們做了什麼虧心事似的。」我怒道。

「所以我想請大榮哥你把事情的來龍去脈告訴我們，幫助我們找出問題的根源，這樣才能讓我在此住得安心。」浩凌說。

「在地人說的都是事實，這裡以前曾是凶宅。」盧大榮嘆了口氣，接著喝一口紅茶潤嘴：「那是在我爸盧萬宗先生那代發生的悲劇，而且事情過很久了，甚至當時我都還沒出生。」他想了一下，「起碼過了四十五年，結果到現在還是沒被人淡忘。」

「你們說會聽到人聲哼成的旋律，那是音樂還是歌呢？」周宸恩問。

我和卓浩凌同時沉默不語，畢竟要解釋這種事情只會讓問題更撲朔迷離。

「是歌。」卓浩凌思考過後還是講出來了，「你們想聽我可以唱給你們聽。」他難得開金嗓。

閉上雙眼，進入夢鄉。在夢境的深處，是否許我一個理想？

遺忘在記憶深處，那個幻夢的片段，如同寶石一樣的璀璨。
跨越天堂的橋樑，迎來七彩耀目的眩光。
以生命作為賭注，張開雙翼在雲際翱翔。
在夢境中，實現願望。

不為夢醒，感到懊惱。過往的片段，如跑馬燈在腦海放映。
踏上充滿荊棘的險途，鼓起勇氣忘掉痛苦，前進絕不言悔。
展開彩織的羽翼，追求理想，執著未來。
不因夢境而迷惘。讓我們攜手踏上旅途。
在人生路，實現願望。

請給予我無比的信心。

跨越天堂的橋樑，迎來七彩耀目的眩光。
以生命作為賭注，張開雙翼在雲際翱翔。
在夢境中，實現願望。
展開彩織的羽翼，追求理想，執著未來。
不因夢境而迷惘。讓我們攜手踏上旅途。
在人生路，實現願望。

我追尋的……夢想。

周宸恩和盧大榮兩人吃驚的說不出半句話。

「你還是把夢之歌全唱出來了。」同樣驚訝的人還有我，這是我第一次從我以外的人口中聽到完整的夢之歌，更加證實我先前的疑慮——與我在夢中合唱的那個人就是卓浩凌。

「鬼魂教你唱這一首歌？而且歌詞、曲調都還這麼完整？」周宸恩已經完全動搖了。

「不是鬼魂教的，我們天生就會唱這首歌。」我糾正他的話。

「連妳也會唱？」周宸恩問了一個沒用的問題。

「或許是我們誤會了什麼。」浩凌更進一步確認，「你們曾經聽過這首歌嗎？」

「未曾聽過。」周宸恩的回答簡單直接。

「曲風很復古，不像是這個年代的作曲。」盧大榮搖頭，「我也從沒聽過。」

「不會有人聽過的。」我按捺不住說：「是夢之歌讓我與卓浩凌有連結，也是夢之歌的引導才會讓我們來到這裡。」

「妳別講這種引人誤會的話！」卓浩凌生氣地叫道：「妳沒看出我多想解開圍繞著我的迷信嗎？妳不幫忙就算了，不要滿口胡說八道。誰和妳有連結？有病就去看醫生。」

「幹嘛急著撇清，你在害怕什麼？卓浩凌，你是這世上最懦弱沒用的男人！」

「唉唷，幹嘛為這種事吵架，錯又不在你們身上。」周宸恩催促盧大榮，「你快把你知道的事情告訴他們，我覺得事態有點離奇。」

「可是這麼久以前的事，都過半世紀了……」盧大榮為難地說：「據我所知，以前有兩名年輕人在這裡自殺，他們悶死在櫥櫃裡。從那之後，這棟房子就被廢棄，而且鬧鬼的傳言越滾越大。」

「就這樣？」周宸恩愕然。

「都說是我出生前發生的事了，何況我爸爸一直不許我提這件事，也不讓我去聽外面的閒言。我的親朋好友不是一無所知就是對這裡發生的事噤聲不語，那些知道真相的長輩們早就帶著秘密進棺材了，現在我要找誰問？我可以跟你們保證，唯一清楚發生什麼事的人，只剩我爸爸盧萬宗先生。」

「那就為難了。」周宸恩搔著臉。

「為什麼這麼說？」浩淩問。

「我爸是個嗜酒如命的人，前幾年因為中風進了醫院，從那一天起他就沒說過半句話。」

浩淩為之氣餒，「那真相豈不是石沉大海了？」

「雖然房子廢棄多年，可是我爸爸始終堅持不把房子賣掉，也不改建。直到前幾年他癱在床上後，這房子的後續才轉交給我處理。至於我當然二話不說，把房子轉手讓人。」

「你太不孝了。」我責備道：「爸爸留下來的家產怎麼能未經同意說變賣就變賣。」

「艾麗絲，我這麼做都是不得已的。」盧大榮解釋道：「從有這棟屋子以來，我們家所發生的不幸多不勝數，若不是我爸爸太固執，我早就有意要將房子脫手。」

「對了。」周宸恩想到了什麼，「當初我想買這棟房子時是透過老莊的牽線，讓我能夠認識盧先生，之後才會有買房子的契機。老莊既然能夠當仲介，想必對屋子發生的事情有一定程度的了解。」

「可能嗎？我自己都不知道的事，老莊會知道？」盧大榮質疑道。
「老莊？我的老闆。」浩凌問。
「老莊是我姨婆的兒子，算是我的表舅。」盧大榮說。
「可是我不太敢直接問老莊這種私人的問題。」浩凌為難地說。
「沒問題，我之後再找老莊問個明白。」周宸恩自薦道。

第十二章・知道真相的人

周宸恩和盧大榮兩人完全無法解開我心中的疑惑，畢竟他們所知有限，我也不怪他們。

等他們兩人吃飽喝足離開後，浩凌主動收拾客廳的環境。

「明早會有女工過來整理，你先去休息無妨。」

「我們弄亂的環境要自己收拾，何況又不是很凌亂。」他一邊收一邊摸著喉嚨，表情苦澀。

「我看你似乎不太舒服，還是先上樓睡覺比較好。」

「怎麼可能會不舒服，我已經好幾年沒感冒過了。」他瞥向我，「倒是妳別一直關心我的事，顧好妳自己就行了。」說完，他頭也不回地上樓。

他不可能沒事。這個蠢男人一定自以為沒什麼大不了，所以假裝什麼事都沒發生。

隔天一早，我的話果然應驗了。當我一看到臉色蒼白、腳步蹣跚的卓浩凌時，真想對著他怒吼，真是個不聽人話的笨蛋！然而我只是趨上前，小心地察看他的狀況。

「走開，我要上班了。」他有氣無力地說。連腳步都走不穩，還上什麼班？

「回去躺著休息，這是你昨天不聽我說的話才會變成這樣。愛逞強的笨蛋。」我摸他的額頭，明顯感受到偏熱的體溫，「你在發燒，我去拿耳溫槍。」

「我說……不要。」他還想掙扎，結果一個腳步踉蹌差點跌倒。

「你沒資格跟我說『不』。你現在有兩種選擇：自己乖乖回房，或是你倒下來後被我拖回房。」

「我沒有請假，妳不要害我曠職。」

「生病和工作哪一個重要？你腦袋不好也別拿自己的健康開玩笑。」

「如果妳在演戲時遇到感冒，妳會選擇休息嗎？別騙我了，妳和我是同一類人。」他的話讓我無從反駁。即便月事不順、大小病痛、各種現實壓力臨身都沒能阻止我對工作的執著，一次都沒有例外。「你和我怎麼比？為了賺那幾毛錢，有什麼意義。」

「妳不要詆譭別人的想法，妳的工作只是賺得比較多，沒有特別高尚。」

「好啦，算我失言，你可以回房去嗎？」我不能讓病患動氣，所以我先認輸。

「晚上我就會回來了。」他執意要出門。

我硬是從背後抱住他，「你講不聽是嗎？」

「妳這什麼女人力氣這麼大……」他想掙脫，可是一點力道都沒有。

「不是我力氣大，而是病重的你沒有力氣。」

「不光是我沒力氣反抗，而是被妳這樣的女人從背後抱住，是男人都不會想反抗。妳是不是很愛和男人近距離接觸？」他扶住椅背，「不行了，身體好難受。」

「其他人我管他去死，唯獨你不行。我不介意這種事，所以你給我回房間躺好。」

「至少……讓我打電話和公司請個假。」

讓卓浩淩在床上躺平後，我終於鬆一口氣。攙著他回房間可真不容易，他比想像中的還沉。

「你感覺怎麼樣？」

「頭暈目眩、天旋地轉，我的頭又重又熱，還不就發燒而已，問什麼蠢問題？」

「你等著，我幫你叫醫生。」我先是打電話給周宸恩，不過不管撥了多少通總是在忙線中。再來我打給盧大榮，他自己說有什麼問題都可以請他幫忙，現在就是困難的時候。結果他比周宸恩更壞，明明有撥通卻始終不接電話，那他辦手機是為了什麼？

現在這種情況我也只能先拿臉盆裝水後沾濕毛巾，坐在床頭設法幫浩凌降低體溫。

「耳朵的雜音越來越多了，妳有聽到嗎？」卓浩凌的聲音很虛弱。

「沒有，我什麼都沒聽到。」

「我覺得那兩個爺爺會不會是在呼喚我？他們要帶我一起走了。」

「你現在還有幻聽？你知道你在語無倫次嗎？」我一邊拿毛巾幫他敷頭一邊說：「我是不知道以前那兩個爺爺為什麼會在這裡自殺，但是我從來就不覺得他們對我們存有惡意。」

「唉——為什麼我會遇到這種事？真是諸事不順。」

「像個男人好嗎？為什麼你老是要讓我看到你懦弱的一面？你在言慧星面前也是這副德性？我才不相信。」每次他在哀聲嘆氣時，總會引起我的不耐。

「妳哪壺不開提哪壺？算了，我也沒力氣和妳爭執。」他咕噥後，翻身側睡。

我差點忘記盧大榮家只有短短的距離，方才電話打不通時就該親自跑一趟才對。

「盧大榮，你在不在家？」我先是按門鈴，之後沒人應門才在門口大喊。

一名外籍女傭幫我開門。「找誰呢？」他用濃濃的鄉音問。

「我找盧大榮先生。」

「他在睡覺，妳先等等，我上樓叫他。」

真討厭！原來是在睡覺，難怪怎麼打都不接電話。都已經下午了，這個人想睡到什麼時候？

我人就這麼站在外面，也不懂得先請我進去客廳再奉杯茶招待，他們一點都不懂待客之禮。

約莫等了快十分鐘，盧大榮才頂著一臉惺忪、模糊的睡相幫我開門。時間拖得越久，我等得就越心焦，浩淩痛苦的時間就越長。

「唉呀，怎麼是艾麗絲？妳要親自來我家怎麼不事先打通電話？」盧大榮草率地用手梳頭，「快進來，讓妳站在外面真是太不好意思了。」

「我睡覺的時候不喜歡開鈴聲，所以常會沒接到來電。」他請我進屋後便轉身關門。

「我到底打了多少通，你可以自己檢查。」

「如果真有急事怎麼辦？」

「抱歉抱歉，以後我睡覺的時候一定開鈴聲。只要是艾麗絲的來電，不管什麼時候我都接。」

盧大榮的家外觀雖然不起眼，室內的裝潢和傢俱卻很氣派，他的家境似乎很不錯。「剛剛那個是你們家的女傭嗎？」

「是啊，專門請來照顧我爸爸，不然沒有看護我就得自己守在我爸爸身邊。」

我環顧四周後發表感想：「你家比我想像的有錢。你是富二代嗎？」

「以前我們家是宜蘭的大地主，到我這代時可以說差不多將我家祖產能敗的都敗光了。」

「你的工作是什麼？」

「在幾個比較熱鬧的地方加盟便利商店，我是三間店的老闆。另外比較偏遠的土地就便宜租給農民耕作，或是有房子就改建後出租給別人，這些就是我的收入來源。」

「果真是富二代。你是盧家的獨生子嗎？」

「不是，我還有一個弟弟在台南開早餐店，一個妹妹正在讀東吳大學。」

「看來這個家庭就你最輕鬆，只要躺在家裡睡到下午等著每個月的錢入帳就行了。」我哼道：「算了，你怎麼賺錢跟我沒關係，馬上借我一輛汽車。」

「三菱、馬自達、賓士，妳要借哪輛車？」盧大榮翻找抽屜拿鑰匙，「不過妳借車要幹嘛？」

「卓浩凌發燒了，我要載他去醫院。」

盧大榮吃驚地問：「浩凌發燒？什麼時候的事？」

「昨天晚上就開始了，早上我一直撥你的電話都打不通，現在燒到三十九度。」

「可是依妳的身分載他去醫院可是會上報紙。」

我叫道：「我現在管不了那麼多。」

盧大榮沒看過我生氣的模樣，他明顯被我嚇到。「知、知道了，我想辦法。」

「你不用多想，把車子借我就好。」我催促道。

「我有朋友是家醫科的醫生，我叫他過來看診，這樣你們就不必跑這一趟。」

此時盧家的女傭從房間裡用輪椅慢慢地將一名滿頭白絲，瘦弱憔悴的老人推出。

「妳要帶我爸爸出去散步？那最好加件外套，別讓我爸爸感冒了。」

女傭依言而行，她進房去取外套。

我利用這段時間好好地觀察眼前的老人，現在唯一知道凶宅真相的只剩下盧萬宗了。可惜他因常年喝酒的關係導致中風，不光是行動不便，連講話都成問題。他的形貌枯槁，手腕彎曲僵硬，照這種情況來看，我想知道的真相也許永遠都無法揭曉了。

女傭為盧萬宗披上外套，「我們等一下就回來。」

「小心一點，照顧好我爸爸，在這附近走走就好。」盧大榮從皮夾裡抽一張一千元給她，「回來前記得幫我買三包卡斯特，剩下妳自己拿去喝咖啡。」

「謝謝。」她收下錢後便推著盧萬宗出外散步。

「我們上樓去等，我帶妳參觀我家。」盧大榮似乎顯得很雀躍。

我一點興致都沒有，「我希望你的朋友不會遲到。」

盧大榮引著我上樓，二樓是樓中樓的設計，再往上走才是真正的樓層。

「我帶妳去看看我的房間，我收藏很多妳拍的電影和電視劇。」

剛到三樓，我的目光便被一扇很氣派的雙開銅雕門吸引住，門把刻成獅頭形狀。「這房間是拿來做什麼用的？」

「那是我爸爸的書房，要進去看嗎？」

既然來了，那就進去看看吧。「我對書的興趣更甚過我自己拍的電影。」盧大榮將門打開，一股木頭的香味從房間裡撲鼻而來。「裡面全是高級的傢俱呢。」

「因為我爸爸喜歡這味道的關係，所以在書房裡全佈置香樟木傢俱。」盧大榮說：「以前小時候我都在這個地方學書法，現在偶爾也會在這裡看書。」

我望著書櫃中一整排厚實的精裝書籍，想起了我在考大學那時埋首於圖書館中的情景。「你爸爸是個愛看書的人嗎？」

「唉唷，那些書八成都是裝飾品，我爸在這間房間裡都只是在喝酒跟簽賭而已。喝酒喝到我媽跟別的男人跑了，賭博賭到把我爺爺留下來的錢都輸光，害得我們子孫輩的人完全沒得享受。以前我爺爺還在的時候，我們盧家過得可舒服了。」

「我看你現在也過得很不錯。」

「那是因為我爸先醉倒了，不然就等著看我們家的土地和房子一一輸給別人。我們家大不如前是事實，存簿裡剩沒多少錢，值錢的地和房子都轉手套現，真是太悲哀。」

我對盧大榮怎麼數落他爸沒興趣，「我看到玻璃櫃中有幾把吉他，你會彈嗎？」

「那也是我爸以前彈奏的樂器。」

「盧先生以前愛彈吉他？」

「妳可別看我爸現在這樣，年輕的他可是夢想組一個樂團。」盧大榮拿了張黑白照片給我看，「妳看，這就是我爸年輕時彈吉他的樣子。」

儘管照片沒有色彩，因年代過久的關係有點泛黃，畫質又不好，我仍能從照片裡看到盧萬宗以前意氣風發的樣子。年輕的他真的很帥氣，以當時來說可算是打扮得相當時尚，假如他的音樂實力也不錯的話，那他還真的挺有本錢搞樂團。

我走到辦公桌旁隨意地瀏覽，接著看到擺在桌上的相框。「這四人的合照是……」

「我剛剛不是說過嗎？我爸爸年輕時曾經搞過樂團，這就是當時他和成員們的合照。」

我拿起相片端視，看到盧萬宗雙手抱胸站在照片的正中央，他的左右兩邊各有一名成員面帶笑容地搭著他的肩，照片最右側還有一名舉起吉他並比出拇指的成員。四名年輕男性各自展現了他們的活力，彷彿在拍照的當下他們四人是全世界最快樂的人一般。

「不管是誰都曾經擁有美好的過去。」我感嘆地說。

「對啊。可是我也想不透當年那麼陽光的青年，怎麼之後會變成一個爛醉如泥的酒鬼呢？」

再將照片看個仔細，最右邊那名舉起吉他的成員戴了一副還蠻俗氣的眼鏡，不過我無意挑戰當時的審美觀。「最右邊這個成員是誰呢？」

盧大榮瞄了照片一眼，「除了我爸爸以外，樂團的其他成員我是一個也不認識。」他接著補充：「一九六零年代之後很流行披頭四，因此他們才組成一個四人樂團。」

「你一個都不認識嗎？也是……你當時根本還沒出生。」

「我爸爸從來不聊他以前的事，我雖是盧家長子，對我爸的過去卻是所知甚少。」

我發出沉吟聲，腦海為此糾結。我好像想到了什麼，但始終無法將我的想法整個串聯。

「怎麼了？這張照片有什麼地方不對嗎？」

「最右邊那名樂團成員帶給我一種熟悉感，真是奇怪了。」脈絡隨著思考逐漸浮現，「難道他是……」他的模樣竟和那個傢伙重疊，這是巧合嗎？

「妳想到誰了嗎？」

「盧大哥，這張照片可不可以給我？」

「當然不行，怎麼說都是我爸爸的私人物品，不能說給就給。」盧大榮轉換語氣，「不過我家有影印機，印一張出來給妳倒沒問題。」

「那太好了，麻煩你把照片印一張給我。」

「那妳等我一下，我很快就印好。」盧大榮將相片從相框中抽出，之後拿去掃瞄影印。

雖然盧萬宗已無法言語，但我似乎找到另一個挖掘真相的管道了。就為了凶宅之謎，我竟然還得變身成不專業的女偵探，一想到此不自覺地感到可笑。

「我印好了，這一張照片給你。」盧大榮將原先的相片放回原位，「剛剛我朋友打電話說他到我家門口了，趕緊讓他為浩淩看病吧。」

為了調查凶宅的事，我竟把浩淩拋到腦後。「不能再拖了，趕快過去！」

到了房門口，我只讓醫生獨自進房幫浩淩看診。「我們兩個幫不上什麼忙，在外面等。」

盧大榮焦慮的搓著手，「希望沒事才好，不然這間屋子可就太陰了。」

我白了他一眼，真是狗嘴吐不出象牙。

沒多久，醫生從房間走出。「讓病人多多休息，記得按時間吃藥。」

「他發燒兩天了，沒怎麼樣嗎？」

「已經幫他打過針，會慢慢好起來。」醫生說：「不過他得到的是流感，妳自己也要小心一點。」

「謝謝你們，浩淩讓我來照顧就行了，辛苦你們啦。」我委婉地請他們離開。

「可是大明星怎麼會……」

盧大榮識相地拉著醫生，「我請你吃飯，邊吃邊聊，可是你千萬要保密。」

送走兩個吵鬧不休的人後，我再悄悄地開門探視浩淩。

浩淩現在正躺在床上熟睡，他已經不像早上那樣在床上翻來覆去還不時發出哀聲。

我挪一張椅子坐在浩淩身旁，並不在乎流感會傳染的問題，要是他真因此病重才會讓我傷心。

「太好了，沒什麼事。」我情不自禁地摸著他的頭髮。

卓浩淩猛地睜開雙眼，嚇得我直接收回手。

「你……你沒睡著嗎？」

「剛剛睡著了，只是我很淺眠，妳一摸我的頭就讓我又醒了過來。妳連我感冒時都不讓我好好休息嗎？」他的聲音很輕，而且有點沙啞，但是語氣中依然充滿責怪。

「抱歉，我無意打擾你休息。」我起身就要走出房間。

「坐下，我有問題要問妳。」他咳了一聲，「還是不要好了，免得被我傳染。」

「沒關係，我讓你問。」我又坐下來。

他苦笑道：「我沒這麼自私，硬要害妳染上感冒。」他戴上醫生留給他的口罩。

「我連你在發燒都沒注意到，害你白白痛苦那麼久。」我自責地說。

他隔著口罩咳個不停，「誰說這是妳的錯了？我對妳再怎麼壞都不會這樣牽怒妳。」

「你不怪我，我卻會怪我自己。」

他發出喟嘆：「好肉麻，我快受不了了。妳為什麼要對我這麼好？妳可知道再怎麼鐵石心腸的人被妳這樣一搞都很難不動心。」

「只要我喜歡，有什麼不可以？」

「好復古的對白，妳廣告看太多了。」他接著問：「為什麼非得是我？這點一直讓我很難以理解。依妳的條件，不管要多好的男人都找得到，總比搭鷹架的工人要好很多。」

「但是他們都不會唱夢之歌，全天下的男人裡只有你能和我對唱。」

「少幼稚了，若只是因為一首歌就認定我是妳的知音，那妳的家人會哭泣，以後妳也會後悔。」

「我不做會讓自己後悔的事，同時我的家人也對我的決定無權置喙。」

「真是太荒唐了，妳要我怎麼能接受這樣的理由？」

「倒是你為什麼一直排斥我？我真有這麼讓你反感嗎？」

他輕咳數聲，之後拉開口罩，表情相當無奈。「我早就接受妳了，早在國小的時候……」

「國小？」他是不是隨口胡謅？

「不然妳以為我對妳一直都無動於衷嗎？好歹我也是個男人，我還曾想過要和妳一起滾床單。」他終於把內心的話說出口了：「依妳的長相，我有什麼資格挑剔？再說如果能帶妳出門，所有男人都會對我投以羨慕的目光，光是這一點就夠了，更別說妳還比我有錢、有本事、學歷夠高。」

我好吃驚，「你誇到我都覺得不好意思，沒想到你會這樣看我。」

「我生理上完全能接受妳；但是心理上不知道為什麼卻非常的排斥，連我自己都覺得奇怪。」

「哪有這樣的事？其實你剛剛的話都是哄我開心，明明就還是很討厭我。」我怒道。

「真的不是這樣。以前妳主動跟著我的時候，我就開始有了反感。長大後再次遇到妳，沒想到妳還是跟以前一樣追著一個問題不放，我真的對妳非常煩躁。不過這跟我想和妳在一起完全無關，純粹是性格上的不認同而已。再者，我必須說明一點，那就是我來到黑牆鬼屋後對妳的反感是與日漸減，再加上妳在我發燒時這麼照顧我，我認為我之後會改變對妳的態度。」

「意思是你之後會和我在一起囉？」

「唔……也不是這麼說，我們彼此需要一點時間。例如妳得考慮妳的演藝規劃；我得考慮和妳在一起之後來自社會上的各種壓力，我想一時之間會很難以適應。」

「你怎麼婆婆媽媽像個女人？我根本不在意這些事。」我沒耐性地說。

「要妳放棄演戲也行嗎？」他反問。

「怎麼放棄演戲？交往和工作是兩回事，妳有看過女演員因為交往或結婚就沒工作嗎？」

「但是妳的人氣會變低。」

「我不是偶像，人氣高低是偶像在煩惱的事，我煩惱的只有演技還有你。」

「不行啦，說不行就不行，誰像妳一樣想得那麼簡單。」他連咳數聲，「聊得夠久，我頭又開始痛起來了，讓我睡覺吧。」

我拉著他的被子不讓他睡，「你解釋清楚，什麼叫生理能接受心理卻會排斥？這算什麼不像話的藉口，你想這樣隨便說說矇混過去嗎？」

「妳到底要幹什麼？我真後悔剛剛和妳說出我的心裡話。」他死拉住被子不放。

「說生理能喜歡我是謊話吧？你的心中還是只有言慧星一人。」我怒到開始歇斯底里。

「哇——妳這個瘋女人，就是因為妳這樣無理取鬧我才一直跨不過那條線。」他嘶啞地叫道。

「你跟言慧星之前在我面前眉來眼去就夠讓我不爽了，我就不信她對你比我對你更好。」我忍不住終於發飆了。我老早就想揍卓浩凌一頓，現在就是最好的時機。「我幹嘛擔心你老半天，還去幫你找醫生？讓你就這麼發高燒死掉算了，等你死了以後我再自殺。」我用手臂扣住他的脖子。

「天啊，妳是恐怖情人，快放開我！」他無力地想掙脫，「我才不要跟妳一塊殉情，這種蠢事只有妳一個人幹得出來。這棟房子已經先死過兩個人了，不需要我們兩人也跟著把這裡當墓穴。」

「可是我不想再看到你這麼優柔寡斷了，你不急我都著急起來。」我用雙手捧住他的臉，「我們兩個人的臉現在湊那麼近，你一點想法都沒有嗎？」

他停止動作，用無神的兩眼直盯我的眼睛，兩人短暫的目光交流，時間在這一刻瞬間停止。他和我同時靜下，房間裡跟著靜止無聲，完全變成電影裡浪漫的一幕畫面。我雖然演過不少次這樣的場景，然而親自體會還是人生的頭一遭，這種感覺真是奇妙。

浩凌溫柔地推開我，「我還在感冒，以後再說。」他輕聲道。

「以後還有機會嗎？」我止住脾氣失落地問。

「人生有很多變數，沒有什麼是必定的。」他躺回床上，同時手機響起。「我的電話響了，但是被妳剛剛一鬧搞得我完全沒力氣，幫我接吧。」他的聲音越來越沙啞，整個人像洩了氣的皮球。

我接起手機，一看來電顯示後便不悅地說：「哼，還真有心電感應。這是狐狸精言慧星打來的。」

第十三章・慧星來訪

「不好意思，還要你這個病人特地來接我。」言慧星第一句話就向我道歉。她今天穿著寬鬆的黑色連衣裙，頭上戴著有蝴蝶飾的黑色貝雷帽，胸前掛著一條很長的銀製十字項鍊。她的穿衣風格在漂亮中還能格外引人注目，果然像是我認識的言慧星。

「一身漆黑，有夠不吉利，妳來送殯嗎？」小冬用話刺她。

「妳這人怎麼說話這麼難聽？人家是好心要來探望我。」

「要探望你還叫你離開病床，這對嗎？」小冬打量著她，「空手探病，也不買一籃水果。」

「感冒要多喝水，不是要多吃水果。」我轉身對慧星說：「沒關係，昨天我睡了一整天，早上吃過藥以後身體好很多了。」剛說完就咳嗽，還好我有戴口罩。

「還說好很多，你的聲音很沙啞。」小冬拉著我，「快回去，你想看到感冒又變嚴重嗎？」

「我雖然沒買水果，可是我有親自煮粥和湯來給你吃。」慧星舉起她的手提袋說。

「那太好了，我需要東西來暖胃，我們趕快回去。」我笑道。

「原來妳也是宜蘭人，真讓我有點意外。」小冬的表情顯然很不喜歡這個意外。

「這表示臺灣很小，有緣的人到哪裡都遇得到。」我回答。

小冬哼了一聲，頗不以為然地轉頭。

「周先生的家買在什麼地方呢？」慧星沿途不斷地環顧四周，「雖然我離開宜蘭有一段時間，不過這附近的場景還是讓我印象深刻。」

「是怎麼樣的印象深刻呢?」我問。

「在我小學的時候曾和我同學一起在某天晚上來此試膽。」慧星忽然停下腳步,「這附近的住戶不多,我不記得有什麼新建房。不對,是有的,但那是……」

「猜測無用,何不用妳的雙眼看看呢?」小冬一副準備看好戲的表情。

假如慧星知道我們住的地方是這附近最有名的鬼屋,會不會嚇得拔腿就跑呢?這就是早上她打電話說要來探病,我內心有所猶豫的關係。

就連我這個大男人要住進去前都在內心天人交戰一段時間,其他人肯定會有所忌諱。

果然,慧星傻愣在鬼屋的大門口裹足不前,「真的是……黑牆鬼屋。」

小冬站在慧星身後,吃吃地賊笑:「裡面有鬼唷,鬼爺爺最喜歡妳這樣的小女孩,怕的話最好趕快離開。」

「講那什麼話?妳以為妳在嚇唬孩子嗎?」我真是無言以對。

「真的好久不見了,你們還好嗎?」慧星對著空氣說。

「妳在對誰說話?」小冬疑問。

「什麼都沒有,我們進去吧。」慧星面帶微笑,毫無遲疑地推開大門走入。

「好膽量,居然連眉頭都不皺一下,不愧是活在現代的女巫。」小冬誇讚道。

我拉住小冬的袖子,「等一下,妳難道不覺得奇怪嗎?慧星好像跟我們兩人一樣聽得到屋子裡的聲音,妳沒看到她剛剛正面對屋子說話。」

「想太多了。」小冬跟著進入,「她不過是個涉世未深的單純女孩,不知道什麼是害怕。」

是這樣嗎？我認為慧星只是情緒不像我們起伏這麼明顯而已，她可不怎麼單純。

剛回到鬼屋，夢之歌的旋律隨即響起，小冬跟我交換了眼神，各自瞭然於心。

慧星閉眼凝神，感受流竄於鬼屋內的特殊氛圍。

「這裡的爺爺可是很喜歡我們，它們對我們相當友善。」小冬促狹地說：「可是對外人就不一定囉。要是妳晚上作惡夢，被爺爺纏住不放可沒我們的事。」

慧星點點頭，一副無所謂的泰然神情。「這就是你們的盼望嗎？世間事真是無奇不有。」

「喂，妳別嚇我，才剛進門就講一些奇怪的話。要是妳出什麼事我可會過意不去。」我關切道：「妳有沒有覺得有什麼不舒服的地方，別勉強，我還是送妳回去。」

「我剛到而已，你們不招呼我嗎？」她舉起手提袋，「粥可都還沒吃。」

對了，我還要補充慧星給我的愛心呢。「我都忘了這事，還得嘗嘗妳的手藝。」

「我幫你盛好了。」慧星親切地招呼。

我輕嘗一口，驚喜地呼道：「這鮑魚粥煮得真好，懂廚藝的女人就是不一樣。」

這句話刺到于小冬，她飛快地白了我一眼。但是我一點都不在意，由她自己去生悶氣吧。

「在台北生活大不易，自己學會在家烹調能省不少錢。」慧星笑道：「可是大部分我都會嫌麻煩，或有的時候客人太多，我就直接點外送。」

「妳看看妳看看，看看我們這些平凡的人過得是什麼樣的生活。」我感嘆道：「唉——在妳們明星光鮮亮麗的環境中，哪能體會我們這些在社會低層打滾的生活呢？」

「講得好像你很可憐似的。」小冬不滿地撇著嘴。

「要喝湯嗎？這雞湯我燉了很久。」慧星問。

我點頭，「當然要，這是慧星的心意，怎麼能錯過。」慧星替我盛湯後再遞到我的面前，我馬上喝下一口，真的好燙，舌頭都麻了。「好喝！讓我瞬間精神倍增。我現在就算不吃藥感冒也都痊癒了。」

「誇張。你這種爛演技完全搬不上檯面，省省吧。」小冬嘲諷道。

「誰說我是在演戲？光看我的表情也知道是在享受。」我不客氣地回擊：「妳這女人不會煮飯就算了，還老是看不得別人好，整天酸葡萄，怎麼有人像妳這麼壞？」

「請別吵了，吃飯就是要快快樂樂的一起吃啊。」慧星饒富趣味地看著我們兩人吵架，「我真的覺得好有趣喔，沒想到一天到晚吵架的人居然還能夠住在一個屋簷下。我好奇的是你們兩人是先交往後同居；還是先同居後才交往？」

我急忙解釋：「唉唷，我們兩人沒在交往。」

于小冬故意貼近我，「親愛的，明天我就去學廚藝，以後煮好吃的東西給你吃。」

「妳幹嘛突然這樣？」我下意識地往後退，「不要這麼刻意啦！」

「沒錯，我和浩淩是在交往，妳會不會祝福我們？」小冬問。

慧星竊笑道：「我認為你們兩人挺配的，我期待看到你們兩人最後的好結果。」

講得好像我們要結婚似的。如此一來，不就說明我和慧星以後再無希望了嗎？

「就算是爺爺們也會希望我們兩人能有情人終成眷屬。」

我立刻反駁于小冬的話：「別再開玩笑了，妳會害慧星信以為真。」

「沒關係，是或不是都無傷大雅。我這個人相信緣份都是天註定，你們二人各因私人的原因搬出原住處，又因緣巧合地住在這棟房子，然後我看你們彼此又有夫妻相，最後的結果已是定局。」

「又來了又來了，妳再度發揮妳算命嘴的本事。」小冬看起來並不厭惡，「不過這一次妳講的都是好話，那我就勉強接受了。」

我好想快點逃離這個話題，「慧星妳以前怎麼會來到黑牆鬼屋？是同學們提議的嗎？」

「當然是被慫恿的，我自己一個人還沒那種勇氣。」她解釋：「那年我們幾個人都還是小學生，同學們提議要來鬼屋探險，我只有被強迫拉來參加的份。其實我和黑牆鬼屋還挺有淵源，甚至曾和死在這邊的大叔聊過幾句話。」

「妳不要危言聳聽。居然從算命師變成和鬼對話的靈媒了，以為我們有這麼輕易上當嗎？」小冬並不接受她的說詞。

「閒聊而已，幹嘛口氣這麼衝？」我告訴慧星：「她最近有點躁鬱，理解一下她吧。」

「卓浩凌，不用你多管閒事。」

「學學人家慧星講話輕聲細語，動作溫柔婉約的樣子。」我對于小冬說：「妳和我媽的個性有八七成像，我一點都不想多兩個媽媽。」

「你以為我聽不懂網路用語嗎？你在罵我耶！」她又發怒了。

「妳瞧瞧，哪有女人家動不動就臉紅脖子粗的動怒，妳比爺爺們還可怕。」

這時有人在門口按電鈴，「對，我比爺爺們可怕，你則是比一個女人還沒用。還坐著幹什麼呢？沒聽到有人按門鈴嗎？快去開門。」她催促道。

「妳把我當傭人？以後要是真和妳在一起，每天都得聽妳頤指氣使，誰受得了？」雖然這麼說，但是我還是起身去應門。

盧大榮開心地對我揮手。「哈囉，我今天沒有睡懶覺，來得算早吧？」

「可是……今天已經沒什麼事了。」

「一點都沒關係，我來見我的偶像艾麗絲。我昨天晚上才想到，艾麗絲搬來一段時間，可是我卻沒和她一起合照過，未免太可惜。」

我艱難地說：「幹嘛非得和她合照？多和她相處一段時間，她在你心中的形象會很快就破滅。」

「你在咳嗽，聲音還啞到有氣無力，吃藥了沒？」

「吃過藥了。感冒本來就是慢慢痊癒，這沒什麼？」我略微伸展著痠痛的身體，「可能是太久沒感冒，這一波來得有點兇猛，害我措手不及。」

盧大榮遺憾地拍我的肩，「兄弟，保重身體。」隨後便邁步進入大廳。

「盧大榮，你怎麼完全做和別人期望相反的事？要你來時不來；不要你來時偏來。」小冬和我的想法難得一致。一個于小冬已經夠煩，我沒有絲毫想和盧大榮交流的意思，。

「艾麗絲，我們來合拍一張照。」盧大榮提議道：「我的醫生朋友說沒能和妳有互動讓他相當遺憾。這段話令我深有同感，為避免以後沒機會，我們應該拍張照留念。」

「那拍完照之後呢？」她似乎在期待盧大榮拍完照後可以回家。

「今天店裡沒什麼事，我決定留在這裡陪你們玩到晚上。晚上過後我就沒有留下的意願，到時候我再回家。反正我們兩家住得很近嘛，既然是鄰居就要多多往來。」他講得理所當然。

「就我們三個人可以玩什麼？」小冬反問。

「周宸恩不是特別留了一間遊戲室嗎？房間櫃子裡有最新的遊戲主機，我們一起玩嘛。」

我眼睛一亮，「我都不敢亂翻屋子裡的東西，沒想到這裡面還有遊戲室。都有些什麼遊戲？」

「卓浩淩，你不要跟著起鬨。」她提醒我。

「有什麼關係，我只是想知道有什麼遊戲可以玩而已。我的病假再放也沒幾天，總是要找事情消磨時間。不然難道要整天玩手機或用筆電嗎？」

盧大榮這時才注意到坐在一旁的言慧星。「你們有客人？」

慧星禮貌地起身，摘下帽子行禮。「您好。」

于小冬馬上心直口快地批道：「妳心機好重，居然還戴著貓耳髮箍裝可愛。」

「妳自己還不是愛漂亮，知道人家要來就先化妝、綁頭髮並找漂亮的衣服穿，女人都一樣。」我反譏道。不過于小冬再怎麼穿都沒有慧星來得有時尚感，少了造型師幫她設計外表果然有差。

「我要顧及我自己的形象。不然邋遢的樣子傳出去有損我的名聲。」小冬回答。

盧大榮輕聲地問我：「這位是你的女朋友嗎？」

「是就好了，只是朋友而已。」我悶道。

他瞭然地點頭。雖然什麼話都沒說，不過他陶醉的眼神已經出賣了他，真是個簡單易懂的男人。

「我叫言慧星。」她遞出自己的名片。

「叫我盧大榮就行了，不過我沒有名片可以給妳。」他瞧了瞧名片，「妳的工作是算命嗎？」

「很準喔，改天讓她幫你算算。」我表示。

「不要改天，現在就能算。」盧大榮雀躍地說。

「現在是我的休假時間，下次來台北我再幫您算。」她回答。

盧大榮端詳著她，「雖然我很想讓妳幫我算，不過我是沒什麼機會去台北。話說回來，我覺得妳有點眼熟，我們是不是在哪邊曾經見過面？」

「大榮哥，你真的好老土。」我輕蔑地說。最好這種爛開場白能泡得到女生。

「這不是搭訕的對白，我是真的覺得言慧星很面熟。」大榮澄清道。

「我嗎？可能是您曾經在網路上看過我的遊戲實況，因為我也是實況主之一。」

「我確定不是。我雖然愛玩遊戲，可是沒看遊戲實況的習慣。」

「前陣子因為周先生和艾麗絲小姐的關係，我跟著一起上過新聞。」

「不對，我也不是在新聞上看過妳。」

我尷尬地勸道：「大榮哥，不要亂認親戚。」

「雖然你的交朋友方式很不聰明，但起碼夠主動；相較之下，某個姓卓的男人就呆如木頭，蠢似豬。」于小冬一找到機會就酸我。

「難道是我搞錯了嗎？」盧大榮馬上改變話題，「沒關係，等一下留下和我們一起玩好嗎？」

「我今天純粹來探望浩淩，沒有想過久留。」她欠身道：「我想該是時候回去了。」

「這麼快就走了嗎？我才剛來耶，妳不能多留一會兒嗎？」盧大榮想挽留慧星。

「以後一定有機會，我會再來找你們玩。」

「我剛剛忘記幫妳把保溫罐拿去洗了，就這麼讓妳帶回去多不好意思。」我說。

「沒關係啦，我可以自己洗。」慧星拎起手提袋，「晚點我要帶父親去看醫生，就先告辭了。」

我和大榮哥依依不捨地在門口向慧星道別。

「大榮啊，你是不是太著急了？有的女生不喜歡這種裝熟的搭訕。」小冬對他說。

「我？我是真的覺得曾在哪裡看過她。不過也有可能是我搞錯了，畢竟美女都長得太像。」

我真的很不喜歡大榮哥這種做法，「要含蓄一點啊，慧星都被你嚇跑了。」

「我冤枉啊，真的不是在把妹。雖然言慧星漂亮又有氣質，可是我並沒有那麼著急。」

漂亮又有氣質，這評語可真是中肯。「我完全能理解氣質出眾的女孩會讓男人對她特別留心。」

「不好意思，我一點氣質都沒有。」小冬被話梗刺到了。

「我又沒在指桑罵槐，別對號入座。」

小冬無視我的話，「大榮，你不是要和我合照嗎？現在可以拍了。」

「我早就準備好啦。」盧大榮興致高昂地用手機和小冬拍了將近十張合照。

「這種照片真的能讓你拿出去炫耀嗎？」我質疑道。

「跟你合照一定不行，和艾麗絲就不同。」盧大榮滿意地看著手機照片，「拍完了照，我們可以上樓打電動了。」

小冬立刻找了個藉口閃避，「我等一下約好和劇組的人讀劇本，今天可能沒辦法。」

我咳了幾聲，「唉唷，身體又熱起來了，不知道是不是流感變嚴重，咳……」

「你咳到快死了，小心把肝咳出來。」大榮刻意和我保持距離。

「怎麼辦，我覺得我現在感染力很強，你們可能會被我傳染。」

于小冬用手帕摀住口鼻，「別那麼誇張。」

「可別傳染給我，我家還有一個中風的老父，太危險了。我看我今天先回去，你好好休養。」

一看盧大榮悻悻然地回家，我立刻摘下口罩，停止裝咳。

小冬似乎正認真地評估我，「怪了，我剛剛沒跟你打信號，你怎麼知道要配合我？」

「我沒配合妳，只是因為我也想好好放假，暫時不想窩在電動前一整天，裝病是最好的藉口。」不對，我也不是裝病，而是真的生病沒好。

「不錯嘛，沒想到你和我居然這麼有默契。」

「所以現在是我上樓睡覺的時間了。」

我才剛要走，她突然挽住我的手，「不要，我們可以出去約會。」

「妳這樣子出去是想製造新聞？」

「那我們在家約會也行。現在沒有人在家，這是最好的時間。」

「什麼叫最好的時間？」別害我想入非非。

「能培養感情的時間不就是最好的時間？」

「在這間鬼屋裡我們該怎麼約會？妳知道爺爺們等著看我們笑話嗎？」

「爺爺們其實也是祝福我們。你現在還聽得到爺爺們的說話聲嗎？」

「偶爾啦。」我想了一下，「在我高燒不退的時候耳邊聽到一堆雜音，甚至看到爺爺們模糊的形象。可是當我病慢慢好轉時，聲音就完全消失了，而且也忘記爺爺們長什麼樣子。」

「有這種事？那他們還會哼夢之歌給你聽嗎？」

「今天慧星剛進鬼屋大門的時候不是就有聽到了嗎？我相信妳應該跟我同時有感應才對。」

「對喔，可是為什麼呢？」

「妳問我我問誰？」我看著于小冬緊挽著我的手臂，若她是慧星的話說不定我早就讓她懷孕了，好可惜啊。「可是……妳不覺得妳最近跟我越來越貼近嗎？之前好歹還會保持一點距離。」

「都表現得這麼明白，你還要我裝成嬌羞的女孩？而且現在又沒其他人，我還要裝什麼？再裝下去，我們的感情到底要什麼時候才會有進展？」

「我不是說這樣不好，其實被妳挽著還挺舒服。」我彆扭地說：「但是……妳這樣會害我起生理反應，萬一等會我做什麼壞事別怪我。」事實上是已經有反應了，我該怎麼擺脫這窘態？

「我又沒說你什麼能做什麼不能做。我問你，身為一個現代的成年人，有什麼情情愛愛的事是很不正常的嗎？再說，這種事不都是男生主動，你的衝動都到哪裡去啦？」

我思索著她剛剛說的話，難道那算是性暗示嗎？意思是我現在撲她也可以囉？「我還沒能跨過那種對妳有點生厭的排斥感。老實說，喜歡與否是取決於心態。有些人是公認的帥哥或美女，但他不一定能得到所有人的喜愛。像你們演藝圈也是，明明有長得不錯人氣也高的偶像，就偏偏還是會有人去討厭或Anti，粉絲們也是不曉得為什麼。」

「我是你天生就討厭的類型嗎？」她難掩失望地問。

「恐怕是這樣。妳對我來說只是一副空有美貌的皮囊，除此之外別無意義。」如果這樣都能和她滾床單的話，那豈不是跟玩充氣娃娃沒兩樣嗎？

她鬆開了手，我感覺得到她的低落，而且帶著悲傷難過，可是我無能為力。

我真的不是故意要傷她的心，也不是我執意用偏見去放大她的缺點，就只是缺乏一個和她相愛的理由。

和小時候以及多年後再見時相比，現在的我對小冬已不存敵意。或許我該好好地自我反省，反覆思索是不是我的行為太過自私，完全不顧她的感受。

小冬獨自一人上樓，她一句話也沒說，可見確實受到打擊。

爺爺們似有感應，對我發出了難以形容的鬼音提醒。

我掩住雙耳，「強摘的果實不甜啊，別強迫我了。就算勉強我們在一起，到時候也只會分手。」我對著空氣說。想像著我牽小冬的手上街，男士們對我投以欣羨的目光，多教人興奮？我不是光會排斥，而是在內心裡不斷地糾結。

爺爺們彷彿對我感到失望，在我抱怨完後便一點聲響也沒有了。

我咬緊牙關，這是我最後的底限了。「不要說都是我意見最多，而且又把原因全部推到小冬身上，我這就聽從爺爺你們的意見。」自尋煩惱告一個段落，我決定不再浪費時間，準備來個一擊定勝負。若之後我們可以在一起就在一起，不能在一起就不再勉強。於是我抱著這個念頭走上樓，未敲門就直接走進小冬的房間。

「你沒有敲門！」她責怪我。

「妳有什麼怕讓我看的嗎？就算被我看到裸體妳也不會介意吧？」我單刀直入地說：「我答應和妳進行一次約會，利用這次約會來試著磨合我們的關係。」

「真的嗎？」她隨之綻開笑顏。方才她雖無落淚，可是那表情就是哭喪著臉。

「我們找時間一起去登山。」

「登山？」她登時眉頭深鎖，「既然是第一次約會，何不選點羅曼蒂克的場所？」

「因為我先和朋友有約了，這次並非只有我們兩人出遊。」

「非但要爬山，而且還沒單獨在一起的機會，我幹嘛答應這種邀約？」

我為這事幾經苦惱，所以難得表現出強硬的態度。「因為是我提議的，妳若不要就此作罷！」

「我真的不是很想同意，可是現在看來我別無選擇。」她也難得遷就我，「要去就去囉。」

太好了，事情解決一半。「那麼這件事就這麼說定。還有，我不喜歡看妳愁眉苦臉的樣子，妳應該像平常一樣生龍活虎地罵我才對。」

她抿嘴笑道：「你是不是有被虐狂？」

我聳肩道：「誰曉得呢？說不定過陣子我會變成以被妳折磨為樂的蠢男人。」

真有此可能嗎？我完全不敢跟自己掛保證。

第十四章・探問

卓浩淩的真心話讓我一時之間難以接受。沒錯，我被他狠甩了，我失戀了；但比起這些，我傷得更重的恐怕是我的自尊。

我對自己的面貌及本錢很有自信，這也是我能站在大螢幕前的條件之一。我望著梳妝台的鏡子左右詳看，心裡不明白自己到底還有何不足之處。我原以為只要我採取主動，卓浩淩就會無條件地接受我的示愛，難道我想錯了嗎？卓浩淩不愛我這樣的漂亮女孩，他或許喜歡較豐滿的女生，也可能喜歡言慧星那種善良的狐狸臉，更說不定他是同性戀者。

我難過地雙手抱頭，好想仰天大吼。卓浩淩這臭男人到底有什麼本事挑三揀四？既不帥氣又沒有錢，連一點像樣的成就都拿不出來，然而從他平凡無奇的口中吐出的一句話還是重創了我。

到底是卓浩淩眼高於頂，還是我太自我感覺良好？我待在房內苦思不得其解。

「他會……回來……」我聽到了，聽到爺爺在安慰我的聲音。

我抬起頭，看著什麼都沒有的天花板。明明聲音近在咫尺，可是我什麼都看不到。

「他已經拒絕了我，他不會再接受我。」我對看不到的爺爺說，差點讓眼淚奪眶而出。

可是我不會真的哭出來。像卓浩淩那樣的男人根本不值得我為他落淚，我要在他面前繼續表現堅強，讓他知道就算他拒絕了我，我也沒什麼損失。

就算我不斷告訴自己要變開朗，要忍過這波挫折，可是越想就越鑽牛角尖。

突然，卓浩淩冷不防地推開房門。這男人一點禮貌都沒有，若我正換衣服豈不是被他看個精光？好吧，現在的重點不在於他有沒有禮貌，而是我不想看到他的臉。

我原以為卓浩淩會壞到來嘲諷我，沒想到他竟是改變主意，主動提出邀約。

為什麼？難道是爺爺們讓他改變心意了？爺爺們實在太偉大啦，我喜出望外地心想。

「我可以問我們這一趟和誰同行嗎？」

「我的兩名同事，還有慧星，一共是兩男三女。」

連言慧星都要去？那這算什麼約會？「你同時約我和她同行？你覺得我會快樂嗎？跟我老實說吧，你是不是妄想腳踏兩條船？」

浩淩一臉被我打敗的樣子，「慧星是以朋友名義和我們出遊，就如同我的兩名同事一樣；至於妳則是我的女朋友，我們是第一次約會，會不會是最後一次還不知道，妳分得出其中的差別嗎？」

女朋友？這詞聽得我心花怒放，「可是……就不能單獨在一起嗎？」

「跟妳單獨在一起都不知道妳會做出什麼事，有人在旁邊就能約束妳。」

真是荒唐的理由，「我能做出什麼事？」

「可能是晚上時會做出過份親密的舉動之類的。」

「過份親密的舉動是指什麼？」當我故意挨近浩淩時，他彆扭地把身體往後一縮。

「就是……妳明知故問。我怕晚上一個不小心搞出事。」

「是你怕克制不了自己還是怕我衝動？」我疼惜地摸他僵硬的臉，「你自己心知肚明。」

「妳講什麼我不知道，我要回房去了。」他推開我，匆忙逃離我的視線。

晚餐過後，我在客廳裡無聊地看著電視，浩淩則是吃了藥後顯得昏昏欲睡，兩眼無神地垂下。

周宸恩選在這個時間回家，「我回來了。」他表現得精神奕奕。

浩凌打了個大哈欠，好像沒注意到周宸恩已經站在客廳。

「怎麼死氣沉沉的呢？你們兩人都不聊天嗎？」周宸恩放下他的行李。

「周先生，你來啦？」浩凌打起精神。「怎麼回來得那麼晚？」

「飛機時程稍微延誤了一點，忙碌的生活讓我精疲力盡，我開始羨慕起你們了。」他一屁股坐下，順手解開領帶。

卓浩凌馬上為他送上咖啡，「請喝。你晚餐吃了嗎？要不要我去煮東西？」

「不用不用，我吃過了。」他扭開瓶蓋大口地喝飲料。

「你今天要住這裡嗎？」我問他。

「我看你好像很累，不要奔波了，今晚就睡這裡，反正這本來就是你的家。」浩凌說。

「那我洗個澡，待會兒就睡。」他搓揉著臉。

「你知道嗎？我非常羨慕你現在的生活，我要到何時才能跟以前一樣？」我發出嘆息。

「我不是說會幫妳嗎？妳的經紀人應該很快就會為妳帶來新消息。」

「什麼新消息？」

「電影的試鏡，我為妳爭取的。」周宸恩說：「妳目前沒有半個行程導致星路娛樂平白損失成本，他們正為妳感到煩惱。王豐拉不下臉沒關係，我親自去勸他。」

「我不是叫你別管這閒事了嗎？」我沒太怪罪他，甚至在心底還期盼他能出面。

「妳希望我每天聽妳抱怨嗎？小妹，妳學那麼久的演技不是讓妳整天待在家看電視。」

「既然你這麼說，那我接受了。」

周宸恩觀察我們一陣，「你們兩人還有聽到什麼鬼聲或是看到鬼影嗎？」

「當然有，爺爺們可是我們的好朋友。」我回答。

「朋友？你們把鬼當成朋友？」周宸恩不可置信地問。

「周大哥，你有幫我跟老闆請假嗎？」浩淩問。

「那種小事我跟老莊提一下就沒問題了，你安心養病。」

「我沒事啦，明天我就能上班。」浩淩繼續追問：「那你有向老莊問問關於黑牆鬼屋的事嗎？」

「事有輕重緩急，這很重要嗎？」

「很重要！」我和浩淩兩人異口同聲地回答。

周宸恩愣了一秒，「看來對你們來說這是首要之事。那好吧，明天我去海王星找老莊。」

「我也去。」我提議道。

「妳真是太誇張了，有需要追真相到這種地步嗎？」周宸恩愕然。

「你不用懷疑我的動機，我這麼做是有理由的。」我要找出爺爺們自殺的真相，而且這念頭十分強烈，我相信卓浩淩也是同樣的想法。

這是一種和爺爺們互有往來的默契。或許是爺爺們在支援我和浩淩的戀愛時，有意無意的將它們的怨念傳到我們的心中。

「你想追查爺爺們的死因嗎？」我曾經如此問過浩淩。

「不只是夢之歌的淵緣，而且我還能感受到那份牽動我怒火的情緒。假如爺爺們不是自殺而是冤死，那起碼該把真相公諸於世。」浩淩堅決地表示。

「如果不是冤死又怎麼會一直徘徊在人世？」

「我們要怎麼知道鬼魂的怨念呢？爺爺們跟我們或許很有淵源，也可能毫無關係。但既然我們因為各種原因聚集在此，那幫個舉手之勞又有何不可？」

卓浩淩與我有同樣的想法是不會錯的，我們絕對會一起合力找出鬼屋真相！

我的私人手機響起，來電顯示的名字是于小沛。

我走到屋外接聽。「到底有什麼事？我現在沒空陪妳說廢話。」

「姊，妳真的就這樣一直音訊全無嗎？」

「不正是妳們逼我和妳們斷絕聯繫的嗎？媽也說過，她不想認我這個女兒。」

「妳怎麼能把媽的話當真？快回來吧。」她勸道。

「不用再勸我了，這件事到此為止。」

「姊，妳一定要這麼固執下去嗎？」小沛說：「我和王百威談好了，他會幫妳向王總說情。」

「誰要妳跑去求王百威那個混蛋的？」我有種不好的預感，「王百威不會無條件幫妳，他提出什麼要求？」

「沒什麼……」她欲言又止，「總之，我們大家還是希望妳能早點回來。」

「我要妳說！」我的耐性已盡失。

「王百威他……我幫妳答應了和她的約會。」

「自作主張，妳是我嗎？為什麼主動幫我答應和別人的約會？我不管，妳自己去和王百威在一起，妳跟他湊成對是天生絕配。」

「王百威也是關心妳啊，何況他是王總的兒子，在背景上也算門當戶對，我覺得沒什麼不好。」

「我覺得非常不好！妳堅持要這樣對我嗎？我是可以任由你們賣出的商品嗎？」

「其實……這也是媽媽的意思，是王百威主動向媽媽提議，我只是配合而已。」

「妳就永遠當媽媽的乖女兒吧，永遠別想要我回去！」我憤怒地叫道：「不對，妳就求神保佑別讓我回去遇到妳，我會把妳的頭髮拔光。」

「姊就算威脅我也沒用，妳一直逃避是解決不了事情，否則不會讓王百威有機可趁。」

「那妳想怎麼樣？什麼都妳們幫我想，那我當娃娃就好了，當人幹嘛？」

「我會帶妳回來，妳只要知道這點就行了。」

能把我帶回去我就隨便你們，我氣到直接掛斷電話。

等我回到大廳，周宸恩和卓浩凌兩人老早就回自己的房間睡覺了。

本來心情煩悶想找浩凌聊天解悶，不過現在看來不是一個好時機，不如我也去睡覺。只是每當我鬱悶的時候總會很難入眠，今天也不例外，我變得時睡時醒，總睡不安穩。

這副爛身體強迫我一大清早就起床，搞得自己精神非常萎靡不振，連照鏡子都可以看到眼皮下方浮現眼圈。都是于小沛害我的！

早餐過後，我和浩凌一同搭周宸恩的車前往海王星，今天的浩凌終於換上制服準備工作了。

昨晚在床上睡都睡不好，現在一坐車反而被濃烈的睡意襲擊。

我們三人與浩凌的老闆約在海王星辦公室內見面，周宸恩跟那老闆才見面就先寒喧一番。

「這是我的老闆莊先生。」浩凌向我介紹道。

老莊與我握手，「艾麗絲小姐，您本人比電視裡要漂亮很多。」當然這是客套話，每個人見到我的第一面都會講類似的話，我自己可真是聽厭了。

「不用客氣，我這趟跟著過來是有問題想請問您。」我要節省時間直述來意。

「我有任何可以幫艾麗絲小姐解惑的嗎？」

「老闆啊，我們已經知道周先生住的黑牆鬼屋是盧大榮透過您介紹的。」浩凌搶著說。

「周先生當初開出的條件就是凶宅，盧家那棟大宅很明顯符合條件。」老莊點頭。

「聽說您是大榮的表舅，不知道您對那棟凶宅的事知道多少？」我問。

他狐疑地問：「你們怎麼會跑來問我這個問題呢？」

「盧萬宗老先生現在重病在身，不能講話，所以知道鬼屋由來的人只剩您。」浩凌說。

「你們看我有那麼老嗎？雖然你們都叫我老莊，可是我今年還不到六十歲，四十五年前我還是個小孩，當時我住在台南，對於盧家大宅發生的事能知道多少呢？」老莊笑著搖頭。

「即使只有一點點也沒關係，拜託請您想想看。」我懇求道。

「莊先生，如果您知道什麼就幫幫他們。」周宸恩幫腔道。

「你們為什麼會想知道這麼久以前的事？」

「因為現在住在鬼屋裡的人是艾麗絲，她當然會想知道關於鬼屋的事。」浩凌故意沒把自己算在內。可是他幹嘛非得說我住在凶宅的事不可？

「艾麗絲小姐住在那裡？為什麼呢？那不是周先生買的房子嗎？」

「這件事有些因由，是私人原因，恕我不便透露。」我語帶保留地回答。

「那……您入住後沒遇到什麼事嗎？」他會這樣問果然是知道些什麼。

「就是有什麼事，所以才想問老闆您關於鬼屋的前因。」浩凌無力地說。

他長吁一口氣，「當時有兩名年輕人死在大宅的四樓，他們是自殺，把自己關在櫥櫃裡悶死。」

「就這樣？這種事我們大家都知道了。」浩淩略顯失望。

「那請問您知道那兩名年輕人是什麼人嗎？」我問。

「我不認識。」老莊靜默了幾秒後接著說：「我只知道那兩人都是萬宗哥的朋友。」

「盧萬宗讓自己的兩名朋友在自家四樓自殺？這是什麼情況？」浩淩察覺其中的蹊蹺。

我從包包裡拿出照片，「請問那兩人在這張照片裡嗎？」

周宸恩和卓浩淩一起探頭觀看照片，「這是什麼照片？從哪來的？」浩淩問。

「這是盧大榮同意借我的照片，也是盧萬宗先生年輕時和他的樂團成員們的合照。」

「樂團？看不出盧先生以前是搞樂團的。」浩淩思索道。

老莊看完照片後說：「我認得中間那位是萬宗哥，但很不好意思，他的朋友我一個都沒看過。」

我收回照片，「還是謝謝你提供的資訊。」我和老莊握手。

「浩淩，請了幾天病假，該上工了吧？」老莊提醒他。

「我正要去工地，今天會把該做的事全部做完。」

離別前，老莊語重心長地說：「艾麗絲小姐，可以的話希望您能早點搬出盧家大宅。畢竟活人居陰宅，對妳會有很不好的影響。」

「謝謝關心。」我向他點頭致意。

剛踏出辦公室門口，卓浩淩立刻發牢騷：「老莊說謊，他沒有講出全部的事實！」

「不要這樣，人家也是在幫我們。」周宸恩勸道。

「因為我怕老莊會無預警裁員，所以學著觀察他的言行舉止很久了，他剛剛分明在閃爍其詞。」

「老莊看起來確實是有什麼話沒說，可是不知道要怎樣才能讓他開口。」我煩惱道。

「我下班後去找慧星，她有辦法讓人開口說實話。」浩淩堅信道。

「你憑什麼這麼想？」我不屑地反問。

「她能跟爺爺們講話，又能讀心，任何人說謊話都瞞不過她。」

「你相信她那一套？」我感到可笑。

「我相信我自己的判斷。」

「那我也一起去。」周宸恩說。

浩淩為難地表示：「可是我不清楚現在慧星到底想不想和你見面。」

「我造成她的麻煩，早就該當面致歉了。」

「我等一下問問她。」浩淩面向我，「妳也去嗎？大醋桶。」

「誰是大醋桶？」我拒絕道：「不去。」

「唉唷，沒看過妳這種小氣的女人。」

「我不去不是因為言慧星的關係，而是我有其他線索。」照片的事該處理了。「我今天會回公司一趟，有什麼發現等晚上回家後再說。」

離開海王星後，我便搭車一路趕回台北，第一個要去的地方就是我先前住的公寓。之前不回家的原因只是為了不讓家人和公司發現我的行蹤，但這個地方依然沒人居住，變成閒置的房子。明明只是暫離一陣子，回到自己的家裡卻有一種隔了許多年不見的懷念感，待在黑牆鬼屋的那段時間彷彿穿越了過去，進行一趟時光之旅。

我發現桌上留有小沛寫給我的字條，裡面盡是寫一些庸人自擾的東西。距離上一部電影也才空窗不到一個月，她們到底在緊張什麼？我不急，公司和家人卻比我著急。

取了車鑰匙，我開車前往星路公司。一想到要見王豐和王百威這兩個人就讓我無比煩心，而且這一趟我也不期待能從他們身上得到太多我想知道的事，可是至少得稍微試探一下。

在公司的走廊行走，所有工作人員的目光全聚焦到我身上。

「那不是于小冬嗎？好像很久沒看見她。」

「她怎麼回來了？不是跟王總鬧翻了嗎？」

諸如此類，全都是在討論我的對話，全都讓我聽得一清二楚。

「艾麗絲，妳終於回來了，是已經想清楚了嗎？」王百威一個箭步把我摟進懷中。

「放開我。」我語氣平淡地說。

王百威這不要臉的東西竟把他的臉埋進我的頭髮，「抱著妳的感覺就是和別的女人不同，好舒服。妳的髮絲和身體散發出一股非常吸引我的美麗香味。」

令人作嘔的男人，「警告你，我數到三你再不放手，後果自行負責。一、二……」

王百威立刻鬆手，「依妳我之間的關係，連熱情一點的打招呼方式都不行嗎？」

「我跟你沒有任何關係，你這麼做是性騷擾。」我瞪著他，特別加重語氣強調。

「妳可真是言重。難道妳不是為了工作才回公司嗎？」

「我要見王總，沒時間跟你廢話。」

「我爸剛開完會，現在還很忙，先別去打擾他。」
「我要做什麼跟你無關，讓開！」我推開他。
王百威又從後方抓住我的手，「我真的很想妳，給我一點時間，我有些心裡話想對妳說。」
「你要是繼續和我做肢體接觸，我保證等一下你會見血。人必自重而後人重之。」
「好好，反正我是一名紳士，我一向尊重女性。」他攤手說。
我魯莽地推開辦公室的門，一進門就看到王豐坐在他的辦公椅上冷眼望著我。
「王總，我雖然很不想見到您，但有些事得從你的口中得到答案。」

第十五章・黑牆前緣

累積了幾天的工作量全都由我的職務代理人浚霖哥幫忙處理，真是太感謝他了，但我也清楚他並不是出於自願才做我的工作。

浚霖哥一整天嘮叨個沒完，彷彿他幫我做了幾天的工作是很大的恩惠，現在一直想盡辦法要我掏腰包請他吃很貴的餐點。要請不是不可以，只是大家要公平一點，他若工地忙不過來時，辦公室的文書資料也是我趕工幫他完成，那他欠我的人情是不是也該還我呢？

「你說艾麗絲會跟我們一起出遊？真的假的？」他瞪大眼睛問。

「她親自要求要跟的，我沒有理由拒絕對吧？」我對浚霖哥撒謊。

「當然要答應，我第一次和明星出去玩耶，要好好跟人炫耀。」

「我就怕你這樣。」我警告他：「告訴你，她跟我們出去的事千萬要保密，誰都不能說。假如到時候有跟拍的記者或粉絲，那這次的旅行就直接作罷，你們就自己去吧。」

「我這聰明人會那麼大嘴巴嗎？要炫耀也等過一段時間才有可能，你叫她放一百二十萬個心。」

他的話絕對不能信任，這個人是個廣播器！我暗暗地心想，若是把我和小冬短暫交往的事告訴他，明天就會登上報紙頭條了。按目前的狀況來看，隨機應變是最好的方式。

下班之前，周宸恩急來電，還沒接起電話我就大概猜到他要說什麼了。

「造成她的困擾，我實在應該當面向她致歉，可惜我臨時有急事。」
「沒關係，我會轉達你的意思，儘量幫你說話。」
「還有一件事，今天我有遇到你們的總務小姐。」
「是雪莉姊，她跟你說什麼呢？」
「聽說你們幾個要和言設計師要一起出遊，怎麼不邀我？」
「你的行程這麼忙碌，就算知道也沒有配合的時間，所以我才沒提起。」
「不，既然言設計師要去，那我也要去，因為這樣我就能夠見到她。」
「什麼？你真的要去？會不會臨時又變卦？」
「我一年三百六十五天都在工作，偶爾放我自己兩、三天假誰能說什麼？」
「我是沒什麼意見，相信淩霖哥和雪莉姊會很高興你的參加。」
「那就這麼說定，到時候見。」
周宸恩也要加入登山行？他真能如期赴約嗎？我心裡可不抱期待。
冷冷清清的工地早就過了下班時間，現場是一個人都沒有，只剩我一人背著日暮獨自行走。
忽然之間，我感覺到有人在背後輕點我的肩頭，我滿腹疑惑地轉身，一名女孩正站在我面前。
在昏黃轉暗的天色中，我看見她那精緻到像娃娃般的容貌，她的臉掛著一絲不懷好意的微笑。
「卓浩凌，你知不知道我是誰？」女孩問。
我打量著她，心裡正嫌麻煩。「找我什麼事？」
「你不知道我來找你幹嘛嗎？」
「講話幹嘛這麼賣關子？如果妳要找妳姊的話，妳來錯地方了，這是我上班的場所。」

于小沛輕吐舌頭，「原來你真的記得我。」

「妳那張臉像混血兒，這種外國女人的長相不容易忘記，何況妳從小到大都沒變。」

「我不是來找我姊，我是來找你的。」她問：「你最近是不是和我姊走得很近？」

「妳自己去問于小冬，我現在下班了。」我轉身欲走，她又拉住我。

「我知道我姊沒有放棄你，但是你要懂得和她保持距離，你和她沒有可能在一起。」

「妳好煩啊。妳不要浪費口舌了，我不想聽妳鬼扯。」

「我答應媽媽要帶回我姊，同時要讓她曉得自己的責任。你們最近要一起出遊對嗎？」

「誰告訴妳這件事？」又是大嘴巴的淩霖哥嗎？

「你和你們工地負責人講的話我有聽到。」

真使人不耐，「妳現在是幹什麼的？」

「我？我考上了警察。」

「妳入錯行了，妳比較適合徵信社。」

「告訴我時間及地點，我要跟你們一起去。」

「我瘋了嗎？才不會告訴妳！」誰會那麼笨，聽妳的話是白癡。

「你是不是忘記小時候被吳東儒和他的手下圍毆的事了？」她試圖喚起我的記憶。

「一提起那件事我就來氣，妳想怎麼樣？」我推了她一把。

于小沛猛地抓住我的手，接著把我的手臂反折。「想對我動粗？你忘記我現在是警察嗎？卓浩淩，你不要敬酒不喝喝罰酒，我現在就可以把你的手折斷！」

我發出連聲哀叫，「好痛好痛，妳快放手，我答應妳就是。」

她粗暴地推開我，「今天的事別告訴我姊，還有把你的手機號碼給我。」

我不情願地將手機交給于小沛，她迅速地記憶我的號碼。「妳是個陰毒的女人；妳姊則是個潑辣的女人，妳媽真應該把妳們兩姊妹關在家裡，免得跑出來害別人！」

「放心，受害者永遠只有你一人。」于小沛臨走前不忘叮嚀我：「手機開著，我會隨時聯絡你。」

于家姊妹找我的麻煩還不夠多嗎？雖然這和小冬無關，但間接讓我對她們姊妹的好感降低。還是慧星比較適合我……

你想腳踏兩條船嗎？小冬的話言猶在耳。

嚴格說來，她的話有一半是對的，我可從來沒說過自己要放棄言慧星，況且她本來就是我一開始鎖定的目標。和小冬交往的同時又心想著慧星，這樣的心態很不可取，對不起兩名女孩的同時又顯得我自己很卑劣。可是換一個角度給自己找理由，萬一這次的約會證明了小冬確實與我不和呢？我不能肯定自己真的能對于小冬萌生愛情的想法，如此一來我勢必會回頭去追慧星。

既然答應過爺爺們，那麼我在確定自己的心意前儘量不對慧星過度表現出我的想法；同時若約會過後我仍無法接受小冬，到時候我也不再拖延，必定果斷地拒絕她，如此就沒有所謂腳踏兩條船的問題了。就這麼決定。

「你來啦？快進來。」慧星的父親在門口迎接。

「您好。」我禮貌地回應。

「慧星請你直接去她的房間找她。」伯父雙手戴著手套，右手拿著盆栽剪刀，應該是正在修剪花木。「別不好意思，我女兒都這麼說你就過去吧。」

「好。」我應道。經過客廳前，我注意到玻璃櫥櫃中的照片和幾張獎狀。「咦，伯父您以前是警察嗎？」其中一張照片是伯父年輕時著制服的樣子。

「退休很長一段時間了。」伯父站在我身邊看著以前的照片感嘆道：「以前我爸爸，慧星她爺爺也是個警察。本來我想讓兒子也去從警，可是他好像沒什麼意願。」

我指著一張慧星與她父親還有一名男子的合照，「這就是您的兒子嗎？」

「他是慧星的弟弟，現在正在當兵。」

看伯父的體格，以前應該是個很英勇的警察。「當警察這麼久，我猜您有很多精彩的故事吧？」

「我和我爸爸的故事多到講好幾天都講不完，每件都令我印象深刻。」他自誇道。

「那我有機會一定要聽聽看。」

剛走進慧星的房間，一股濃烈的精油香撲鼻而來。

「其實我已經知道你的來意了。」慧星說：「若要讓你老闆說出真相，光靠我一定不夠。」

「那麼要找誰一起去？周宸恩嗎？」

「你們老闆跟盧家的關係匪淺，他不願說出的真相很有可能對盧家的名聲不利。我在想，若盧家的某人想知道真相，他或許會看在自己人的份上透露出端倪。」

「妳想要盧大榮陪同我們一起去？」

「這是最好的方式，盧先生和你老闆不正是親戚關係嗎？由他去問比較有立場。」

我撥一通電話給盧大榮，他正忙著巡店，不過他答應陪我們一起去見老莊。

雖然盧大榮平常給人一種散漫的印象，但是他對黑牆鬼屋的事倒挺積極，對我和小冬的幫忙也算是盡心，有這種鄰居挺不錯。

我們在晚間八點過後陸續抵達海王星，我的老闆還有些事得先處理，會晚點到。

「言慧星，我認得妳了。」盧大榮一見到慧星就開始滔滔不絕，我現在開始懷疑他不是為了鬼屋真相，而是為了慧星而來。「還記得我嗎？十幾年前在我家……」

「大榮哥，你又想說什麼？」

「我記得您，您是盧家的屋主。」慧星回應大榮的話。

「原來妳也想起來了。」盧大榮一愣，「不對，妳是想起來還是一直都記得？」

「我一直都記得，忘記的人是您。」慧星笑道。

「那上一次妳是故意躲我囉？」

我一頭霧水，「你們在說什麼？你們什麼時候認識？」

「嚴格說來不算是認識。」盧大榮指稱：「這美女小時候和她的朋友到我家，然後還用一把火將房子燒掉，簡直是小朋友縱火團。」

「你家？你指的是黑牆鬼屋嗎？」

「以前那裡可沒有黑牆而是佈滿從屋頂垂下的藤蔓，但是後來被這群小孩子一把火燒光，那面外牆就焦黑到現在。所以稱我家為黑牆鬼屋是不正確，應該是藤蔓鬼屋。」

「這是事實嗎？」我訝道。

慧星坦承，「以前那棟鬼屋每到夜晚都會傳來男人的哭聲，鬧鬼之事不脛而走，我和我的同學們基於好奇心，所以趁夜前往探索。」

「拜託，那哭聲的源頭是我爸爸。」盧大榮解釋：「我爸以前只要一喝醉酒，就會跑上那房子的樓頂嚎啕大哭，不知道的人還以為是自殺的青年在哭呢！」

「我們真的是無意的，非常對不起。」慧星向他道歉。

「這群小孩不知道是在樓頂玩碟仙還是什麼召喚儀式，居然亂點蠟燭，還讓火苗去燒到藤蔓，就這樣火勢一發不可收拾，把房子燒成一片漆黑。我和我爸趕緊衝到房子外察看，結果這美女的朋友全部一哄而散，只留下她一個在現場。」

真想不到慧星以前居然做過這麼危險的事。

「不是不跑，而是我那個時候跌了一跤，膝蓋受傷了。」慧星澄清。

「這美女也是夠勇敢，被喝醉酒後大發雷霆之怒的我爸又罵又打，最後還送到警察局。想不到她那種年紀居然吭都不吭一聲，連眼淚都沒流半滴，實在讓我印象非常深刻。」

「因為委屈、傷心才會哭，但我確實做錯事，所以不應該哭泣。」慧星這番話講得很帥氣。

「反正我家被燒掉，我爸也中風了，以前的恩怨就一筆勾消。」大榮輕聲問：「妳現在有男朋友嗎？」

「什麼前因後果原來都是開場白，現在這才是你想問的問題吧？」真是受不了，我之前才覺得大榮哥人很不錯，現在又原形畢露。

「大家聊得很開心嘛。」老莊抵達，他和我們一一打招呼。

「舅舅，不好意思，晚上了還把你找出來。」

「大榮啊，怎麼連你也對以前的事那麼感興趣？那不是你們盧家的房子嗎？」老莊找位置坐下。

「是我家沒錯，可是你也知道我爸爸對房子的事三緘其口，當兒子的有問題卻得不到解答。」

「你們到底要知道什麼呢？就如我早上所說，那是自殺事件。」

「舅舅，現在我爸爸癱在椅子上，房子都賣人了，有什麼話盡說沒關係，已經沒什麼好顧慮。」

老莊搔著頭皮，「都四十五年前的事了，還追究什麼呢？好吧，就告訴你們我知道的部分，那兩名青年不是自殺，有可能是被人謀殺。」

「既然是他殺事件，怎麼最後變成自殺？」大榮問。

「還用問，當然是要顧及你們盧家的名聲啊。我那時年紀雖小，還是知道一些內情。那個櫥櫃的把手被人用鋼棍固定住，裡面兩名死者都是雙手雙腳被綑綁，防止他們逃出，這怎麼想都是他殺。後來不知道發生什麼事，案件調查到一半不了了之。我爸媽也是交待我們兄弟姊妹，只要有人問起盧家的事，一律回答不知道或是自殺。」老莊如此說道。

「有人尋死是把自己關在櫥櫃裡悶死自己嗎？這種死法未免太痛苦了。」我說出自己的想法。

「照你這樣說，我爸爸肯定是幹了什麼壞事。」

老莊提醒大榮：「注意你說的話，現在已經沒有任何證據能還原當時的真相。你既然是盧家的人，如果事關你家的長輩，最好就不要太過深究這件事。」

「我爸是我爸，我是我。再說，如果他喝那麼多酒是為了懺悔的話，那麼還原真相後再向死者賠罪才是他最需要的，而不是完全依賴酒精醉生夢死。我跟我爸相處很久了，我知道酒精麻痺不了他的良心，他每次都到鬼屋樓上大哭，有什麼用呢？我爸做了虧心事連累子孫，我這個當兒子的看在眼裡也知道不能讓往事就這麼過去，不然真的會連衰三代。」盧大榮這番話講得是熱血沸騰。

「我們完全得不到真相了嗎？」我問。

老莊想了想後說：「恐怕只有當時調查案件的警察能給你們解答，我是愛莫能助。」

「拜託，當初那些老警官們早就都退休了，我們要去哪裡找人問呢？」我煩躁地說。

「我還記得當時我和爸媽一起去盧宅採訪時，曾經被一名警官問過話。」

「那您還記不記得當時的警官們是哪些人？住在哪裡？」我問。

「事隔多年，就算有印象也很薄弱了。」老莊無奈地聳肩。

「請問當時是不是有一名警官姓言呢？」沉默不語的慧星突然開口問道。

「姓言？什麼意思？」老莊聽不明白。

「言是語言的言，那是一個姓氏。」慧星說。

「言姓……照妳這麼一說，那名向我爸媽問話的警察好像就是言姓。因為這姓氏太少人有了，我這輩子只遇過這麼一次，我想應該不會錯。」老莊思忖道。

慧星抿著嘴，「黑牆鬼屋的案件是由我爺爺負責的。」

第十六章・出遊

雖然我未經預約和報備就闖入辦公室的行為很衝動，但我現在管不了那麼多，也不在乎王豐會對我降下什麼處罰，反正王豐對我的印象已經跌到谷底，不會再比現在更差了。

王豐縱然不樂，不過他還是維持自己的氣度，叫秘書為我準備飲料。這個男人心中在想什麼實在很難去猜測，他那對藏在鏡片下的雙眼很陰沉，彷彿隨時都在進行什麼盤算。

「什麼客套的形式都可以省略，我這趟來是有問題要問你。」

「妳不是反省過後才來和我道歉？那我跟妳沒什麼話好講。」王豐雙手抱胸，背靠沙發。

「王總，公事是公事，我們公事還沒有解決，今天我為私事而來。」

「私事該去找妳的母親聊，而不是我。」王豐顯然沒有什麼耐心，「于小冬，我慎重地警告妳，以後別再來我的辦公室和我說一些和工作無關的事。」

「給我十分鐘……不，給我五分鐘就好。」

王豐起身，「還不出去嗎？還是要我叫人把妳拖出去？妳是明星，鬧成這樣可不好看。」

「盧萬宗。不知道王總有沒有聽過這個名字？」

王豐停住腳步，他果然遲疑了。

「王總，我有一張照片要讓你看。」我將那張從盧萬宗的辦公桌上拿到的樂團照片放在桌上，「沒想到王總年輕時也曾和人組過樂團。照片裡拿著吉他的成員是您對吧？當年的您還真是年輕，我都差點認不出您。若非您年輕時和您的兒子王百威有幾分相像，恐怕我早就將您忽略了。」

「妳在說什麼，我完全聽不懂。」王豐銳氣盡失，像一頭被拔了牙、剪掉指甲的老虎。「出去，給我出去，不要在我的辦公室裡盡說一些莫名其妙的話！」

「您還否認是嗎？好……」我清了清喉嚨，接著唱道：「閉上雙眼，進入夢鄉。在夢境的深處，是否許我一個理想？遺忘在記憶深處，那個幻夢的片段，如同寶石一樣的璀璨。」

王豐罕見地表現出驚慌失措，「沒道理……妳怎麼會唱『築夢者』那首從沒發行過的同名單曲？」

「歌的名字是築夢者嗎？還是樂團的名字？」

王豐起疑，「妳連歌的名字都不知道，妳又怎麼會唱……是盧萬宗教妳的嗎？你們兩個聯合起來想找我的麻煩，他還跟妳說了些什麼？」

「王總有多久沒去探視你那位老朋友呢？盧萬宗中風很久了，早就不能言語。」

「盧萬宗中風了？那妳又是跟誰學唱築夢者？妳和盧萬宗是什麼關係？」王豐追問。

「問題一堆唷，您剛剛不是才否認盧萬宗和樂團的事嗎？這下你可自己承認了。」

王豐慎重地問：「妳想怎麼樣？」

「不想怎樣，只是要還原當時的真相，你知道樂團的另外兩位成員是怎麼死的嗎？」

王豐見我什麼都不懂，馬上恢復原有的嚴肅表情。「想知道真相就去找警察，想知道死因就去問醫生，我什麼都不知道。」

「你這話可真冷漠，難道他們不是你的朋友嗎？」

「五湖四海皆為我朋友，然而大多都只是萍水相逢罷了。」

「你不想知道我為什麼會唱逐夢者嗎？」我特別強調：「我現在住在盧家大宅，也就是你的兩位朋友被悶死在四樓櫥櫃的地方，我每天晚上都能聽到它們對我說話的聲音。」

王豐聽了我的話後先是動搖了一下，然而很快就恢復冷靜。「妳能和鬼溝通？那恭喜妳，等妳不當明星後，還是有辦法能夠討活。」

不愧是星路娛樂公司的當家，夠沉穩、鎮定，想讓他開口說實話真不容易。

「你以為我光憑這張照片就拿你沒辦法了嗎？是，我什麼真相都沒有，但是我有盧家後人的說詞可以佐證。」我走到王豐面前對他說：「盧萬宗在中風前曾對他的兒子盧大榮表示，若他身亡後有人重新查起兩名青年自殺的案子，那麼真相全都在星路娛樂的王豐身上。」

這種講法非常冒險，假如王豐真的和他的團員自殺一事無關，我講的這些謊話全都會被揭穿。然而依我的判斷，王豐剛剛那短暫的心虛證明他與自殺案的確有什麼牽扯，這句話一定會發酵。

王豐真的被激怒了，「妳居然去相信這種沒有根據的謠言還跑來質問我？」

「不是有盧萬宗的證言了嗎？他是當事人之一，我當然相信他的話。」

「妳和四十五年前的事有什麼關係？為什麼是妳來問真相？」

「明人不做虧心事，夜半不怕鬼上門。如果盧家大宅的事毫無懸念，你會怕人家找出事發經過嗎？胡適先生曾說：『大膽假設，小心求證。』我不過是重新驗證盧萬宗的話而已。」

「于小冬，別在我面前耍花樣！當年的事已經蓋棺論定，警方以自殺結案，妳不用白費心機。」

「躲得過司法的判決，你能躲得過良心的譴責嗎？」

王豐心浮氣躁，我的目的達成了。「什麼是良心的譴責？我是一個光明磊落的人，行事正大光明，沒有什麼好遮掩，更不需要被譴責。」

「很好啊，為了證明你心口如一，那麼就告訴我當時他們為什麼要自殺。」王豐揚起嘴角，撇過一抹冷笑。「于小冬，妳永遠別想從我的口中得到什麼訊息，妳若真有本事就讓盧萬宗自己將事情始末全部告訴妳。盧萬宗也太天真了，以為他死後就能夠將責任全推給我嗎？他才是最沒良心的人。如果妳和姓盧的人還有什麼指教，那也沒關係，我們之後法庭上見。想要從我的嘴裡套出什麼話，請先問過我的律師。」

「沒有真相就想躲到法律的庇護底下，這個國家的惡法全是用來保護你這種有錢的壞人。」

王豐指控道：「妳說的話已經足以構成誹謗，別逼我對妳動用極端。」

「我真的好怕，你想跟我翻臉有什麼問題？」我完全不退縮。

「于小冬，妳已經浪費我許多寶貴的時間，今天我就不跟妳計較妳的無禮。下次再拿自殺案來找我麻煩，我絕對不會善罷干休，這是最後一次的警告。」王豐拿起西裝外套，負氣離開辦公室。

在我看來，王豐以憤怒來掩藏他的心虛，如此看來他和自殺案的關聯肯定八九不離十。

雖然今天沒能從王豐口中得知案發過程，不過案子細節已經慢慢清晰，我算是沒有白跑這一趟。

回到黑牆鬼屋時已經晚上十點半，我本來以為浩凌早就上樓睡覺，結果一進門便看到他一個人坐在大廳裡操作手機。「你還沒去睡覺？你在等我嗎？」

「妳今天去哪裡？怎麼搞到那麼晚才回家？」

「我回台北一趟，去找我那個無良的老闆談事情。」我用話逗他，「你怕我不回來嗎？」

「妳要是不回來還真會讓我煩惱。」他收起手機，感覺很疲倦。

「你怎麼了？遇到什麼不好的事嗎？」我給浩凌一個自以為溫暖的擁抱，但其實只是我想抱他。

浩淩啞然失笑，「妳現在已經是想到要抱就抱嗎？」

「不是在交往中嗎？我想利用這段時間好好接觸你。」感覺真好，家裡有他就能掃去我所有的煩憂。「你知道嗎？今天王百威那個髒鬼竟然隨便亂抱我。」

「然後妳就直接讓他抱，完全沒任何反抗？」

「我威脅他，若是他再敢碰我一次，我就讓他滿地找牙。他知道我絕對不會跟他開玩笑，很聰明地放開他那雙髒手。」

「真是兇暴的女孩。那麼妳現在是藉著抱我來淨化被王百威抱過的身體嗎？」

「別這麼說，他那一抱害我心靈受創，你不能安慰我一下嗎？」

「心靈受創的應該是被妳兇過的王百威吧？」浩淩發出長嘆，「我今天見到妳妹妹了。」

我立刻鬆手，「她找妳幹嘛？」

「雖然她要我別說出去，但我怎麼可能聽她的話呢？」浩淩說：「她問我出遊的時間及地點，我看八成是準備在那一天出現，她可能會來帶妳回去。」

「她敢？」我質問浩淩：「你怎麼可以那麼輕易就向她妥協？」

「我也不想，可是我小的時候吃過她的虧，知道她有多狠毒。以前我被吳東儒找人圍毆，就是她幹得好事。在那之後她出現在我面前，還叫我遠離妳，因為我已經對妳造成影響。」

「吳東儒是誰？」我回想一下，以前似乎有一個老愛欺負低年級的六年級壞學生，有一次他跑來調戲我，言談中提到于小沛什麼的，要我還他恩情……難道是小沛用我的名字出去借人，然後那群人還跑去打了卓浩淩一頓？這簡直就跟現在沒什麼兩樣。小沛又用我的名義去找王百威來給我壓力，根本是相同的套路，我怎麼會有這麼該死的妹妹？「我想起來了，那個不良少年，以前常常在校園裡惹事生非。既然有發生過這種事，你怎麼都不跟我說呢？」我責怪他。

「我怎麼知道妳們兩姊妹是不是串通好要來修理我一頓呢？何況我都被打了，追究這個有什麼意義？換作妳是我的話，妳大概也懶得回想那段往事。」浩淩觀察我的臉色：「你會不會覺得我在撒謊批評妳的家人，妳是不是認為妳妹妹不可能做這種事？」

「不對，她就是那種壞女人！從以前到現在她不知道用我的名義去做多少壞事，真是讓我越想越氣，這已經不是把她的頭髮剃光就能解決的問題。原來你就是因為這個原因才不敢靠近我。」

「那只是原因之一啦，其實我的心情也很複雜。」

我猛然起身。「怒火平息不下來，我絕對無法原諒她。」

「妳現在要去那裡？」

「我要回家一趟，說什麼都要好好地修理于小沛一番。」我勃然大怒地吼著。

「冷靜。」他拉住我，「妳現在回去就中妳妹的圈套了。」

「可惡！出遊那天她不來便罷，要是來了我就……」我捏緊拳頭。

「好好好，別氣了，先坐下來。」浩淩提醒我：「那天不只我們兩人出去，妳要是見到妳妹妹千萬要冷靜，不要節外生枝。」

我看著卓浩淩那認真的表情，突然有股想捉弄他的想法。「我妹妹對你這麼壞，我該怎麼代替她向妳道歉？」說完我便迅速地吻了他一下，卓浩淩瞬間僵住。「這樣夠不夠？」

「妳剛剛是親我嗎？」浩淩的表情很複雜，不像排斥卻也沒歡喜感。「其實妳不需要這樣做。」

「我想這麼做。」我稍稍息怒，「我就聽你的話，先忍她一時半刻。對了，我可能最近會去試鏡。」

浩淩裝作若無其事，「妳的經紀人幫妳找到新工作了嗎？」

我點頭，「是周宸恩的安排，我想去試試看。」

「那就去吧，演戲本來就是妳的工作，總不能讓妳一直跟我窩在這棟鬼屋裡吧？」

「還有一件事，我今天從王總那邊得到一些關於自殺事件的線索。」

「我從老莊那裡也有所得，其實這根本不是自殺事件……」

我們兩人各自交換情報，照這情況看來，想必已經離真相不遠了。

四天後的清晨，眾人前來黑牆鬼屋集合。今天是星期六，也是難得出遊的日子。

周宸恩開車接送言慧星來到此，他又換一輛新車了。

「大榮哥今天不來嗎？」言慧星問。這是我第一次見言慧星穿長褲，即便是一件普通的哈倫褲也能表現出她的時尚感。

「他店裡有事抽不開身，只好讓我們自己玩得開心點。」浩淩回答。

「出去登山幹嘛把整個耳骨都穿上飾品？」我問。言慧星的耳洞多到有點誇張。

「那也是人家的事嘛，我們外人別管了。」浩淩插嘴道。每次他介入總讓我很不開心。

浩淩的兩名同事開著白色休旅車抵達。

「我來介紹，他們是我的同事蕭浚霖和劉雪莉。」浩淩趨步上前迎接。我在海王星曾見過他們一面，浩淩是特別為言慧星介紹的。

粗獷的工頭蕭浚霖站在鬼屋門口發出驚呼，「你們兩個住在這種像皇宮的地方？太享福是會折壽的。你們還有沒有空房間？不如讓我也搬進來和你們住。」

「裡面鬧鬼唷。」浩淩說。
「你都不怕，我有什麼好怕？」
「哇——艾麗絲，我要妳的簽名。」劉雪莉的年紀大我不少歲，我該稱呼她為姊姊嗎？
「好啊，那有什麼問題。」我一向對我的粉絲很好，滿足她的要求並不困難。
「人都到齊了，我們也該出發了吧？」蕭浚霖問。
就在這時，我看到一輛熟悉的黑色轎車緩緩駛近。不光是車子的外形、品牌很眼熟，連車號都是我記憶中那個最討厭的一組英數，「該死，怎麼連他都來了？」我咕噥道。
「哈囉，各位朋友讓你們久等了。我知道你們都在等待我到來，不用太歡迎我。」這是王百威那個自大狂的打招呼方式。
「于小沛，妳自己一個人來就算了，還把王百威帶來。妳給我過來！」我命令道。
小沛及時躲到王百威身後，「妳早就應該知道我問時間、地點後就不會是自己一個人過來。」
「好啦，他們要來就來，多兩個人同行而已有什麼關係？」浩淩把話說得很簡單。
「百威兄，這麼有閒情逸致與我們結伴同行？」周宸恩沒有表現出任何不悅。
「你才是呢。明明是個以工作為重，完全抽不開身的人，怎麼能去旅行？」王百威反問。
「難得的偷閒，我可是相當期待。」周宸恩看起來已經準備充足，隨時都可以出發。
「我們要去三星山喔，你們確定要跟我們去嗎？」浩淩問。
王百威輕蔑地指著浩淩，「這些人是誰？我們幾個名人一起出遊，不需要其他人隨行。」
他以為他又是誰？「發起人是我們，如果你不高興可以不要跟，看你要和小沛去哪裡都沒關係。」

「我今天是特別來載妳的。」王百威裝模作樣地說：「比起登山出遊，我可以帶妳去其他更適合妳的高級場所，妳想用餐、消費、娛樂都沒有問題。」

「周宸恩比你有錢多了，少在我面前擺闊。」我比出指頭，「你有兩個選擇：自己離開或是我送你離開。」

「我一直都尊重艾麗絲妳的決定，要去登山我就陪妳去登山。」他轉頭問小沛，「他們說要去哪裡來著？中央山脈？」

「是三星山。」浩淩糾正他。

「那地方太多人了，會造成我們這些大明星的不便。」王百威提議：「去加羅湖怎麼樣？」

「我們去三星山是走旅遊路線，去加羅湖的話要申請入山證。」浩淩皺緊眉頭。

「有萬事通周宸恩在，這有什麼大問題？」王百威竟好意思把事情丟給周宸恩。

「我倒無所謂，你們若要變更行程，我可以一通電話搞定。」周宸恩沒其他意見。

「那就這麼說定了。」王百威轉身上車，「我在起登處四季林道等你們。」

王百威過來留下麻煩後，又馬上拍拍屁股走人，其餘的人只能一臉錯愕的目送他們離去。

「這王八蛋好臭屁啊。」蕭淩霖忍不住破口大罵，「他的新聞形象和本人還真是一致。」

「旅遊行程變更了，我們真的要登加羅湖嗎？這可是兩天一夜的重裝行程。」劉雪莉憂道。

「我是無所謂，反正我以前就曾背帳篷去過幾次了。」蕭淩霖聳肩。

「我也去過，就再扛一次大背包而已。」浩淩說。

「都可以，這行程對我來說並不困難。」言慧星附和道。

「那……沒去過的只有我一人？」我真是極度不安。

「還有我也沒去過。」周宸恩挑起眉毛，「但是我曾爬過喜馬拉雅山，體力上絕對沒問題。」
「問題就是我們沒準備那麼周全。」劉雪莉說。「大家都以為只是去健行。」
「這種小事，我可以叫人處理好，大家不用覺得太麻煩。」周宸恩說。
「可是我實在不太想去，畢竟星期一就要上班，我會覺得很累。」蕭浚霖一臉懶樣。
「我跟你感受差不多。」浩淩反悔了，「不如讓王百威自己去就好，我們照原行程走。」
「多點人一起去不是比較好嗎？何況都答應百威兄了，還放他鴿子不太好。」周宸恩說。
「誰管他想什麼？他是不速之客，最好和小沛一起滾遠點。」我忿怒地表示。
「浩淩排的全是輕鬆的行程，太無聊了啦。」劉雪莉抱怨。
蕭浚霖頹喪著臉問：「妳還真的想去？」
「去啊，為什麼不去？你們這兩個每天跑工地的男人，難道體力會比我還差嗎？」劉雪莉反問。
「妳這麼講我就無話可說，那要去就去囉。」蕭浚霖無法反對她的意見。
我對王百威的提議相當感冒，他和于小沛存心來破壞我和浩淩的美好時光。我原本計劃利用這兩天一夜的時間好好的修復我和浩淩的關係，先前因于小佩介入而造成的誤會也得加以澄清才行，這是浩淩給我的唯一一次機會，弄不好的話會變成最後一次。在調查自殺案的過程裡，空虛的我深覺自己已經不想再和浩淩分開，再怎麼樣都要讓他真正的接受我。
前幾天我趁他不注意時偷吻了他，這幾天只要一找到藉口就不斷地逗他。起先浩淩還會抗拒，後來隨著我們頻繁的肢體接觸，慢慢的似乎讓他越來越能接受我了，我們正往好的方向發展。
可是我仍是嫌進度過於緩慢，明明浩淩是個男生，他擁有絕佳的主動權，可是卻從來沒對我主動過，不免還是對他有點灰心。

昨天我在大衛的接送下前去試鏡，隔了好一陣子，大衛總算盡到他經紀人的工作責任。然而這卻無助於讓我的試鏡加分。

不知道是掛心自殺案的事亦或是在心中想著浩淩，我在試鏡的表現竟然罕見地失常。

我失去新的工作機會，這個打擊讓我沮喪萬分。

我將這件事告訴浩淩，期望從他身上得到安慰。可是浩淩聽了我的訴苦後，根本沒有什麼反應。可能是他工作太累，也可能是他覺得這沒什麼大不了，他只是一邊操作手機，一邊對我說：「再接再厲吧，下次一定會更好，因為妳很有才華。」

他一點都不了解，適時的安慰對我有多麼的重要。

我開始對他生悶氣了，不管他跟我說什麼話我也同樣冷淡的對他。我只希望我的抗議能夠換得他對我更加重視。

可惜的是，我和卓浩淩在某些方面還真有點相像。我和他說話，他冷淡對我；我冷淡對他，他就乾脆不理我了。他有夠過份，難道是吃定我沒他不行嗎？

今天早上我受不了，開始找他麻煩。原以為他會如往常一樣和我吵得不可開交，誰知道他竟然和我道歉，又輕聲細語地安慰我，盡說一些好聽話，害得我立刻心軟，就像隻溫馴的貓一樣。我真是個無可救藥的蠢女人。

「把東西準備一下，我們要上車了。」浩淩對大家說。

「喂，卓浩淩，你猜拳輸我，所以你得開車。」蕭浚霖直接坐上後座。

「不要以為車子是你租的就很了不起。」浩淩叫我的名字：「小冬，妳來幫我開。」

「你們這樣拖拖拉拉要拖到什麼時候？我開就我開。」我不悅地打開駕駛座，結果下一秒立刻反悔。「不行，我不能開。」

「為什麼？」浩淩問。

「這都什麼年代了，還可以租到手排的休旅車。我不會開手排車啦！」

「唉唷別爭了，我來開。」周宸恩自願當駕駛。

浩淩攔住他，「不行，你已經給我們很多幫助了，今天是你難得的假日，該讓你好好的休息。」他不情願地坐上駕駛座，「媽的，有自排不租去租手排，你吃飽撐著？」

「有差嗎？反正能開就行了。」蕭浚霖聽到浩淩的抱怨仍一副事不關己的樣子。

車子剛發動，向前衝了一下後又立刻熄火，所有人都嚇了一跳。

「哇——你會不會開啊？我覺得讓你開好危險喔，等一下很可能會出車禍。」蕭浚霖叫道。

「別吵，這裡面的人就你廢話最多，你怎麼不來開？」浩淩吼了回去。

「還是換我來開。」周宸恩擔心道。

「沒關係，我只是太久沒踩離合器，給我一點時間我就能想起開手排車的感覺了。」

「天啊，我和周宸恩兩人居然被迫坐這種爛車。」我也受不了。

「告訴妳，這不是車爛，而是妳旁邊那名駕駛的技術超級爛。」蕭浚霖哼道。

儘管起程的風波不斷，但是上路之後卻順暢許多，看來浩淩漸漸找回他開車的感覺了。

我們花了半個小時抵達目的地，王百威和于小沛早已等在該處。

王百威看了手錶一眼，不高興地說：「你們知道守時的重要嗎？要我們等你們到什麼時候？」

「你很不滿嗎？等不下去為何不早點走？」我斥道。王百威從他的為人到說話都沒有半點能讓我看順眼的地方，在我眼裡他就只是個不學無術的傢伙。

王百威滿臉歡喜地衝過來牽著我的手，「艾麗絲，我們等會一起走。」

我怕被浩淩誤會，馬上甩開他的手。「你有什麼毛病？離我遠點！」

浩淩就算看到了也沒有什麼反應，他和周宸恩及蕭浚霖三人忙著整理背包。

「重的東西就由我們男生來背，女生就輕裝行動，注意自己安全即可。」周宸恩表示。

「才不要，為什麼要我背那麼重的東西？」王百威直接拒絕。

「隨便他啦，反正他晚上要睡在草地上也是他自己的事，凍死最好。看看四個男生裡就屬他最沒用，手無縛雞之力，乾脆跟我們一起穿裙子好了。」我故意用話去激王百威那個自大狂。

果不其所以然，王百威一怒就什麼都不管了。「誰說我不能背？我就背給妳們看。」

「不要逞強喔，這一趟路可一點都不輕鬆。」浩淩好心提醒他。

「管好你自己就可以了，你沒資格跟我說這種話。」

于小沛湊到我身旁，「姊，妳適可而止，別讓王百威太辛苦。」

「妳才適可而止，我已經知道妳做的好事了。現在人多，等上去之後我再找時間對付妳，妳給我小心一點。」我恐嚇完妹妹後便從她身旁離開。

一行人終於出發了。走在最前頭的是周宸恩和蕭浚霖，他們兩人一路上有說有笑，很談得來。浩淩走在中間，自己一個人哼著歌，還不時的看著四周的風景。劉雪莉和言慧星走在浩淩後方，兩人正在深入的認識彼此。

「再唱一段思想起，唱一段唐山謠，走不盡的坎坷路，恰如祖先的步履。」

「那個卓浩淩到底有什麼好？居然在唱那種老掉牙的『月琴』，有夠老土。」小沛說。

我瞪向她，「管好妳自己的嘴，別人要唱什麼妳管得著嗎？」

「姊姊妳是一朵鮮花插在牛糞上，什麼人不選偏偏選他，媽媽不會同意的。」

「乖女兒讓妳當，我可不是乖女兒。就算浩淩是牛糞也比後面那個連狗屎都比不上的爛人好。」我瞟向後方。人家是腳步輕盈還哼著歌，王百威卻是走一步喘一步，猶如老狗一隻，真是沒出息。

「姊姊，妳變得一點氣質都沒有了。」小沛發出冷哼。

「妳最有氣質，那麻煩妳去扶扶後面那隻老狗，他快不行了。」

才走半個多小時，王百威已經癱在地上動彈不得。「好、好累，我們休息一下。」

「拜託，走路像烏龜一樣，這九公里要多久才能走完？」浩淩嘆氣。

「百威兄，你還好嗎？」周宸恩上前關心。

「我……我好像是高山症發作了，喘、喘不過氣來。」王百威滿身是汗，大口喘息。

「海拔才多少而已，高山症？你說笑是嗎？」蕭浚霖完全不相信他的話。

「太勉強是很危險的事，你的行李讓我來拿。」周宸恩取下王百威的背包。

「開玩笑，你已經是重裝了，還要多拿一個人份的大背包？」蕭浚霖不可置信地說。

「我想應該不會有什麼太大的問題。」周宸恩毫不在意。

「周宸恩，你未免人太好了，居然去幫王百威那個混蛋，為何不讓他自生自滅？」我完全看扁王百威，「提議要來的人是他，結果第一個走不動的也是他，真是沒下限的男人。」

「都是于小沛的餿主意，說什麼來這裡是和妳約會的最好地方。」王百威開始推卸責任。

「但是我不知道你的體力會不能負荷啊。」小沛無辜地說。

「現在還不晚，你要不要自己走路回去？」我不帶感情地問。

「不行，既然沒大件的重物，那我就可以繼續走。我一定要走完全程給你們看。」王百威賭氣地說。星路娛樂的大公子就像個孩子似的任性。

王百威的東西由我、浩淩、周宸恩、言慧星、蕭浚霖、劉雪莉六人幫他分擔，其中周宸恩拿的東西依然是最多且最重。儘管如此，周宸恩仍能走在隊伍的最前頭，沒露出半點疲態。他的體能好到難以想像，原來他說自己曾爬過喜馬拉雅山是真實的事件而非吹牛，跟某人簡直天壤之別。

縱使沒有大背包，王百威還是走在隊伍的最後，而且始終拖著腳步，臉色慘白。

「真沒道理，我怎麼會連艾麗絲都比不上呢？」王百威很受挫地問。

「你跟我比？我怕演戲時氣色不好，在之前幾乎是天天上健身房鍛鍊體力。就算不去健身房，我也會自己在家做一百下仰臥起坐，每天最少慢跑七公里。」我鄙夷地回答。

「姊姊跑過全馬唷，而且成績還很不錯。」小沛說。

「那、那妳呢？」不甘心的王百威似乎很想找到一個比他還差的人。

「我是女警，怎麼能夠沒體力？」小沛理所當然地說。

話又說回來，蕭浚霖和浩淩這兩個工人體力好是正常，怎麼劉雪莉和言慧星背著重物行進也能臉不紅氣不喘？

「放假時，我喜歡和朋友一塊去爬山和游泳，可能就是這個原因才讓我慢慢把體能練起來。」劉雪莉自信地說。

「我嗎？我沒有特別去鍛鍊，就只是覺得不會累，腳也不會痠，所以沒有疲態。」慧星說。

居然連這種奇怪的理由都說得出口，言慧星真是一名不簡單的女人。「我們不能身為女生就讓男生們瞧不起，可以的話別造成男生們的麻煩，最起碼別輸給王百威。」我強調。

「我不至於落魄到要人背我，除非我中途受傷。」劉雪莉回頭一瞧，「要輸王百威有難度吧？他現在就像個半死不活的人，他那體能是不是太差勁？」

「一樣米養百樣人，明知道自己走不動還選這種地方旅遊，我真是無話可說。」我朝隊伍前端大喊：「有人走不動了，稍微休息十幾分鐘可以嗎？」

王百威氣喘如牛，坐在大石塊上仰天閉目，「讓……讓我恢復體力。」接著他拿手帕擦乾身體的汗，然後大口灌水補充水量。

周宸恩和卓浩淩等人坐在一旁開心地閒聊，誰也沒去察看王百威的狀況。

「你的體能真不簡單，你是不是當過海軍陸戰隊？」蕭淩霖誇讚道。

「您怎麼知道呢？我真的是海軍陸戰隊役畢。」周宸恩旋開水壺瓶蓋，給自己倒一杯水。

「外表真看不出來，你的體格有夠壯碩。」連蕭淩霖都忍不住伸手去摸周宸恩的上臂肌肉。

「你們呢？你們是什麼兵種？」周宸恩問。

「我是志願役憲兵退伍，官階上尉。」蕭淩霖回答。

「長官好。」浩淩向淩霖行舉手禮，「我是蘇澳油料分庫補給兵。」

「又來了，男生都很喜歡聊當兵。」劉雪莉一副聽厭的樣子。

「我弟弟也正在當兵，好像是什麼北訓野戰砲兵，是很不好的兵種嗎？」慧星問。

「還是看單位，不過基本上是個沒什麼壓力的地方。」周宸恩回答。

「過去混混日子，聽說還蠻爽的。」浩淩給了個不確定的答案。

眼看王百威避口不談軍隊的事，於是我好奇地問他：「王百威，你當什麼兵？」

王百威還沒完全恢復體力，他整個人呈現半放空的狀態。「妳問我什麼？」

「我姊問你是什麼兵種退伍。」小沛重覆我的話。

「我沒有當過兵。因為我出道的早，我爸為了避免我的星途受到影響，所以動用他的人際關係讓我得以免役。」

「連兵都沒當過，難怪體力這麼差。」我找到機會就嘲笑他：「看你這樣子，大概也沒什麼單位容得下你。」

然而我說的話並沒有得到在場男性們的認同，「這話說得不對，嚴格來說，沒有人想去當兵。就我的經驗來看，當兵只是浪費一個人的生命，沒什麼意義。」浩淩說出他的看法。

「我當志願役夠久了，留營的時間幾乎是智商歸零。」蕭浚霖右手指著額頭。

「自己的前途固然重要，可是該還國家的義務還是應當盡責。」周宸恩聳肩，「反正過程合理合法的免役，那我也不能多說什麼。」

「周大哥你這話不對，你知道對我們來說當個兵少賺多少錢嗎？」浩淩發出噓聲。

論財產，王百威連周宸恩的十分之一都不到；論工作，王百威的工作規劃也比不上周宸恩的事業群。那麼周宸恩都為國從軍了，王百威憑什麼去躲兵役？

「我們也該出發了，百威兄現在還行嗎？」周宸恩關心道。

「十五分鐘太短，再多休息個半小時。」王百威不願再走。

「唉——乾脆找個人來背你好了，你讓你的粉絲看到你這德性，恐怕全都跑光光。」浚霖說。

「他富家公子哥，驕生慣養，不能對他期待太高。」我持續冷嘲熱諷。

「艾麗絲，妳是不是對我太過嚴苛？妳到底對我有什麼不滿？」王百威忍不住反過來問我。

「你從頭到腳沒有一處讓我滿意，我連和你一起出遊的意願都沒有。」

「姊，妳不要……」于小沛用眼神對我打暗號。

「妳閉嘴！我是妳女兒嗎？我的對象為什麼是由妳來幫我選？」

浩淩起身安撫我，「別這樣。大家一起出遊，不要把場面弄僵。」

「我還真沒見過像妳這麼難搞的女人。」王百威為自己抱屈，「我為了妳的回歸，還到處幫妳說好話，甚至去頂撞我爸爸。我吩咐大衛去幫妳接工作，我緩住妳母親不滿的情緒，我盡全力保住妳的名聲與工作崗位，有哪個男人比我對妳更好？妳可以四處問問，我有沒有對其他女人這麼好？」

「拜託，別再把你的心神放在我身上，我跟你是不可能。」

「妳這薄情的女人，妳這麼對我以後一定會後悔。」王百威咬牙切齒。

「不要以自己的觀點看世界，你這個人頭豬腦。我有交往的對象了，妳看不出來嗎？」

這句話一出，不光是王百威，所有人的目光同時聚焦到我身上。

「姊，妳不要因為一時生氣就隨便亂講，這樣會造成別人的困擾。」

「那個搶我女人的男人是誰？」王百威內心已有結論，「周宸恩，是你嗎？」

周宸恩迅速否認，「這誤會可大了，我自己都毫不知情。」

「你的眼睛很有問題，再往周宸恩旁邊看一點。」我直接指向浩淩，「就是他，卓浩淩，他是我正在交往的對象。」

因為我的一番指認，浩淩的表情和眼神瞬間呆滯，彷彿靈魂出竅，留下來的僅剩皮囊軀殼。

第十七章・真相

我不顧一切地只想繼續往前走，什麼煩躁、苦悶全拋到腦後，讓風拂去吧。

想當然爾，我沒這麼瀟灑。現實就像一名醜陋、滑稽的小丑，不斷在我面前嘲弄我。

尖銳、聒噪的女人聲總在我耳邊嗡嗡作響，簡直跟蒼蠅一樣的煩人。

我的手臂被拉住，整個人轉身後向。「卓浩淩，我跟你說話你有沒有在聽？不要悶著頭一個勁地往前走，你走那麼快幹嘛？」

「因為我不高興，我就不想跟任何人走在一起。」

「我也料到了……」小冬歉疚地問：「我沒經過你的同意就隨便公開，讓你生氣了。」

「我氣的不是妳公開交往關係，而是妳的作為一點都不像個女人。」我嚴厲地指責道：「我說過要妳改改脾氣，保持妳的氣質吧。為什麼妳都不聽我的話？妳幹嘛老是跟王百威對著幹？就算他再壞，妳可以選擇無視他，不要整天像隻鬥雞一樣那麼露骨地表現出妳的壞脾氣。妳知道嗎？我跟妳在一起最介意的就是妳那粗魯又大剌剌的行為，我都懷疑自己是不是跟個男人在交往。」

「也就是說……你不是在氣我們的關係向大家公開這點嗎？」她還搞不清楚狀況。

「雖然不是很高興，但我沒想過要反對。」我回應道：「既然是我先主動向妳提出交往的要求，那麼就表示我在這段時間是承認妳這個女朋友的存在。若是我剛剛跳出來否認戀情，我會覺得我自己很沒擔當，是個很爛的男人。」

我的回答似乎讓小冬莫名地感動，她說什麼都要抱著我。

「妳別這樣，後面還有其他人在看。而且我身體流不少汗，妳不覺得黏黏的嗎？」我彆扭地將她推開，用的力道可說是非常溫柔。

「唉呀——走那麼快就是為了親熱？」蕭浚霖像個廣播站，「你們快來看看他們。」

「真是美好的畫面，看得我都想談一場戀愛了。」周宸恩笑道。

後面的人陸續跟上，本來還很安靜的地方瞬間又聒噪起來。

「艾麗絲妳老實說，是不是故意和這男人演一場親熱戲給我看，想讓我死心？」王百威質疑。

「我才沒那麼閒。像你這種人，我根本不在乎你的感受，管你信不信。」

王百威指著我，「妳選擇這個窮又長得不怎麼樣的男人，妳那是什麼眼光？」

「你真是……看我把你那講不出好話的嘴……」

我以咳嗽示意，于小冬馬上收斂她的壞性子。雖然我對王百威沒禮貌的口氣很感冒，可是若一直和他吵下去是沒完沒了。況且他說的話全是事實，我和他比起來還真不怎麼樣。

「你管人家那麼多，別人的戀愛你有什麼資格插嘴？」浚霖哥看不過去。

「算了，我們快到加納富溪了，早點動身早點休息。」雪莉姊勸道。

抵達河溪時我馬上逃離眾人，獨自到沒人的角落以溪水洗臉。剛剛才覺得有點累，這冰涼的水一沖上臉頰和脖子後，整個人頓時神清氣爽。

王百威、浚霖哥、小冬、小沛這幾個人似乎又有磨擦，正在我的右前方三十公尺外唇槍舌劍。

周宸恩一點都不在乎其他人怎麼樣，他一個人很開心地到處走馬看花。

雪莉姊不管到哪裡都要自拍，順便拍拍周圍不錯的景色。

我看慧星一個人坐在溪邊發呆，於是走過去找她攀談。「慧星，妳會累嗎？」

慧星回過神，「不會累，體力還很充足。」

「那個……不知道委託妳爸爸的事有沒有進展？」慧星的爺爺是負責自殺案的警官，但是他已經過世一段時間了，所以只好請伯父幫忙調查當時的案件。

「這件事等我們回去後再談，我想到時候會有很好的結果。」

「這樣我就可以放心了，最近我老是掛心自殺案的事。」

「既然出來玩就敞開自己的心胸，多看看大自然，你的煩惱就會煙消雲散。」

「那當然好。」不知為何，談話的氣氛變得很冷，我忽然不知道該跟慧星聊什麼。「對了，好像很久沒看到星星，妳沒把牠帶回宜蘭嗎？」

「當然有帶回來，只是有客人來時我都把牠關在籠子裡，避免牠到處搗蛋。」

「休息夠的話就該出發囉。」周宸恩向隊伍成員喊道。由於路上遇到其他旅客，周宸恩、王百威、小冬三人不得不用布巾把自己的半臉包起來，免得引起不必要的關注。

于小沛跟了上來，「卓浩淩，你現在是不是很得意？」

我直覺于小沛又要跟我說一些沒用的廢話，「別來煩我，妳姊在後面。」

「不用你提醒。我叫你別跟我姊告狀，你偏偏把我的話當耳邊風，你已經列入我的黑名單了。」

「我一個大男人還怕妳這個女人嗎？走開，不要惹火我。」

「別以為我姊說要跟你交往你就當真，我們家一向是我媽說了算，我媽要拆散你們是很容易的事。」于小沛刻意壓低音量：「勸你最好別放太多感情進去，否則到時候分手的場面會很難看。等我媽親自見你後，你的選擇就只有兩個：被我們棒打鴛鴦或是你主動跟我姊提分手。」

「妳管好妳自己就行了。」我向前走了幾步路，接著說：「順便告訴妳，交往是我提議的。」

于小沛將瀏海撥到耳際，她那一對像銅鈴般的眼珠緊盯著我，瞳眸中映著怒火。她生氣的樣子就像個小女孩，噘起的嘴讓她更孩子氣，其實意外地覺得她很可愛。不過不能被她的外表欺騙，這個女人是個惡魔，太過接近她不會有好事。

「于小沛，妳又想說什麼廢話？給我滾離卓浩淩的身旁！」小冬在隊伍後方吼道。

于家內部似乎是一種階級的服從制度，就如同當兵一樣。于母的官階最高，其次是小冬，最末才是小沛，所以小沛只能無條件服從母親和姊姊的命令，不能有任何異議。

于小沛悻悻然地加快腳步，她正遵從她姊姊的指示遠離我。

不知道是絆到東西還是地面很滑，急著前進的于小沛一個重心不穩，身子往前跌下。

周宸恩動作迅速，一把拉住于小沛。「小心腳步，別跌倒了。」

「真是謝謝你。」于小沛的眼中閃著光芒，「周宸恩，你……」

「出門最要緊就是不要讓自己受傷，否則再怎麼玩樂都不會開心。」周宸恩見她無恙後，又繼續帶領隊伍前進。

這一絆倒會不會絆出化學反應呢？雖然這種想法很八卦，但我總覺得事態會朝有趣的方向發展。

于小沛走在周宸恩後方，她的目光一直沒從周宸恩的背部移開過。過沒多久，于小沛主動上前與周宸恩攀談，這時候的她看起來就像見到自己的偶像般興奮。

言慧星的腳步加快，她已經超過我的行進速度。這也沒辦法，我不是鐵做的，背著大背包走一段時間還是挺累人。相較之下，慧星的行囊沒那麼多，腳步自然跟著輕盈。

周宸恩一邊撥芒草一邊回頭察看隊伍的狀況，若王百威跟不上或是其他隊伍成員有任何狀況，他會馬上停止前進並回頭幫忙解決問題。就這次出遊來看，周宸恩就是最可靠、值得信賴的團隊領導者，有他的幫忙讓行程順利許多。我渴望成為他那種讓人尊敬的男人。

「言設計師，妳跟上來了，請問我可以跟妳一起走嗎？」

「好，我們一起走。」慧星語出關心，「你背那麼多東西又走那麼快，會不會很喘？」

「不會，一點也不喘。」周宸恩指出，「妳看看，我們就要到撤退池了，目的地已不遠。」

周宸恩離開于小沛身旁轉而跟著言慧星，兩人還一路有說有笑，這讓于小沛看起來不免有些失落。原來她也有這一面，還以為她對男人都沒興趣。

「唉，人家不理妳囉。」我邊搖頭嘆氣邊前進，完全不管在我身後拼命用話酸我的小沛。

蓊鬱的綠草地在腳尖前向四面八方鋪開，波光粼粼的加羅湖近在眼前。

今天的天氣涼爽，氣溫適中，是露營的最佳時刻，我們果然挑了一個好日子出遊。

走近湖畔見水霧泛起，碧綠清澈的湖水一如降世的仙女般美麗。遠方樹林交錯，形成一幅高山綠林的遠景，美得讓我忍不住拍照擷取這片風光。

山上空氣清新，走在其中讓人心曠神怡。直到看見這片湖光山色後，這才讓我有遠離塵囂的解脫感，果然去郊外踏青是一種很好的壓力紓解方式。

「哇——這麼漂亮，不枉我們這一趟花費力氣來此。」周宸恩深吸一口清涼的空氣。

我們來的時間不算早，冒出頭的太陽很快就躲入雲層中，水霧不斷升起漸濃，看來這裡很快就會變成雲霧裊繞的景象。趁此之前，應該多把這美麗的景色盡收眼底。

「好一段時間沒來了，這裡還是很漂亮。」雪莉姊驚嘆。

「就是要來這種地方才能忘掉平常工作上的煩惱。」浚霖哥說。

「喂，你們忘記這是我提議的嗎？聽我的話果然沒錯。」我不屑地瞥向王百威。這個人在中途差點走不動，只差我們沒丟下他而已，居然還有臉跑出來自誇，臉皮厚如城牆。

王百威環顧四周後，發出冷哼：「加羅湖真是聞名不如見面，果然是好山好水好無聊。」

「趁著天氣還很好的時候我們趕快來搭帳篷。」周宸恩卸下背包，開始整理東西。

「喂，我們到樹旁再搭，我看左前方那裡沒人。」王百威指出。

「為什麼要遠離湖邊？」雪莉姊問。

「笨蛋，我們是明星，跟其他遊客的帳篷混在一起很不方便。」

小冬難得沒反駁王百威的話，只是她也不會公開表示讚同王百威的意見。

「我想這也是沒辦法的事，因為我們的關係就請各位多擔待，不好意思。」周宸恩都這麼說了，其他人也不好表示意見。

我和浚霖哥、周宸恩三人負責組裝帳篷，女孩們去處理晚餐前的準備工作。

「那個誰，你過來把帳篷搭在我這個地方。」王百威指著我的方向。

「你叫誰？是我嗎？」

「就是你還有誰？我就是叫你。」他的口氣非常沒禮貌。

「我不叫『那個誰』，我叫卓浩凌。」

「隨便啦。那個誰，你把帳篷搭在這裡，今晚我要進去睡。」

「三個小帳篷分別只能睡三人，你一個人獨佔一個帳篷，那豈不是另一個帳篷得擠四人？」浚霖哥看不過去，出聲制止王百威的自私行為。

「我才不管你們，反正我是沒辦法跟其他人一起睡。」他語氣一轉，「當然，若艾麗絲願意和我睡在一起，我倒是不怎麼介意。」

「真是王八蛋！」浚霖哥眼看就要動手。

「好啦，那個帳篷就讓給百威兄睡，剩下的帳篷你們自己去分配。」周宸恩勸阻道。

「你不睡帳篷要睡哪裡？」浚霖哥問。

「難得出來玩，我打算去夜遊。累了的話我也有睡袋，不用擔心我。」

「睡袋讓給那個王八蛋睡，你要睡就睡帳篷。」浚霖哥不客氣地說：「東西都是由你來準備，那個王八蛋光會出一張嘴，幹嘛讓他過那麼好？」

「你啊，不要以為跟艾麗絲交往很了不起，明星都是喜新厭舊的，等她對你感到厭膩，馬上就會把你甩掉。」王百威繼續對我頤指氣使，「還看什麼？快把帳篷搭好，還要我催你嗎？」

我真想把大背包直接甩在他的臉上，「講話客氣一點，我欠你的嗎？」

「算了，百威兄的帳篷我來幫他組裝。」周宸恩自願幫忙。

就連于小沛都在她姊姊的壓力下動手幫雪莉姊的忙，反觀王百威什麼事都不想做光會享受，真是一隻沒用的米蟲。為什麼像他這種人還可以當明星，他的粉絲們是不是瞎了眼？

五點過後，加羅湖附近的霧變得很濃，水氣也很重，恐怕到了晚上氣溫會直線下降。

晚餐有雪莉姊和慧星兩人負責，不用太擔心食物的味道。

我真是不知道為誰而忙，王百威可以好吃懶做成這副德性，為什麼我得在一旁辛苦的忙東忙西。大家一起出遊，偏偏有人出來當大少爺，有人就得當傭人，而且還沒領錢，幹嘛這麼作賤自己？

周宸恩毫無疑問是個露營專家，他很快地幫王百威搭好帳篷，剩下的時間還能過來幫忙手腳遲鈍的我及浚霖哥完成工作。

「我們兩人根本是多餘的，有你一個人就可以搞定所有工作。」浚霖哥說。

「我一個人怎麼行，大家要合力才能早點把事做完。」

「你說要合力，可是我看某個人什麼事都不做，只要別人幫他打理好。」浚霖哥意有所指。

「施比受更有福嘛。」

「這句話的原意都被扭曲了。」我攤手道：「同樣是有錢人，怎麼你們兩人差那麼多？」

晚餐還沒準備好，王百威已經先過去指指點點。「那個我不喜歡吃，妳們弄好一點。」

「我警告你，再不幫忙光會在一旁說風涼話，你就自己去一旁吃泥土。」小冬怒道。

「我是好心給妳們建議，東西好吃大家也會開心。」

「但是我們看到你不會開心。」蕭浚霖把他趕到一旁，「走開，這是我的位置。」

晚餐是以蔬菜為主的火鍋，裡面的肉類分別為豬和雞肉。氣溫轉冷，果然還是要吃溫熱含湯的食物才能讓身體保暖。

大家圍成一桌用餐，伴著桌面上熱騰騰的火鍋，這樣的場景讓人倍感溫暖。

「你愛火鍋愛成這樣，連出來露營時準備的食物還是火鍋。」小冬抱怨周宸恩。

「不是我愛吃火鍋，只是這樣弄比較簡單啊。有湯頭然後再把食材丟進去就可以吃了。」

「那個誰，幫我夾那塊肉。」王百威這次是對雪莉姊說。

浚霖哥用自己的筷子敲他的筷子，「不會夾就別吃！」

小冬為我夾菜，「來，你吃這個。」

我注意到眾人的目光，於是低聲提醒她：「別這樣，想吃我自己夾。」

「真好，還有個好女朋友為你服務，像我這樣的名人都得自己夾。」王百威酸道。

慧星剛刷下一塊肉，待肉熟了正要夾起之前，王百威竟以碗將肉搶走。

「你沒救了，連這樣都要佔人家便宜。」小冬罵道。

慧星面無表情地注視著王百威，隨後當作什麼事都沒有發生，繼續安靜地吃她的晚餐。

「咦，妳是剛剛跟我們一起上山的成員嗎？」王百威問慧星。

「你在說什麼？慧星從一開始就跟著我們一起出遊。」我回答。

「那我先前怎麼沒看到她？」

「你的速度跟烏龜沒兩樣，又怎麼看得到人家？她可是一直在隊伍最前方。」浚霖哥說。

王百威放下碗筷，專心地看著她，「妳叫什麼名字。」

「言慧星。」她答道：「言是語言的言。」

「那慧星是哈雷慧星的那個慧星？」

「對。」

「又拗口又特別的名字，妳……」王百威像要說什麼，卻沒說出口。

我一點都不在意王百威想做什麼，只想趕快結束晚餐，離王百威遠遠的。

「告訴你們，這是公共場所，有垃圾不要隨便亂丟在地，請自行拿回。」我附帶一提，「不用懷疑，這句話就是對浚霖哥還有王百威你們兩人說的，請發揮我們的公德心。」

「幹嘛這麼嚴肅？」浚霖哥一臉懶得把剛丟掉的飲料罐撿回。

「說得對，別把垃圾留給其他遊客。」周宸恩和我一同收拾這兩人隨手拋棄的垃圾。

用餐結束，眾人稍作歇息後，雪莉姊和慧星及浚霖哥一塊收拾餐具。王百威拉著于小沛不知道在一旁說什麼。至於周宸恩是一刻也閒不得，拿起手電筒就獨自去夜遊。

我和小冬坐在湖畔看著漆黑的夜景，今夜的星空很黯淡，本來我還期待能看到滿天星斗。于小冬怔怔地望著天空，什麼話也不說，坐在她身旁的我都能感覺到她心事重重。

「妳在為王百威的事煩心嗎？」

她思索一會後說道：「那種人值得我為他操煩嗎？」

「那妳為什麼鬱鬱寡歡？是不是還在為試鏡的事不開心？」

「你已經知道了，那我也不用多解釋。」

我知道這對小冬來說是個打擊，但我不認為這有嚴重到需要鬱悶兩天。「妳的心態好脆弱。是不是越高學歷的人就越受不起挫折？還是妳拒絕承認失敗，認為別人沒採用你是他們沒眼光？」

「卓浩淩，你懂什麼？老實說，昨天我和你吐露心情時，你沒安慰我就算了，我最不能忍受你對我冷嘲熱諷。既是我的男朋友，你不能偶爾對我好一點嗎？」

果然，她還在介意試鏡失敗的事。我承認我當下沒有馬上出言安慰她的原因是我的心情也不好，畢竟才剛從工地回到家，渾身疲勞痠痛，誰還有多餘的心力去安撫別人呢？其次，在我的觀點看來，這不是什麼非常重要的事，自然就被我隨意帶過。三來，我不是個善於說話的人，萬一弄巧成拙，反而惹她生氣加深我們兩人的矛盾，不是得不償失嗎？「對妳來說，什麼叫演戲？」

「當然是我的全部，我投注我所有心血去專攻的技能，可以說是我的人生。」

「既是人生，那就該知道人生不如意的事十有八九，一次的受挫算什麼？」

「你把話說得很簡單，我卻沒有辦法簡單看待。」

我望著已經漆黑一片，化作靜淵深潭的加羅湖，隱約覺得湖中是不是藏著什麼水怪或蛟龍？每當自己有這種想法時，總會覺得人類十分的渺小。「人類真是庸庸碌碌，都已經出來玩了還放不下都市的煩惱。妳既然把演戲這回事當人生，那應當知道人生中的每一個經歷都是寶貴的經驗，從失敗中找出錯誤並加以改進才是好的方向，而不是一味地消沉下去。妳不能接受失敗只是因為妳的好勝心作祟，認為自己付出很大的努力，應該取得很好的成果。」

「難道我不能這麼想？有付出心力，當然會期望有好的結果。」

「妳是可以這麼想，反正我的意思只是要妳別繼續鑽牛角尖，過去的事就過去了，不管發生什麼不好的事都要為自己設止血點，免得讓負面情緒將妳侵蝕的體無完膚。」我望著湖面說：「我雖然不懂演戲的技巧，可是對我來說，能讓我覺得演技很好的人只有周宸恩一個。」

「那是你沒看過我演的戲，我建議你應該去看……」

我打斷她，「不，我不是指戲裡，而是戲裡戲外都扮演最好的角色的人唯有周宸恩一個。妳試著想想，像王百威那種傲慢的傢伙或是像妳這般脾氣暴躁的女生，和男女主角的形象襯嗎？是很不合才對吧？如你們這樣形象的人，在戲裡就只是落得個滑稽的配角；像周宸恩這樣人人稱羨，能讓我們崇拜的人才是主角命格。」

「別把戲裡戲外的事混為一談。」

「戲如人生，人生如戲。這可是妳自己剛剛說的話。」

「你的意思是，周宸恩都在演他自己囉？那也能算是演技嗎？」

「既然是人生，那能演別人就能演自己。我認為妳的人生要多點歷練，才能更加豐富妳的演技。應該有人跟妳說過，要模擬他人最好的方式就是觀察，看別人的舉止去思考他的行為模式，想想對方為何會有這樣的言行，以自己的判斷來做最好的消化才會變成演技。我想不擅觀察他人的演員一定不是個好演員；連自己都演不好的人就更別提了。」

「哇——天啊，我一個專業的演員為什麼要坐在這裡聽你這個觀眾教我演戲？太荒唐了。」

「我不是教妳演技，我是叫妳演好自己。」我解釋道：「不是有那種演員嗎？戲裡風光，戲外的人生卻相當落魄，甚至困於憂鬱症而自殺。我不想看到妳最後以這種形式讓人生劇場落幕，我也不想要我的交往對象是個跌倒不能爬起來的失敗者。于小冬，如果妳還有自覺的話，該要知道現在妳的工作之一就是扮演好『我的女朋友』這個角色。」

「真是的，我以為你要說什麼？長篇大論的講一堆廢話，你不能把話說得直白一點嗎？什麼時候變得那麼愛說教？」

「妳以為我喜歡？我根本不會安慰別人，妳現在知道我講話的技巧有多差了吧？」

她笑道：「也不是很差。至少我現在心情好多了。」

「唉唷，我幹嘛要在加羅湖前跟妳口沫橫飛的說這些話？」

「有什麼關係，至少我知道我的眼光還不錯。」小冬問：「看你說一口好戲，難怪國小能跟我一起對演。你還記得我們以前演過什麼嗎？」

「京劇啊，就是那個叫什麼……」

「是四郎探母的坐宮選段。你還記得怎麼唱嗎？」她清清喉嚨，隨後揚聲唱道：「聽他言嚇得我渾身是汗，十五載到今日才露真言……」

「別唱別唱，我忘得一乾二淨了。」其實我還記得台詞，但我真的唱不下去。

一條黑影如鬼魅般悄然溜到我們身後，但對方並沒有任何舉動，只待了一會便轉身要走。

「慧星，是妳嗎？」
「這麼黑，你怎麼知道是言慧星？」小冬問。
「我聞到慧星身上散發出來的特殊香味。」
「你是狗嗎？還會聞別人身體的味道。」小冬諷道。
慧星在我左手旁坐下，「我在想自己是不是打擾到你們兩人？」
「沒有啦，妳可以坐下和我們一起聊天。」我故意問小冬：「她可以坐在這裡吧？」
「又不是我買的地，想坐就坐。」她雖然不情願，還是只能接受。
「現在于小沛讓我覺得不高興。」慧星說。
「我那個惹人嫌的妹妹幹了什麼好事？」
慧星沉默不答，她似乎不太喜歡「告狀」這回事。
「妳真要叫小沛適可而止，王百威是愛麻煩別人做事，小沛則是愛找別人麻煩，這兩個人真的應該配成對。妳們于家的女孩怎麼個性都那麼衝？」我抱怨道。
「這你也可以怪我？我根本不能完全約束她的行為。」小冬語氣透著無奈。
「慧星幫我們不少忙，沒報答人家就算了，至少也別給人添麻煩。」
「說到此，慧星不是要回家去問她爸爸關於黑牆鬼屋的案件嗎？」小冬問。
「妳總要給人家一點查資料的時間吧？等回家後再說。」
「關於凶宅的事……我有隱瞞你們的部分。」慧星抿嘴道。
「妳隱瞞什麼？」我不了解她的意思。
「就是關於鬼魂的事……」

「妳又要講妳能跟死去的爺爺們交談的事嗎？如果是要編這種誇張的故事，那妳不用跟我們解釋。」小冬砸嘴道。

「我的確曾經跟鬼魂聊過，而且知道你們和它們之間的關聯。」慧星答道。

「那妳怎麼不直接問它們的死因呢？這樣我們就不必大費周張地去查了。」小冬問。

「我之前解釋過，鬼魂遺留在人世是有它們的原因和羈絆，而死因並非它們仍徘徊在屋子的主要理由。嚴格說來，你們說我能跟它們交談是不對的，因為鬼魂只是一種意念或是死有未甘的怨念，它們的留下是為了向其他人傳達它們的訊息而非和人溝通。因此像我這種靈媒的作為並不是讓鬼魂附身或是代表活人和它們溝通，我的主要工作是——接受鬼魂的訊息及感受它們的怨念。」

「你聽得懂她在說什麼嗎？」小冬問我。

我搖頭，「有聽沒有懂。那麼鬼魂留給妳的訊息跟我們有關係嗎？」

「當然有，因為你們正是那兩名自殺鬼魂的轉世。」

「騙人。」小冬叫道：「別鬼扯一通，妳在危言聳聽！」

被她這麼一說，我真是背脊發寒。「妳認真的嗎？」

「那兩名死者的名字分別是李雲昇及江祈名。」慧星先看著我，「你是李雲昇的轉世。」她再看向小冬，「妳是江祈名的轉世。」

「我的前世是男人？妳有沒有搞錯？」小冬非常難接受事實。

我扶著前額，一個荒謬又可笑的念頭正衝擊著我。「原來這就是我們天生會唱那首歌的理由。原來這就是我能在屋子裡聽到爺爺們聲音的理由。原來這就是我一直以來在心理排斥妳的理由。」

「妳相信言慧星說的鬼話嗎？」小冬愕然。

「不——我覺得我可以讓這一連串的疑問找到解答，而且爺爺們當初對我說的話以及它們的輪廓在我腦海裡漸漸變得清晰。」

「這是事實，我並沒有說謊或加油添醋。」慧星堅持道。

「我們的關係好不容易有進展，妳卻在這時候講這種鬼話造成我們的矛盾，妳根本是包藏禍心。」

慧星和小冬在我耳邊起了爭執，但是她們的吵架聲就像輕風般拂過，我絲毫不在乎她們的吵架內容，畢竟在我腦海裡盤旋的爺爺們更讓我倍感衝擊。

「卓浩淩，你在發什麼呆？」小冬的聲音把我拉回現實。

「我……我實在是……」

「到底有什麼好煩惱？就算言慧星沒說謊，那也都是前世的事，現在我可是貨真價實的女人。」她迅速地拉著我的右掌貼向她的胸部。「你摸摸看，這會是假的東西嗎？」

我嚇了一跳，連忙將手抽回。「妳在慧星面前幹什麼？」連慧星都忍不住倒抽一口氣。真是的，她到底在想什麼？雖然觸感很不錯，但這不是在這種場合該做的事。

「你的腦袋被過去的鬼魂給迷惑住了，我只是想把你拉回現實。」小冬問：「你現在還有什麼好混亂？要不要我乾脆把衣服全脫了讓你看個清楚？」

「不好意思，我覺得有點不舒服，我還是先回帳篷休息好了。」我對慧星說。隨後轉頭就走。于小冬在途中追上我，她堅持不死心的要跟我把事情談清楚。「喂，你千萬別因為言慧星的話就對我產生動搖，你這樣讓我很不安。」

「不是，我是真的覺得有點累。早上那麼早起，又辛苦的一路走來加羅湖，會想睡是正常的。」

「好，那在你休息之前給我一個擁抱，然後大家各自去休息。」她張開雙臂迎向我。

「有必要嗎？我覺得天氣有點冷，想早點抱枕頭跟棉被。」

「藉口！連一個擁抱對你來說都那麼難嗎？」

「妳別動怒嘛，我相信剛剛慧星說的話或多或少對妳都有影響。妳不覺得爺爺們的聲音就像錄音帶一樣不斷地在耳邊撥放、倒帶再輪迴嗎？爺爺們的形象和他們記憶中的畫面則以黑白照的形式如跑馬燈般，一張又一張映在腦中。」

「是又怎麼樣。」她承認了。在慧星揭開答案的同時也得到從前的感應。「不過我想這只是一種假象，非常荒謬的幻覺現象。」

「『跟我交往的是一個男人』，這樣的念頭在我的意識中紮根，要我怎麼能不受影響？」

「不要相信就不會受影響了。既然是擺在眼前的事實，有什麼好懷疑的？我絕對能跟你在一起，而且我們兩人走在一起不會有人投以異樣的眼光，生兒育女也不是什麼問題。」

「我知道沒什麼問題，現在問題全出在我身上，以前那種『不知為何而來的排斥感』再度回來了。我知道對妳很抱歉，可是……妳讓我一個人想想好嗎？」

小冬對我感到無比失望，她的表情由不安、困惑再轉為憤怒。「你是個沒用的男人，我永遠不會改變對你的評價了。假如前世的事為真，那麼我想我知道我們是怎麼死的了。一定是我先殺了你，然後再自殺。但是現在我不會對你這麼做，因為我沒必要為了你這樣的膿包賠上自己的前途。」

「很對不起，我想我還是……」

她沒有讓我繼續說下去，「你不用再說了，什麼一次、兩次的約會都可以省下來。」接下來是數秒的沉默，這樣的氣氛讓人感到悲傷與遺憾。「不用等到出遊結束，我們現在就分手吧，這也比較符合你我的心意。」

「沒能兌現我自己所說的話，我非常的慚愧。」我根本不敢和盛怒的小冬對視，只能懦弱地逃離現場。我們結束了這一場壽命極短的戀情，然而我卻逐漸被無盡的空虛感給吞沒。

第十八章・歸程

身為一名堅強的現代女性，我應該要帥氣一點的看待一場戀愛。戀人之間的分分合合是極為平常的事，果斷地當分則分才是成熟的表現。

我不想讓卓浩淩覺得我對他還有任何的眷戀，也不想讓他以為我沒了他就不行。我是于小冬，也是有名的演員艾麗絲，我可以自由地支配我自己的戀愛。

卓浩淩是個讓人惱怒的笨蛋！雖然如他所說，我確實因慧星的通靈能力感知了部分關於黑牆鬼屋的事實。但那又怎麼樣？卓浩淩以此為藉口當作分手的理由讓我很難接受，我情願他是移情別戀。

事已至此，我不想再回頭了。其實我對老是容忍、遷就卓浩淩一事漸感沒耐性，少了他可以讓我不必再過著被無形的阻力給約束的生活。

我快步邁開，想回到露營帳篷。只要埋頭就睡，等天一亮我們一起下山後，大家就再無往來。

「你居然敢真的這麼對我？去你的死工人！」一回來就看到王百威氣急敗壞地破口大罵。

「是你要求我才這麼做的，你怪我囉？」簫淩霖只是砸砸嘴。

「我要你立刻跟我道歉，不然你就死定了！」

「哦？你講這種話的意思是想和我打架囉？」他捲起袖子，「來啊，你打我一下我就揍你一拳，很公平吧？我們來比比看誰先倒下。」

「你知不知道我爸是誰？」

「你媽的……現在要打架還搬你爸出來幹嘛？我管他是誰，你打不打？」

王百威強忍怒火，「我不會跟你這下三爛的人一般見識。」

「沒膽就說，還講那麼好聽。」蕭浚霖得逞地笑道：「你現在可以有兩種選擇，要嘛就過來和我們一起睡，要嘛就與大自然為伍，看你要睡草皮還是樹底下我都不管你。」

「咦？百威兄不是要自己睡嗎？怎麼突然要換帳篷了？」周宸恩的臉和衣服沾有髒泥，不曉得他到底跑到什麼地方夜遊。

「不要——」一道尖銳又高亢的女聲傳來。我朝聲音的來源看去，于小沛正驚慌失措地躲到劉雪莉身後，「雪莉姊，拜託妳叫她走開！」

「怎麼了啦？妳在怕什麼？」劉雪莉感到納悶。

「晚上就妳、我和姊姊三人一起睡，叫那個女人自己去別的地方睡。」小沛眼神充滿恐懼。

小沛口中的「那個女人」，指的是站在一旁拈嘴賊笑的言慧星。

「妳們兩個是不是吵架啦？」劉雪莉問。

「不……不是，那個女人根本不是個人。」我很少見到小沛這種慌張害怕的模樣。她的個性與我相近，又是個女警，照理來說不會去怕言慧星那種手無縛雞之力的弱女孩才對。

言慧星輕咳一聲，「我不喜歡多嘴多舌的女孩。」

話語一停，小沛竟罕見地噤口不語。言慧星到底對她做什麼，竟可以讓小沛怕成這樣？

先不論慧星做了什麼事，反正錯一定是在小沛身上，我根本不想護航她，她是咎由自取。

「三頂小帳篷有八個人要睡，那就是浩凌和艾麗絲一起睡，剩下兩頂就三男三女分開睡。」蕭淩霖正劃分大家睡覺的地方。

「不要，我說過我不想和那個怪物睡在一起，誰知道我早上起來會變怎麼樣？」小沛的情緒激動到讓她的鼻頭泛紅，即便用露營燈也能看得清清楚楚。

「那不行，一定有一頂帳篷得是男女合睡，當然就讓是男女朋友組合的人去睡比較不會有爭議。」蕭淩霖一點都不想和他們廢話，「照我的話去做，否則于小沛妳和王百威晚上就在外面抱著一起睡。」

「我可以和言慧星一起睡。」王百威說。

「你不要去荼毒別的女孩。」蕭淩霖怒道。

「怎麼回事？我一夜遊回來事情就變那麼複雜？」周宸恩輕笑道。

「你要和言慧星那個怪物一起睡我沒什麼意見，不過我以朋友的立場勸你最好三思。」小沛說。

蕭淩霖回頭問我：「妳和浩淩一起睡，沒意見吧？」

浩淩比我先離開湖邊卻比我晚回露營地。「要我和小冬一起睡？」他詫異地問。

「我要跟雪莉姊和慧星一起睡。」我表示。不用卓浩淩開口，我直接幫他拒絕。

「那妳要叫妳妹和王百威同睡在一起嗎？我是沒什麼意見。」蕭淩霖問。

這下換小沛開始猶豫了。「不能安排好一點嗎？」

「你們很囉嗦，到底要怎麼樣才能睡？」蕭淩霖不耐地問。

儘管很難以啟齒，但我認為應該跟大家宣告我們分手的事，「關於這點……」

「不用把事情搞得太複雜，我和小冬可以一起睡。」浩淩居然說了令我意外的回答。

「大家都聽到啦？沒什麼意見就照這樣安排，該刷牙洗臉的、該吃東西的、要睡覺的就去睡。」

卓浩淩這是在做什麼？難道這是他欲擒故縱的表現？我懷著憤恨又期待的怪異心情進帳篷。

「你幹嘛不跟他們說清楚？你是想讓我覺得我們還有發展的可能嗎？」

卓浩淩正拿扇子向帳篷外扇風，「妳不覺得裡面充滿殺蟲劑的味道嗎？」

確實還沒靠近就聞得到了，而且非常濃厚。這頂帳篷似乎是王百威原先要睡的那頂，難怪他突然間又不睡裡面……仔細一想，該不會是蕭浚霖故意整王百威吧？「我不想跟你一起睡。」

「那也沒辦法，妳看到剛剛的情況了，再挑三揀四就換我們去睡外面。就一天而已，彼此忍耐一下。」待氣味稍微散去後，卓浩淩背對著我躺下入睡。

我真的可以若無其事地渡過這一夜嗎？望著他的背部不禁讓我悲從心生，這個男人連第一次答應我的約會都沒有兌現，莫名其妙的開始也要莫名其妙的結束。

「走開……我不要看到你。」我的聲音變得哽咽，眼睛逐漸被淚水沁濕朦朧。光是和他待在一起就夠讓人難過傷心，根本沒辦法和他睡在一起。

卓浩淩坐起，「妳、妳在哭嗎？」

「為什麼剛剛不直接跟他們說出事實，你這個自私的人是不是怕丟臉？」為什麼我要哭給他看？這樣我故意假裝大方、假裝若無其事的樣子一下就被看穿了。

「我不是顧及自己的顏面，而是顧及妳的面子。以妳的個性，我若說出實情妳覺得妳拉得下臉嗎？」他長吁嘆氣，「我現在講的話也許會被妳當藉口，可是我原先的計劃不是這樣，我沒有做好和妳分手的打算。而且……我們大可等到旅行結束後再分手，這樣王百威就不會隨便找藉口再接近妳。」

「王百威怎麼樣跟你什麼關係？都已經分手了，不要再假裝關心我。」

卓浩凌低著頭，似乎不想讓我看到他尷尬的表情。「說得也是……又不是戀人，我還多管閒事。明明是我自己用那麼不像話的理由疏遠妳，我還有什麼臉面對妳。仔細想想，或許離開了我對妳來說才是好事，有很多比我優秀的男人，例如周宸恩……」他頓了一下，「對不起，是我做錯事，今天我會罰我自己去外面睡。」

不知道是不是被卓浩凌的情緒感染的關係，我瞬間變成一個軟弱又懦弱的女人。「不要走，我收回我的話，我不要跟你分手！」

「妳這樣讓我好自責，是我把妳變得這麼悲慘。」他哀嘆道：「所以我叫妳給我一點時間讓我想想，到旅行結束後再來好好討論都可以。」

我噙著淚光，「給你時間考慮，你就不會跟我分手了嗎？」

他的臉色再度變得黯淡，「我不能給妳任何保證。」

那天晚上我依然無可救藥地在浩凌的擁抱下入眠，我像個孩子似的依偎在他的懷中，感受他身體的溫暖以及被他的雙臂環住的安全感。

以前我看著愛情戲裡為男人痴狂的女人總取笑她們的愚蠢，卻沒想過我有一天會變成這樣的角色。我很討厭這樣的自己，也不能理解我為何會為愛情屈服。難道這算是我的報應嗎？我和小沛折騰了卓浩凌那麼多次，現在的我就是在還清欠他的債。

我的抽噎聲慢慢止住，猛襲的睡意讓我的眼皮漸重，睡神隨之將我的意識帶往夢境的世界。

在那裡，我看到了西裝筆挺的卓浩凌，他面帶微笑地捧著一束花走向我。而我從他的手中接過那束花，並被他熱情地擁著。

我和他面對加羅湖一同唱著夢之歌，湖泊、山林、天空都成為我們的聽眾。
真是諷刺，我們的關係這麼不好卻還能作這種美夢。
但是我有預感，我們最後會修復彼此的關係，他肯定會再次接受我。
翌日，我起床後已經沒看到浩凌，取而代之的是帳篷外的混雜吵鬧男聲。
我摸索著尋找水壺，喝一口清涼的水後稍微能提振精神。
「收拾快一點，我晚上還有通告，得早點回公司。」王百威催促道。
「你晚上有通告可以直接走，催我們幹什麼？」蕭浚霖忙著拆卸帳篷。
王百威和我打招呼，「艾麗絲，妳早啊。我爸今早有打過電話給我，她希望妳能跟我一起回公司，大人有大量的他決定不計前嫌，期望妳能改變心意。我爸還特意吩咐大衛要好好地安排妳的行程，一切以妳之意為主。怎麼樣，我想妳應該不會拒絕吧？這可都是我幫妳多說好話的關係。」
王豐不像是這麼豪爽的人，其中必定有文章。我稍微思考一下，難道會是那天我對他說的話起了作用？可是當時他的態度明明就很強硬，為何現在說變就變？
我不論怎麼想都只有一種可能——王豐是作賊心虛。他打算以利誘我，把我騙回公司後再想辦法讓我永遠不再繼續調查自殺案的後續。況且我若安份地待在他的眼皮底下，他就能隨時監控我。
「怎麼樣，妳還有什麼好考慮？我爸可是誠心要請妳回去，他也不再需要妳的道歉。」
「是我該向王總討一個道歉，你別搞錯了。」我堅持道。
「艾麗絲，做人要知進退。我爸是個有身分地位的人，既是妳的上司又是妳的長輩，難道妳要他向妳卑躬屈膝不成嗎？」
「幫我帶話給王總，只要他願意回答我的問題，我隨時都能回公司。」

王百威緊皺著臉，「什麼問題？我可以幫我爸回答妳。」
「你這笨蛋，把我的話帶回去就行了，我才不需要你的回答。」
「不識抬舉的女人。」王百威不再理會我，「東西到底整理好了沒？拖拖拉拉的。」
「好了好了，我們等一下就可以離開。」周宸恩說。
王百威打了個大哈欠，「好累啊，我早說不要跟你們睡在一起。我這個人本來就很淺眠，有人在我旁邊我會睡不安穩。那個蕭淩霖睡沒睡相，整個晚上像隻蟲一樣扭來扭去；還有周宸恩，我真沒想到你睡覺時居然會有鼾聲，吵到我都不能睡。」
「真的有很大聲嗎？我都不曉得這種事。」周宸恩不好意思地說：「真抱歉，可能是我最近壓力太大，所以睡覺才會打呼。」
「大不大聲根本不重要，重點是你吵到我了。」王百威哼道。
同樣因睡眠不足而疲倦的人還有于小沛。
「天啊，我昨晚根本不敢入眠。」小沛有氣無力地說。他的模樣很憔悴，好像瞬間老了不少歲。「我受夠這個鬼地方以及這些連夥伴都算不上的陌生人了。我現在想早點回家睡覺。」
「有人連睡都睡不好，有人卻和男朋友躲在帳篷裡，甜甜蜜蜜的渡過春宵。昨晚一夜風流，說不定過陣子就有喜事傳出來了。」王百威意有所指地嘲弄。
「王百威，你嘴巴最好放乾淨一點。」我警告他。
「不是吧？我覺得我姊的眼睛好像腫腫的，像是哭過一樣，看起來狀態不太好。」
「女人我見多了。初夜會哭是正常的，一種是喜極而泣，另一種是因疼痛而哭泣。」
周宸恩表情僵硬地說：「百威兄，這種話會降低你的水準，最好不要再說。」

「我們的帳篷被幾隻討人厭的蚊蟲侵入，搞得我睡不好覺。既然睡眠品質不好，眼睛浮腫也是很正常的事。」我盯著王百威，「不是每個人都像你一樣齷齪，和女人在一起只想著做愛。」

王百威不服氣地辯稱：「這算什麼齷齪？妳以為妳是怎麼出生的。」

「好了沒，還在吵什麼吵？你叫我們快點收拾，結果你自己在這邊廢話連篇。」蕭浚霖將大背包丟到王百威面前，「這是你該背下山的東西，這次絕對不會有人幫你。」

「我又不是腦袋有問題，誰要背這個又沉又重的東西下山？」他嫌惡地說：「反正東西不是我的，要是沒人背的話就直接扔在這裡也無所謂。」

周宸恩一如往常地自願當個好人，「回程我可以背，沒什麼差別。」

劉雪莉見狀，直接擺出嚴厲的姿態。「你是出來當大少爺的嗎？我們可沒有義務一直伺候你。」

「我想做什麼就做什麼，你們無權管我。」

劉雪莉氣得揪住王百威的鬢角，「年紀小的弟弟就該聽姊姊的話，我真想知道你爸爸怎麼把你教得這麼沒家教。」

「好痛，妳要幹什麼啦，放開我！」他連連哀道。

「你回去之後要做什麼我們管不著你，在外面你就要聽長輩的話，知不知道？」劉雪莉把背包推給他，「下山之前我會好好盯著你，你哪裡都不能去。」

「不背行不行？我上山的狀態你們全都有看到，這會累死我的。」

「你就是欠缺磨練，多做點體能訓練對你才是好事。」她又再次扯王百威的鬢角，「姊姊叫你做就做，不要頂嘴。」

沒想到劉雪莉強硬起來，意外地能壓制住王百威。

「走了，我們要回去了。」卓浩淩準備妥當，「妳的臉色很不好，昨晚是不是做惡夢？」

正好相反，「可能睡不習慣帳篷，身體還有點痠痛。」夢中的浩淩真是太讓我傾心了。

「哈哈……看到了沒？我和雪莉就是王百威那小王八蛋的剋星。」蕭淩霖得意地說。

「你昨天到底對他做了什麼？」我好奇地問。

「沒什麼，因為昨晚有點蚊蟲，我只是稍微噴一點點殺蟲劑，王百威就一臉作嘔還躲得遠遠的，一看就知道他怕這種味道。」蕭淩霖惡作劇地說：「所以我就找藉口說他帳篷裡有蟲，接著把殺蟲劑全噴進去。那王百威就跟蚊子沒兩樣，倒在地上四腳朝天了。」

「你知道我們那頂帳篷簡直不能睡人，那個味道到凌晨都還驅之不散。」浩淩怨道。

「為了讓那個屁孩得到教訓，只好請你們多擔待點。」他哈哈大笑。

過沒多久，王百威又開始沒事找事做。「我們不能走這一條路。」

「喂，你真的要講不聽嗎？」蕭淩霖擺臉色給他看。

「現在回去的人比較多，我們幾個明星不想被人認出來，可是又不能拖延回去的時間，所以我想可不可以改另一條路？」

周宸恩眉毛揚起，「這不是個好選擇。你知道在加羅湖這裡常常會有人迷路嗎？」

「不會這樣啦，你們對自己的方向感沒自信嗎？告訴你們，條條大路都能通回家，跟著我就對了。」王百威一意孤行地背著大背包，一個人走進另一側的芒草區。

眼看他的身影消失眼前，眾人皆不知該如何是好。

「喂喂，那現在怎麼辦？那個笨蛋不懂又愛裝專業，我們會被他害死。」蕭淩霖問。

「我們不能讓他一個人到處亂走，這樣很危險，快把他找回來。」周宸恩遂跟著進入芒草區。
「那我們呢？」我愣在原地。
「我怕他們會出意外，還是跟上去好了。」浩淩說。
浩淩既然選這條路，我沒理由不跟，於是也朝他們離去的方向前進。
結果一跟二、二跟三，到最後七個人都被王百威那個笨蛋帶往別條路。
「為什麼這世界上老是由業餘來霸淩專業？」蕭浚霖不滿地問：「我們幾個都有登加羅湖的經驗，卻被一個初來乍到的新手帶著走，真不像話。」
「你和雪莉姊要多教教他。」浩淩給予暗示道。
「再怎麼會教，不受教的孩子就是不受教。」
「講這種話的你們好像王百威的父母。」浩淩輕拍蕭浚霖的肩，「你和雪莉姊有沒有進展？這一趟可是為了你們兩人才成行。」他悄聲問。
「原來你們是情侶關係？」我訝道。
「有些事不是光用嘴說，要實際行動才行。」蕭浚霖表示：「昨天晚上不知為何特別讓我回味。」
「你不用暗示了，我是個聰明人，聽得懂。」浩淩笑道。
我留意到不管言慧星走到哪裡，小沛總是在躲著她。
「妳到底對我妹做了什麼事？」我問慧星。
「什麼事也沒有做，我不曉得她懼怕的原因。」慧星回答。
「她不可能無緣無故受到驚嚇，妳是不是揍了她一頓？」我接著說：「雖然是我妹妹，我也知道她有多討人厭，因此我沒打算為她護航。」

「她怎麼可能打不贏慧星，她連我都……」浩淩欲言又止，「算了。反正她身為人民褓姆，我是不信她會被慧星欺負。」

小沛繞到周宸恩身旁對他竊竊私語，她還不時回頭望著我們的方向。

「不行啦，我昨天就跟妳說過了，言設計師不是那種人。」周宸恩告誡道：「妳從昨天開始就一直跟我說一些很奇怪的話，怎麼可以在背地裡中傷別人？我對妳好失望。」

于小沛死性不改，她又故技重施想藉周宸恩來給言慧星壓力。這個女人從小就慣於拉攏強力的幫手去對付她的敵人，而且每次都能回收很好的成效，因此她也從不改變自己的行事作風；但是她沒想到周宸恩是個很信賴言慧星的男人，導致她的嫁禍行動完全失敗。

「于小沛，妳算不算警察？一個女孩子家為什麼老是去講別人的閒話？妳給我過來。」

小沛像一頭挫敗的小狗，低著頭走向我。

「當警察的人是不是該要求自己的品德？妳的行為像個小人，而且很沒家教。」我訓斥道。

「妳們兩姊妹是半斤八兩。」

我白了卓浩淩一眼，沒想到才剛分手沒多久他就恢復本性。好像分手這件事就我單方面受傷，他自己卻一點都不在乎。

浩淩馬上改口，「可是妳姊姊已經改很多了，妳應該向她看齊才對。」

「去跟慧星道歉。」我命令道。

「為什麼我得向她道歉不可？受害的人可是我。」

「因為是妳先說人家的壞話，而且還搞到大家都知道，光這點妳就該道歉。」我承認我這麼強烈地要求小沛道歉是出於私心，一來我不想讓卓浩淩把我跟小沛聯想在一起，二來她的任性會讓我以後在言慧星面前抬不起頭。我不想留個話柄讓言慧星笑話。

「她是個怪物！」小沛憤怒地指稱：「她會叫蝙蝠和蛇攻擊我，而且她還抓蜘蛛要逼我吃下去。」

「妳在說什麼東西？妳是不是還沒睡醒？」我直覺小沛在說謊唬我。

「太天馬行空了吧？妳把慧星當成真正的女巫嗎？」浩淩輕蔑地笑道。

當事人言慧星並沒有說什麼，她繞過我們，直往前走。

「以後不准妳在我面前胡說八道，妳以為妳那套對我行得通嗎？」把我當傻瓜，真是豈有此理。

蕭浚霖終於找到坐在路旁上氣不接下氣的王百威，「他媽的，你走那麼快幹嘛？」

「我……我好喘。」他扶著樹木坐起，「怎麼辦，這裡好像沒路。」

「這裡當然不是路，早叫你別走這條了，你害大家跟著你一起迷路。」

「誰知道怎麼回去？」劉雪莉問。

「我有記路。」周宸恩說。

慧星接著周宸恩的話。「我也有留下記號。」

「這兩個人真是可靠。」蕭浚霖頓時安心，「可是你們其他人幹嘛也跟著過來？為什麼不自己照原路回去？」

「我怕你出事。」劉雪莉的話讓蕭浚霖管不住竊喜的表情。

雪莉姊的想法跟我一樣呢。要不是卓浩淩跟在周宸恩的屁股後方，我早就自己尋原路回去了。

「那我們現在要往哪裡走？」蕭浚霖問。

「我想想看，先走到……」周宸恩話才說到一半，潮濕的空氣沾上衣身，無情的雨水當頭落下。

「下雨了，而且還是滂沱大雨，怎麼會這樣？」劉雪莉以手遮頭，忍不住大叫。

大雨聲轟隆作響，不到十秒的時間大夥已經衣髮盡濕。

「真糟糕，視線難辨，這下麻煩了。」周宸恩抹去臉上的雨水。

蕭浚霖拍打王百威的頭，「成事不足，敗事有餘。」

「別打他了，我們趕快找地方躲雨。」劉雪莉喊道。

周宸恩在一處高地上，藉樹蔭之便，利用防水長桌巾和鋼條支架搭起一座臨時的避雨亭。

蕭浚霖冷得受不了，他和卓浩凌想搭爐生火。

「喂，上面是布巾，你們在底下烤火等一下會不會燒起來？」我很不希望他們在這種時候還鬧出意外。現在全身濕黏難受是其次，重點是體溫下降得很快，不脫掉濕衣服太冷了。

男生們一一將上衣脫去，然後換上雖然有點冷卻不潮濕的舊衣服。

「我們女生怎麼辦？」于小沛凍得發抖。

「就直接換吧，反正也沒人會看。」王百威盡說些無理的話。

「好冷，我想直接把衣服換掉。」慧星忍不住脫去外套，接著準備將外衣也一併脫掉。

「不要不要，我馬上搭一個臨時的更衣間給妳們換衣服。」周宸恩飛快地用固定夾、支架和雨衣弄出換衣服的隔間。「妳們來這裡換。」

「周宸恩，你不要妨礙別人的福利可以嗎？有人自願脫給我們看是表示她很有自信。」

「你說的還是人話嗎？」我真想打王百威一拳。

「既然有雨衣怎麼不早點拿出來穿？害大家淋得像落湯雞。」蕭浚霖怨道。

「天有不測風雲，說下就下哪來得及穿？」浩凌仰天說：「這雨一時半刻是不會停了。」
女生們陸續換完衣服，不舒服的感覺漸退，取而代之的卻是不斷襲身的冰冷。
王百威連續打了幾個噴嚏，「完了，我的身體很容易著涼，我不可以帶病回公司，我還得工作。」
「大家還不都一樣，到底是誰說走這條路是對的？」蕭淩霖瞪著他。
「就算我搞錯路，你們這幾個曾經來過這裡的人應該要阻止我。」王百威的身體止不住顫抖。
雪莉姊端視王百威說：「他不會真的生病了吧？」
「我們全都因他而淋雨，就他一個人有事，這是在裝病。」蕭淩霖的話正符合我的想法。
不得人緣的王百威受到蕭淩霖、浩凌和我的指責，連周宸恩都對他半信半疑。
劉雪莉以手背輕貼他的前額，「你沒發燒啊，不要拿我們尋開心。」
「你真的是生病了嗎？百威兄？」
「我是沒發燒，可是頭很沉重，喉嚨也劇痛，整個人昏昏沉沉。」
「確定是淋了這場雨後才這樣嗎？」劉雪莉問。
王百威撫著喉嚨，他的動作就和當時浩凌剛染上感冒時一樣。「早上起來就覺得很奇怪。我的身體一直都很健康，怎麼會一跟你們出來就感冒？」
「別看我，我可沒感冒，絕對不是我們傳染給你。」蕭淩霖說：「別講別人，你自己晚上愛踢被子，要蓋不蓋的，活該你感冒。」
「沒見過像你睡像這麼差的人。」王百威啐了一口，「我不跟男人蓋同一條被子。」
「活該你感冒，愛逞強才會這樣。」劉雪莉從背包裡把一些東西取出，然後問周宸恩，「昨天的瓦斯還有剩，我們來煮一點東西暖身。」

一個從來不合群，既沒幫助又扯後腿的男人——王百威。眾人對他實在太有耐性了。催促我們的人是他，不顧別人反對硬是選別條路下山的也是他，現在他有什麼資格感冒？

「我一開始就不應該來這裡。」小沛喃喃地抱怨：「為什麼我得像個難民一樣的窩在這個簡陋的地方躲雨？又冷又難受，根本是活受罪……這一切都是姊姊妳的錯。」

「妳還敢怪我？一個要我回公司，另一個要我回家，你們的目的根本不是來跟我們一起出遊，還真好意思說。」我耐性盡失，對著妹妹大發雷霆：「我警告妳和王百威，我要去哪裡或要不要回去都是我的自由，別再對我說那些廢話。」

「小冬，雖然動怒能使身體暫時溫暖，但還是收斂點好。」周宸恩說。

我向大家道歉，「對不起，我失態了。」

王百威揉著耳根，「不知道是不是我快感冒的關係，我的耳朵變得好靈敏，現在聽什麼都覺得很吵，尤其是艾麗絲那震天價響的罵人聲，真不是說笑的。那個誰，我想艾麗絲這種吵吵鬧鬧的女人還是適合你，我已經對她死心了。」

「『那個誰』？我的男朋友有名有姓，你為什麼要這樣叫他？」我不悅地問。

平常我老是怨卓浩凌懦弱又沒擔當，可是這種時候他就是會自己主動站出來。「不用你費心，我和小冬會處得很好。」

「水煮開了，你們要喝嗎？」雪莉姊問。

「要啊，快冷死了。」蕭浚霖接過以鋼杯盛裝的熱水，「只喝水沒東西吃嗎？」

「沒有啦，現在要怎麼煮？」

「我的背包裡有紫菜湯包、雞湯包和牛肉湯包，你要嗎？」慧星問。

「我有阿華田和即溶咖啡。」周宸恩說。

王百威坐在一旁無病呻吟，一直發出哀聲，讓人聽了十分厭煩。

「過來，把這喝了。」劉雪莉拿一杯熱飲給他。

王百威小心翼翼地啜飲一口，然後吐舌道：「呸——這是什麼？」

「黑糖薑茶，沒喝過嗎？」

「沒喝過這種東西，幹嘛要讓我喝這個？」

「薑可以讓你出汗去熱，感冒初期喝這個是最好的，你不想讓病好嗎？」劉雪莉硬把杯子推到他面前，「乖，聽姊姊的話快把薑茶一口氣喝完。」

「喝了這個真的能治感冒嗎？我晚上就有工作，不能生病。」他半信半疑地說：「要是我晚上來不及回去，我爸爸一定會罵我。萬一我就這麼迷路不見人影，他會到處找我。」他滑著手機，「為什麼偏偏這個躲雨的地方連一格訊號都沒有？」

雨勢慢慢變小了，這也意味著我們將可以離開這個簡陋的遮雨處。當雨一開始降下時，我聞到難聞的爛泥土味，直到雨水將大地洗淨後，空氣才變得清新。

經過兩天一夜疲憊的登山遊就要結束了，對我來說這趟旅程真算得上是一場惡夢，可是惡夢將醒的我為什麼還是有種悵然若失的感覺？

「妳要喝嗎？」卓浩凌端一杯咖啡給我，「我和周宸恩要來的，我看妳沒什麼精神。」

「謝謝你。」我輕輕吹涼，然後啜飲一小口，原來周宸恩平常喜歡喝這麼苦的咖啡。

「等雨停了我們就能回去，別太悶悶不樂。」

周宸恩伸展筋骨，「喝了咖啡全身暖暖的好舒服。雨快停了，我們準備回家。」

等到隊伍整理完畢，往原路行進過一段時間後，大家才驚覺到不對勁之處。

「喂，我們是不是一直在這附近繞來繞去？」蕭浚霖問。

「八成是迷路了。」雖然我不想下這種結論，但現實的確是如此。

「別鬧了，這種時候還開玩笑？」王百威問：「言美女妳不是有做記號？」

言慧星只是冷淡地說：「一場雨讓我的記號全消失了。」

「別開玩笑了，我們三個人一起在山裡迷路會變成新聞的。」王百威一激動就讓他腳步不穩，差點跌倒，幸好劉雪莉在一旁扶著他。

「等一下走到手機有訊號的地方就打電話求救，我可不想晚上在這個荒郊野外過夜。」小沛說。

一群人因不安而爭鬧不休，就只有周宸恩一人把握機會四處欣賞風景，還不時拿手機拍照。

「這再走不下山時間就晚了，虧你還能這麼悠閒。」我對周宸恩說。

「再怎麼操煩也是找不到出路，不如慢慢逛，說不定能遇到其他遊客。」

面如死灰的王百威說：「這個周宸恩真是高深莫測的男人。」由於王百威生病的關係，他的大背包還是讓其他人一塊幫他分擔。

「臨危不亂，而且在危難的時刻還很靠得住，他是天使周宸恩。相反地，我們的團隊裡居然有個詭異的惡魔。」小沛意有所指地說。

就算她沒明指，我也知道她說的人是慧星。

「妳讓我感覺非常的親切。」王百威突如其來地對雪莉姊說：「離開這裡以後，想不想跟我一起吃個飯？」

蕭浚霖立刻表現出強烈的反應，「你這王八蛋在說什麼？你……」

浩淩勸阻道：「別和他計較，他是看到好的女人都喜歡，不過膩得也很快。」

「我是明星，有錢又有臉蛋，人氣也高，跟我在一起是最佳選擇。」王百威自誇道。

劉雪莉敲他的頭，「不是頭在痛嗎？還可以講一堆閒話，看起來也沒病得很重。」

王百威怕劉雪莉打她，急抱著頭。「剛剛是不痛，現在妳敲得會痛。」

「我看妳眉開眼笑，有一個小白臉說喜歡妳讓妳很開心嗎？」蕭浚霖的話滿是酸味。

「有人說他喜歡我，那我應該哭嗎？」雪莉姊促狹地回應。

我走到周宸恩身旁，「如果我們一直找不到原路回去，到時候勢必要求救，這可能會引起風波。」

「我在離開加羅湖前有叫人過來接我，若等不到我的話他們就會上來找我。」

「難怪你這麼氣定神閒。可是媒體記者們還是會拿這事大作文章，對形象不太好。」

「不用怕媒體記者蜂擁而至，過來接我的人可是處理這些事的能人。」

「你到底找誰過來？是你的經紀人嗎？」

我們一行人在溪谷區暫時歇息，等到下午約四點多的時候，終於有救難人員和我們聯絡，並請我們開啟手機的定位。之後在六點左右對方終於找到我們，幾經折騰，想到我終於可以擺脫王百威這個掃把星，不禁鬆了口氣。

「搞得我們勞師動眾地去找你們，真拿你們沒辦法。」那位站在起登處的負責人一見到周宸恩便向他抱怨道。

「對不起，我也沒想到我們會迷路。」周宸恩自嘲道：「我偶爾也有迷糊的時候。」

「跟你沒關係，都是王百威……」蕭淩霖話剛講到一半就愣愣地看著那名負責人。

卓浩淩發出驚嘆，「兩個周宸恩，我有沒有看錯？」

「我沒告訴過你們我家是雙胞胎嗎？這是我弟弟周懷星，我在外玩樂時是他繼承家裡的工作。」周宸恩面帶笑容地走上前拍著他弟弟的肩，「他會幫我們處理善後的工作。」

周懷星只有髮型、衣著風格和他哥哥不太一樣，其他如長相、說話語氣、表情簡直是如出一轍。「想必大家都累了吧，讓我們的人送各位安全回家。」才剛覺得周懷星的身體飄著一種熟悉的中藥味，結果他就從口袋裡拿了些銀色的小珠子放進嘴中，原來是仁丹。

第十九章・揭曉

結束登山遊後我們直接返回黑牆鬼屋，小冬還是沒有順從王百威跟于小沛的意思回到公司以及她的家。雖然行程中出現一點波折搞得我和她鬧分歧，但是我們依然能和以前一樣同住一屋。

和她睡在帳篷的那晚，她哀求我別離開她的模樣讓我印象非常深刻。于小冬曾是那麼高傲、自負的女孩，沒想到她為了留我竟然這麼低聲下氣，至此我才明白原來愛情是能夠改變一個人。我對她的態度過於隨便，凡事都以自己為中心來思考，我的腦中只想著怎樣才能不讓自己受傷，卻沒想到這會直接造成對小冬的傷害。

我想當面和小冬致歉，想彌補我對她犯下的錯。然而回到家中，她二話不說就上樓回自己的房間，現在的小冬已經恢復成以前的模樣。或許正如她所說，她不要再哭給我看，她要把我從她的生活中抽離，證明沒有我她還是可以過得很好。

隔天一早，我才剛到客廳就已經看到小冬先起床邊看電視邊吃早餐。「妳起得真早。」

「我早上要去慢跑運動，誰會像你一樣愛睡懶覺。」

「妳行行好，我要工作上班，不養足體力怎麼行。」我在說話時她卻只顧著看電視，連看我一眼都沒有，「那個……我有事要跟妳說。」

「你去上你的班，別遲到了，晚上我在家等你。」

「妳要跟我去慧星家一趟嗎？說好了過去問她關於黑牆鬼屋的事。」

「不去，我等你回來把事情告訴我。」

「那我走囉，晚上留在家等我。」我要出門前再刻意提醒她一次，「有沒有聽到？我說我要出門了，記得晚上一定要在家。」

「聽到了啦，你要把話重覆說幾次？」

這麼快就不傷痛了？看來她不是嘴巴說說而已。不過這樣也好，她還是繼續維持這種形象我比較習慣。況且我回到鬼屋後，那股排斥感又不知為何逐漸消散，我變得能夠撇開前世對我的影響以自己的角度去評價小冬，仔細想來像她這樣條件優越的女孩肯和沒出息的我在一起，我到底在嫌棄什麼？「聽到了就要回話，我出門了。」

到了晚上，我比約定時間還要提前到慧星家。原因是周宸恩已經先和老莊談好，工作到一定的進度後就讓我和浚霖哥、雪莉姊先回家休息。

慧星的父親還沒回家，因此我先待在客廳等待。

慧星為我端來一杯茶水，「可能要請你再等一下，我的爸爸他有事外出。」

「沒關係，我可以等。」我用腳尖輕搔星星的脖子，這是我回來宜蘭之後，第一次見到星星。

「畢竟休息的時間夠久，我想過幾天就該回占星屋了。」慧星表示：「這段時間除了網路拍賣仍在營業外，幾乎沒有其他的事可做。回台北後，把先前的訂單處理一下，再來忙周先生要的設計工作。如果你有事要找我的話，大概只剩手機能聯絡。」

「好快，本來還以為可以和妳多找些空閒的時間出去吃飯聊天。」

「來日方長，以後會有機會。」

「勞煩妳幫我這麼多忙，我應該要特別感謝妳。而且我提議讓妳跟我們出去玩，結果因為王百威和于小沛的關係搞得大家都不愉快。」

「沒這種事，我很久沒出去踏青了，我回來之後心情變得很好。」

「那就好，我怕妳生我的氣。」我頓了一下，「話又說回來，還有一件令我好奇的事。」我接著問：「周宸恩是否喜歡妳呢？」

「為什麼你會這麼想呢？」慧星反問。

「他總在妳身邊跟前跟後，我以為他是在關心妳。」

「我跟他不可能，不只是因為我對他沒感覺，他同樣也不喜歡我。」慧星思忖道：「該怎麼說呢？因為每次我給他的建議都能帶給他幫助，可能讓他多少會想要依賴我。據我所知，他對戀愛並沒有什麼想法，當然對於把我當作戀愛對象這點同樣不感興趣。」

慧星的爸爸回到家，「浩淩，你這麼早就來啦？」

「提早下班，所以早點過來打擾。」我禮貌地起身行禮。

「不用，你坐著。」伯父手提著烤鴨，香味四溢。「我剛剛去買了一隻烤鴨，來跟我們一塊吃。」

「我吃過晚餐才過來。」就是怕跟他們家搶東西吃，所以我才提前吃飯。

「客氣什麼，你以為慧星很會吃嗎？她吃不了那麼多。」

「那……就吃一些。」我還是忍不住嘴饞。

伯父夾一塊鴨肉沾甜麵醬，搭配蔥段裹在麵皮裡拿給我。「關於你們那間凶宅的事，我以前有聽我死去的老爸提過，不過年代太久遠了，四十幾年的事，就算有提都已經淡忘。」

「爸，你不是說等我們回來會把結果告訴浩淩嗎？」

「我會將我所知全都告訴你，不過這是不是你想要聽的真相就要自己斟酌。」伯父用紙巾抹嘴。

「您儘管說，不管什麼事我都想知道。」

「很遺憾的是就現場來判斷，他們兩人不是自殺，而是被人殺害。」

「他殺一事我已經大略知道，他們被人反綁雙手後關在不透氣的櫃子裡活活悶死。」我回答。

「那你知道殺他們的嫌疑犯是誰嗎？」

我內心有底，「我不知道是誰，不過我猜和盧萬宗先生脫不了關係。」

「當時我爸爸接手這案子並調查兩名嫌疑人，至於懷疑殺害李雲昇及江祈名兩人的凶手是和他們同組一個樂團的盧萬宗以及王成峰。盧萬宗膽小怕事，在我爸面前表現得極為心虛；王成峰冷靜沉著，不管問什麼都矢口否認。認真說來這案件很單純，只要調查繩子上的指紋，真相差不多就呼之欲出，可是警察實在是小看盧家和王家在這個地方的影響力。要知道那個年代的民風還算純樸，一發生這種殺人事件可是驚天動地，在地人一下子就傳得沸沸揚揚，這對當事的兩人來說絕對會有不好的後續影響。所以囉，身為大財主的盧家和王成峰那個在當鄉長的爸爸聯手，用各種手段把事情掩蓋，本來一件將要破案的他殺案硬是被轉成自殺案。」

至此，所有事情大致明朗。盧萬宗和王成峰兩人不知何故害死同為團員的李雲昇和江祈名，而這兩人本不該逃出法網，卻因為家族介入的關係將事件弭平。

懊悔不已的盧萬宗為此養成了酗酒的習慣，每逢醉酒必到團員死亡的地方嚎啕大哭，使得凶宅鬼屋之名盛傳，吸引了慧星這類對鬼屋好奇的人前往探險。

「居然有這種事，難怪死者會那麼不甘心。」

「這案件本身沒太多疑點，就是年代久遠而且真相被有心人給掩蓋。」伯父總結重點。

「那你之後打算怎麼做呢？」慧星問。

前世事本該留給前世，但現在的我可沒有想敷衍了事，「至少得向他們討個公道吧？」

「但是據我所知，盧家的家道已大不如前，求償金可能很不理想。王家和江家都已經搬出外地，至於李家本來就是外地人，你想把所有人都聚集起來可能很不容易。」伯父說。

雖然這麼想或許有點自大，不過我認為不需要所有人都聚在一起，只要我和小冬兩人一起去見盧萬宗和王成峰就夠了。

尾章．他們的愛情

我們一群人坐在房間裡什麼話也不說，大眼瞪小眼將近十分鐘。

王豐雙手環胸，翹著腿用他那足以讓人結凍的目光死盯著我。他的左邊坐著王百威，以不可一世的愚蠢坐姿仰靠沙發。右邊站著我的經紀人大衛，他老是一臉不安的模樣。

相較之下周宸恩的坐姿就優雅許多，他端起熱咖啡嗅了一下，接著品味十足地輕啜一口。

「妳有什麼話就說吧，不用把周宸恩也帶過來，難道是在向我示威嗎？」王豐忍不住開口問。

「我不是來示威的，我只是來聽王總您的回覆。」周宸恩說。

「周宸恩，你年紀輕輕就事業有成，難免目空自大，別以為什麼都可以用錢解決，你就這麼想為于小冬強出頭嗎？她跟你是什麼關係？」王豐語帶輕蔑地問。

「朋友關係，這有什麼問題嗎？」

「王總，你還是堅持避口不談盧家大宅的事嗎？」我問。

王豐輕推眼鏡，「妳這不識抬舉的女人，我以為妳是接受我的條件才回公司。」

「那種鬼條件我才不稀罕，我要的是你去盧家大宅向你的團員們道歉。」

「道歉？」他嘴角發笑，「憑什麼？他們的死與我何關？」

「王豐，不對，我該叫你王成峰。」我試探性地說：「你以為你搬了家又改了名就什麼事都沒有了嗎？你的朋友兩死一中風，你還能心安理得地坐在辦公室。」

「妳到底想說什麼？我早就警告過妳，要是妳繼續胡言亂語，我會採取法律行動，妳把我的話當成耳邊風嗎？」

「周宸恩，你之前跟我說要做什麼特集來著？是不是凶宅特集？要討論全臺灣所有讓人口舌相傳的鬼屋故事。」

「我會做那種事嗎？不過聽來雖然無聊，也許意外的能引起觀眾的好奇心。」

「那我們第一集就以盧家大宅為主題如何？」

周宸恩一副煞有其事地點頭，「可以，那我們該不該先訪問當事人呢？」

「妳們敢這麼做？」王豐怒目而視。

「你不是說這與你無關嗎？與你無關的事幹嘛那麼激動？小心腦中風。」我諷道。

「周宸恩，你別多管閒事，今天我沒空和你談小冬合約的問題。」王豐嚴厲地說。

「可是我想留下來聽盧家大宅的故事。」周宸恩聳肩。

「這是我的公司，你們信不信我叫保全……」

「你們怎麼敢來質疑我爸爸？我爸爸是那種人嗎？依他現在的身分地位，難道不是那兩名死者的眷屬想要從我爸爸身上撈便宜而掰的藉口？」王百威哼道。

王百威又在開口講話像放屁，這個蠢男人一點都沒有在山上得到教訓，應該叫雪莉姊多罵罵他。

就在我要出口罵人的時候，王百威的話鋒竟突然轉變：「可是呢……要是爸爸你真做了什麼虧心事，那還是去跟人家道個歉比較好。」

王豐顯然還搞不懂他的兒子為何態度丕變，「兒子，你在懷疑爸爸嗎？」

「我是為公司著想，爸爸您要理解我。」王百威說：「我和周宸恩談過了，事情很簡單，只要您私底下一個道歉就可以了，完全不用公開，只要一句話就能讓事情落幕。」

「你現在故意給我難堪嗎？是不是我太寵你，太久沒給你一點教訓了？」

王百威緊張地解釋：「您別動怒，我也是為了您好才這麼說。我已經聽周宸恩講過這件事的來由，雖然年代久遠到幾乎沒任何影響，但是若他們做盧家大宅的特別報導，還是會傷形象。」

「你收了多少錢？你當兒子的人憑什麼質疑父親？」

王百威騎虎難下，正被他父親壓制住氣勢時，「大衛，作為經紀人，你有什麼意見？」我問。

「我嗎？」經紀人連忙搖頭，「我沒什麼意見。」

「是不敢有自己的意見還是真的沒有意見？」我繼續問。

大衛以膽怯的目光注意王豐的眼色，「我……我沒意見。」

「大家都迫於王成峰的壓力而不敢言呢，那還是製作節目好了。」我表現出無奈的樣子。

「你們敢？那就法院見！」王豐已經快黔驢技窮了。

「只要將事件改編，人名全換掉，有關係嗎？你對號入座反而不好。況且只要你臉皮夠厚，當作什麼事都沒發生而且打死不認，誰都拿你沒辦法。你的緊張正掩飾你的心虛。」

王豐一緊張就慌亂，「那不是我的錯，他們的死不是我造成的。」

大衛挑起眉毛，「所以……王總真的殺人了？」

「爸爸你……」王百威這個怕事的人主動表態，「如果真的有什麼事，請不要連累我，我好不容易經營起來的形象不能因為『殺人凶手的兒子』而全毀。若您曾經做過壞事，您就照周宸恩的話，私底下道歉把事情解決不好嗎？他跟我保證事情會很簡單了結。」

「你這傻瓜，你被人牽著鼻子走還不知道？」王豐終於忍不住，「雲昇和祈名的事真的是意外，這完全不是我和宗哥一開始的本意，那個時候是……」

「我要退出樂團。」李雲昇發出宣告。

「你現在是在對我示威嗎？」江祈名質問道。

「對，我已經沒辦法再忍受跟你同一團了，我們拆夥吧。」

「你們兩人真要這樣鬧事？我們當初是為什麼聚在一起？是為了做音樂的理念，你們是不是把我們成立的初衷全拋到腦後？」王成峰怒問。

「我不能接受他……應該是說整個社會都不可能接受這種事。」李雲昇煩躁地說。

「我真不知道我對你做錯了什麼，讓你這麼反感。」江祈名不解道。

李雲昇激動地說：「你不覺得你自己對我的態度超過朋友的界線了嗎？」

「別再鬧了！我花那麼多錢投資這個樂團，好不容易才讓成峰能穩定下來，現在換你們兩人有問題？我快被你們煩死了。我警告你們，不准沒我的同意就擅自離開團隊。」盧萬宗怒道。

「我們當初只是為了給他們一點小教訓才把他們關起來，目的只是要他們能夠反省，別退出樂團。」王豐解釋道：「我叫宗哥關他們十到二十分鐘，說好時間到就放他們出來，這只是個教訓而已，根本沒想過會弄死人。宗哥沒有聽我的話……」

王成峰緊揪住盧萬宗的衣領，大吼道：「叫你時間到就把他們放出來，為什麼沒照我的話去做？」

「我……我爸爸在樓下叫我去給祖先上香，我想說只是離開一下。結果等我拜完祖先後，我家在南部的親戚突然來訪，然後……然後我就不小心把這件事忘記了。」盧萬宗哭喪著臉，「我……我害死朋友，我要去自首。」

「你不要把我牽扯進去，有沒有聽到？這件事全是你一個人做的。」王成峰大怒。

「可是……警察要是調查起來，你沒有辦法脫罪。」

「你在恐嚇我？你想拉我一起下水？」

「是你出的主意，不然我怎麼會把他們關起來？」盧萬宗哭哭啼啼地說：「雲昇和祈名兩人什麼事都沒做就死了，是我們的錯。」

王成峰搖著盧萬宗的身體，「冷靜點，你的臉上又沒寫著殺人凶手這四個字，我們不說的話誰會知道？就當作什麼事都沒發生，讓大人去處理就好。」

「怎麼會沒人知道？事情很快就會傳遍整座村子，我們會被抓去關。」

「不會，你只要照我的話去做，我保證我們兩個人都會平安無事。」

「要怎麼做？」盧萬宗抽抽噎噎，「我們兩個人平安無事，那雲昇和祈名呢？他們死得不明不白。」

「人都死了你還想怎麼樣？要我們活人跟他們一起陪葬嗎？就說這是一件意外，意外不是人為能操縱，是隨時隨地都有可能會發生，就像是出車禍一樣。」

「……就是這樣，如果不是盧萬宗中途跑掉，又怎麼會發生憾事？」王豐質問。

「你到現在還不認為自己有錯？你既然當時覺得不妥為什麼不自己回來放他們出去？」我反問。

「都說我有事先走，現場只剩宗哥一人，他難道不用負最大的責任？」

難怪王豐到現在都不認錯，原來是沒有錯誤的自覺，他認為一切的錯全在盧萬宗身上，自己只是無端被牽連進事件。我深深嘆一口氣，「好吧，到此為止。」

「就這樣結束了嗎？」周宸恩問。

「嗯，聽到這樣就夠了，我沒有其他的要求。」不然還能怎麼樣？王豐不覺得自己有錯，那我們要這個道歉有什麼意義？既然明白他們害死人的理由，這件事就已經沒有再追的必要。

「妳到底……跟這件事有什麼關係？為何是妳來跟我要真相？」王豐慎重地問。

我起身，面向王豐。「我是……喚起你記憶的人。」隨後我在眾人的注視下離開會議室。

下午過後，我和卓浩凌一同前往盧家拜訪，迎接我們的是盧大榮。

「你們都來啦？快進來，我爸爸在等你們了。」

「打擾了，不知道我們到訪會不會造成伯父的困擾？」浩凌相當客氣。

「不會啦，他本來就對鬼屋的事很關心。」盧大榮說：「難為你們為我爸製造的麻煩到處奔波。」

「他自責了那麼多年，每天飲酒度日，這該有多傷心才會這樣？」浩凌皺眉。

「當年我爸二十一歲，王成峰十九歲，李雲昇和江祈名才十七歲，都是年輕時犯的過錯。」

我覺得盧萬宗是罪有應得，這跟年不年輕一點關係都沒有，畢竟他們都已經成年了，該有分辨是非的能力，有些事該不該做心中都要有個底。明知道這麼做對當事人可能會有危險性，卻仍執行自以為是的處罰，這就是蓄意謀殺——盧萬宗和王豐都不值得被原諒。

雖然沒受到法律的制裁，不過盧萬宗長期酗酒的習慣讓他的人生後半段都得依靠輪椅過日子，這樣淒涼的結局也夠了；至於王豐，我一點都不想評論他，只希望和公司解約後能永遠都別看到他。

我走到盧萬宗身旁，看著面容枯槁呆滯的他。「你爸爸知道我們來了嗎？」

「他是不能說話然後面無表情，但是他意識是清楚的，也知道是什麼人來找他。」盧大榮蹲在盧萬宗身旁，「爸，卓浩淩跟艾麗絲來找你了。」

「你、你跟他說老朋友李雲昇跟江祈名來見他。」我說道。

盧大榮一臉納悶，「這豈不是在我爸面前睜眼說瞎話嗎？」

「小冬……」浩淩的表情很不安。

「沒事，反正恩怨終要落幕不是嗎？」

盧大榮依我的話重覆對盧萬宗說，盧萬宗聽完後眼皮跳動了一下，看來他明白了。

我輕撫他的手，「宗哥，我是江祈名。」

浩淩有樣學樣，「宗哥，我是李雲昇。」

盧大榮在一旁嘀咕道：「看不下去了……這真的就像把我爸當笨蛋。」

我無視盧大榮繼續說：「我知道事情的經過，也知道你不是故意，我原諒你了，別再自責。」

「對，我們原諒你了，別再為過去的事難過。」浩淩說。

見盧萬宗沒有太多的反應，我隨即輕聲唱道：「跨越天堂的橋樑，迎來七彩耀目的眩光。以生命作為賭注，張開雙翼在雲際翱翔。在夢境中，實現願望。」

浩淩接續下段歌詞：「展開彩織的羽翼，追求理想，執著未來。不因夢境而迷惘。讓我們攜手踏上旅途。在人生路，實現願望。」

我追尋的……夢想。

沒有唱出的最後一段歌詞自動在腦海中浮現，憑空出現的旋律帶出過往的回憶。

一段又一段，重覆著築夢者的友誼、希望與快樂，他們曾一起用音樂鋪出未來的路。

不管過往如何，就讓流逝的歲月將錯誤永遠埋葬。不必再記恨、不必再懊惱，我們來到這世界上，留下一首值得傳唱的歌。雖然我們沒有辦法繼續圓夢，但是這個世界並沒有放棄我們。

我們現在……可以過得更好。

李雲昇與江祈名，永遠的離開了。

雖然不清楚盧萬宗究竟看到了什麼，我卻能從他微微顫動的手掌中感受到他的急切、期盼，他的嘴唇輕動，像是正吐露什麼訊息，最後他的雙眼流下一行不捨的淚水。

盧大榮搖搖頭發出輕嘆，然後不斷地拍著他父親的背部安慰他。

「妳真的原諒盧萬宗了嗎？」浩淩問。

我們一同走回黑牆鬼屋，浩淩似乎一直在看我的臉色。

「李雲昇和江祈名都走了，我不原諒能怎麼樣呢？」我問：「你早上說要對我說的話是這個嗎？」

「不是，我是想跟妳說……」

「你要說什麼先等等再說。」我制止浩淩發言後轉頭，「喂，你們要一直跟著我們回家嗎？」

路燈映照下，六條人影緩步走出。

「身為你們的朋友，關心一下不是理所當然嗎？我們已經盡可能輕聲細語、放慢腳步，儘量不要打擾到妳們。其他人說是吧？」蕭浚霖問。

「對啊，關心朋友。」劉雪莉連連點頭。

我面向另外兩人，「你們也算是朋友嗎？」

「姊，妳完蛋了，媽媽脾氣就要爆發，可是我沒有告訴她妳在這裡的事。」小沛說。

「艾麗絲，我代表星路娛樂前來轉達王總的意思，我們已經與妳解約了，這不兒戲，也不是謊話。至於妳的違約金……」

王百威說到一半便被周宸恩打斷，「我付完了，夠朋友了嗎？」他笑道。

「那點小錢而已……」王百威指出：「我爸爸現在恨不得妳能永遠離開他的視線。」

「你們從盧宅走出，問題解決了嗎？」慧星問。

「算是吧。」我問：「聽說慧星妳結束休假要回台北了？」

「對，我已經休息夠了。」

「解決了合約的事後，我會馬上為妳安排工作。」周宸恩說：「違約金可不是平白替妳支付，之後妳得幫我多賺錢來償還才行。」

「那你們兩人之後呢？攜手共渡未來的日子，要不要乾脆結婚呢？」蕭浚霖促狹地問。

結什麼婚，連交往都還不算呢。

「這個嘛，她不反對的話我當然沒意見，對我來說可是求之不得。」浩淩回答。

「你是故意在大家面前這麼說的嗎？」我納悶道。

「不是啊，我想了很久，我認為應該要和妳繼續交往。」

我發出嗤聲，「這是什麼話？你在耍著我玩嗎？」

「出遊的事就拋到一邊，拿橡皮擦全擦掉吧。現在就算妳不同意，我也會把妳追回來。可是這麼講的我沒什麼自信，妳可別把我甩了。」他苦笑地哀求著。

「你說的是真的嗎？」

他執起我的手，「我叫卓浩淩，是妳的國小同學。雖然沒什麼錢，樣貌不出眾，職業只是個搭架的工人，可是我現在真心喜歡妳。那麼妳願意給我一個機會嗎？」

「你幹嘛這樣？在其他人的面前肉麻兮兮的，一點都不像你。」我忍俊不禁。

「我現在可是很認真地問妳，所以妳一定要回答我。」他嚴肅地說。

我屏氣凝神看著卓浩淩，在這短暫的眼神交流中我的心情異常的平靜，就像是一切都很理所當然。在這個當下，我突然覺得卓浩淩有點跟以前不太一樣。「這個嘛……」

該讓關係正常發展了，我心想。

要青春30　PG1831

要有光 FIAT LUX

天啊！這不祥的愛情

作　　者	談惟心
責任編輯	林昕平
圖文排版	周妤靜
封面設計	楊廣榕

出版策劃	要有光
發 行 人	宋政坤
法律顧問	毛國樑　律師
印製發行	秀威資訊科技股份有限公司 114台北市內湖區瑞光路76巷65號1樓 電話：+886-2-2796-3638　傳真：+886-2-2796-1377 http://www.showwe.com.tw
劃撥帳號	19563868　戶名：秀威資訊科技股份有限公司 讀者服務信箱：service@showwe.com.tw
展售門市	國家書店（松江門市） 104台北市中山區松江路209號1樓 電話：+886-2-2518-0207　傳真：+886-2-2518-0778
網路訂購	秀威網路書店：https://store.showwe.tw 國家網路書店：https://www.govbooks.com.tw
總 經 銷	聯合發行股份有限公司 231新北市新店區寶橋路235巷6弄6號4F 電話：+886-2-2917-8022　傳真：+886-2-2915-6275

出版日期	2018年6月　BOD一版
定　　價	300元

國家圖書館出版品預行編目

天啊!這不祥的愛情 / 談惟心著. -- 一版. --
臺北市 : 要有光, 2018.06
面 ; 公分. -- (要青春 ; 30)
BOD版
ISBN 978-986-96321-3-3(平裝)

857.7 107007948

讀者回函卡

感謝您購買本書，為提升服務品質，請填妥以下資料，將讀者回函卡直接寄回或傳真本公司，收到您的寶貴意見後，我們會收藏記錄及檢討，謝謝！如您需要了解本公司最新出版書目、購書優惠或企劃活動，歡迎您上網查詢或下載相關資料：http:// www.showwe.com.tw

您購買的書名：＿＿＿＿＿＿＿＿＿＿＿＿＿＿＿＿

出生日期：＿＿＿＿年＿＿＿＿月＿＿＿＿日

學歷：□高中（含）以下　□大專　□研究所（含）以上

職業：□製造業　□金融業　□資訊業　□軍警　□傳播業　□自由業
　　　□服務業　□公務員　□教職　□學生　□家管　□其它＿＿＿

購書地點：□網路書店　□實體書店　□書展　□郵購　□贈閱　□其他

您從何得知本書的消息？

□網路書店　□實體書店　□網路搜尋　□電子報　□書訊　□雜誌
□傳播媒體　□親友推薦　□網站推薦　□部落格　□其他＿＿＿＿＿

您對本書的評價：（請填代號　1.非常滿意　2.滿意　3.尚可　4.再改進）

封面設計＿＿　版面編排＿＿　內容＿＿　文／譯筆＿＿　價格＿＿

讀完書後您覺得：

□很有收穫　□有收穫　□收穫不多　□沒收穫

對我們的建議：＿＿＿＿＿＿＿＿＿＿＿＿＿＿＿＿

＿＿＿＿＿＿＿＿＿＿＿＿＿＿＿＿＿＿＿＿＿＿

＿＿＿＿＿＿＿＿＿＿＿＿＿＿＿＿＿＿＿＿＿＿

＿＿＿＿＿＿＿＿＿＿＿＿＿＿＿＿＿＿＿＿＿＿

請貼
郵票

11466
台北市内湖區瑞光路 76 巷 65 號 1 樓
秀威資訊科技股份有限公司 收
BOD 數位出版事業部

(請沿線對折寄回，謝謝！)

姓　　名：________________　年齡：________　性別：□女　□男

郵遞區號：□□□□□

地　　址：______________________________

聯絡電話：(日) ________________ (夜) ________________

E-mail：______________________________